KB261529

만리웅풍

월인 新무협 판타지 소설

FANTASTIC ORIENTAL HEROES

만리웅풍 3

월인 新무협 판타지 소설

초판 1쇄 찍은 날 § 2007년 12월 13일
초판 1쇄 펴낸 날 § 2007년 12월 21일

지은이 § 월인
펴낸이 § 서경석

편집장 § 문혜영
편집책임 § 이재권
편집 § 조수희

펴낸곳 § 도서출판 청어람
등록번호 § 제1081-1-89호
등록일자 § 1999. 5. 31
어람번호 § 제2-1366호

주소 § 경기도 부천시 원미구 심곡1동 350-1 남성B/D 3F (우) 420-011
전화 § 032-656-4452 팩스 § 032-656-4453
http://www.chungeoram.com
E-mail § eoram99@chollian.net

ⓒ 월인, 2007

ISBN 978-89-251-1074-5 04810
ISBN 978-89-251-1006-6 (세트)

만리옹쿵

轟轟雄風

FANTASTIC ORIENTAL HEROES
월인 新무협 판타지 소설

3

무한십이수(無限十二手)

目次

第二十四章　풍운(風雲)의 서곡　　　　　　　　7

第二十五章　개방(丐幇)의 소년　　　　　　　29

第二十六章　무한십이수(無限十二手)　　　　71

第二十七章　만남　　　　　　　　　　　　93

第二十八章　철혈문(鐵血門)의 몰락(沒落)　131

第二十九章　정가장(丁家莊) 잠입(潛入)　　165

第三十章　　실전(實戰) 경험　　　　　　　193

第三十一章　내원(內園) 호위무사　　　　　231

第三十二章　혈투(血鬪)　　　　　　　　　261

第三十三章　혈우마령대(血雨魔靈隊)　　　287

第三十四章　역습(逆襲)　　　　　　　　　311

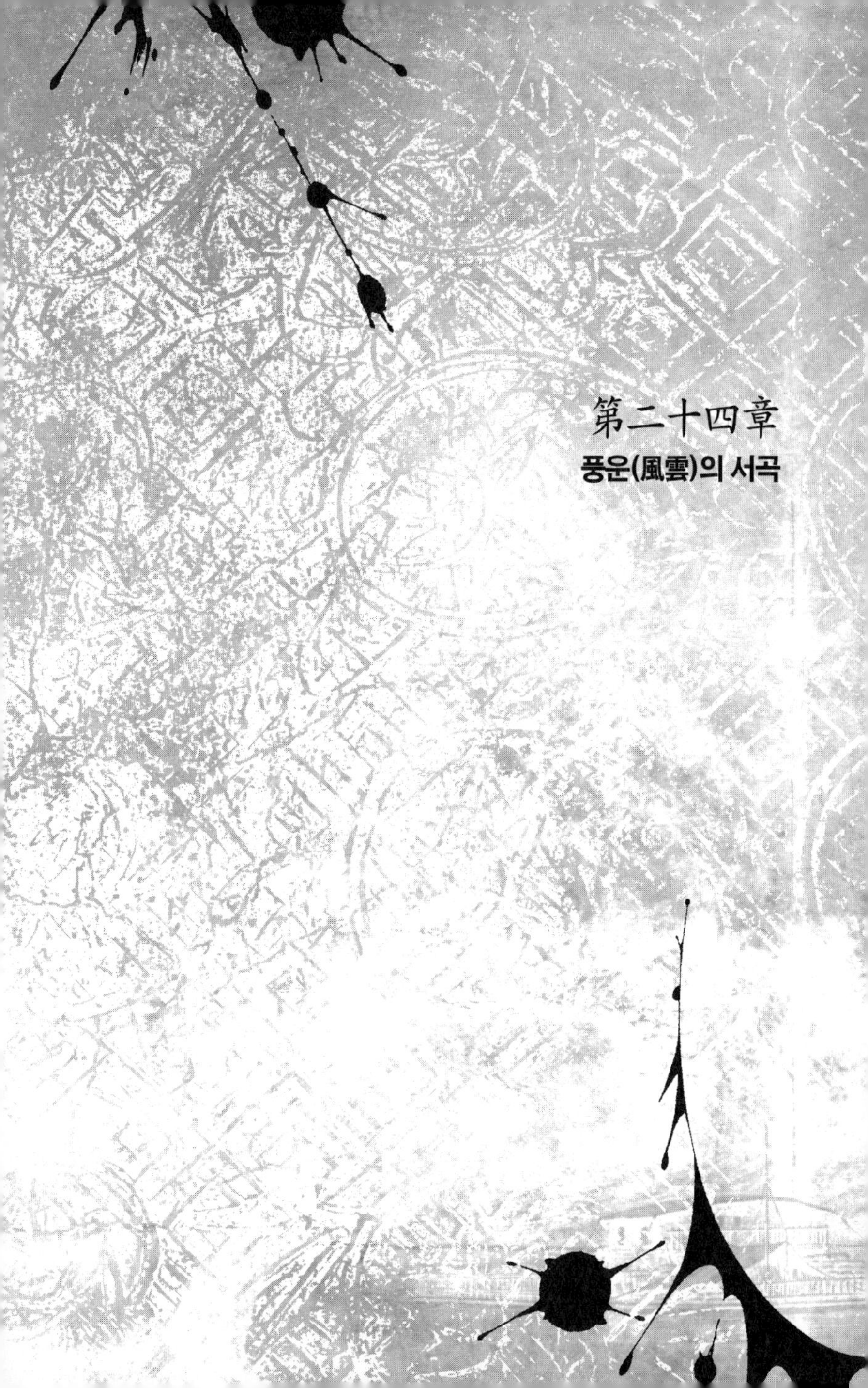

第二十四章
풍운(風雲)의 서곡

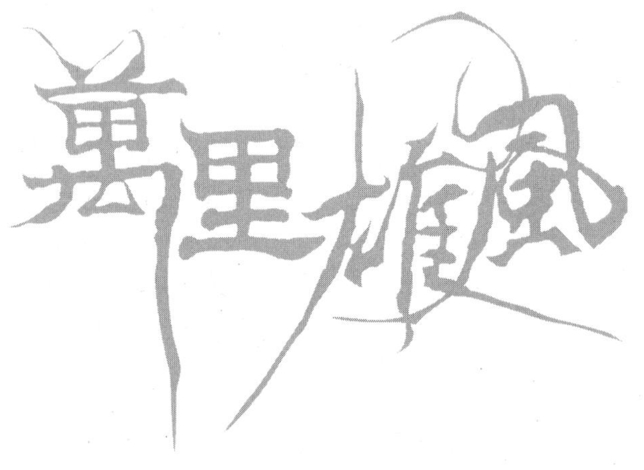

"정말 떠나도 되는 것인가?"

완벽하게 백호십이수를 펼친 유진룡은 실감이 나지 않는다는 음성으로 중얼거리며 돌기둥을 쳐다보았다.

돌기둥들은 사부의 분신처럼 서서 묵묵히 자신의 출동(出洞)을 허락하고 있는 듯했다.

"믿어지지가 않아!"

유진룡은 고개를 흔들었다.

수련을 할 때는 하루에도 수십 번씩 나가고 싶었지만 막상 나갈 때가 되니 정말 나가도 되는 것인지 실감이 나지 않았다.

유진룡은 넋을 잃은 사람처럼 한참 동안 우두커니 서 있었다.

백호도 뒤에서 우두커니 앉아 유진룡을 쳐다만 보았다.

바위를 짊어지고 수련을 할 때는 근육을 과장스럽게 표현한 조각상 같았는데 그간 돌기둥 사이를 휘돌며 수련을 한 결과 유진룡의 몸은 과장스러울 정도로 두드러져 보이던 근육은 제자리를 잡고 미끈하면서도 예민한 신경조직이 느껴지는, 차돌같이 단단한 장신으로 변해 있었다.

유진룡은 돌기둥들을 쳐다보았다.

백호십이수는 완벽히 펼쳐져 있었다.

이젠 더 이상 이곳에 있으라고 해도 해야 할 일이 없었다. 그러니 싫어도 나갈 수밖에 없는 것이다.

"후우―"

긴 한숨을 내쉰 유진룡은 돌기둥 하나를 들어 올렸다.

어디 한곳 성한 곳이 없는 돌기둥은 넝마처럼 너덜너덜한 느낌을 주었다.

"만약을 알 수 없으니 최소한의 수련 흔적은 지우고 가야겠지."

유진룡은 오른손을 펼쳐 수도를 만들었다. 그리고 구멍이 난 돌기둥을 향해 가볍게 수도를 휘둘렀다.

퍼억―

격타음과 함께 돌기둥이 흙더미처럼 무너지며 구멍난 부

분이 깨어져 내렸다.

만에 하나 누군가 이곳에서 자신의 수련 흔적을 찾아낸다면 어떤 수련을 했고, 어떤 정도의 힘을 얻었는지 짐작할 수 있었기 때문이다.

사부는 그런 것을 알려지지 않게 하기 위해 유진룡 자신이 수련에 실패할 경우, 화약으로 이 동굴 전체를 폭파시키려 했다. 그렇게 하면 천산마존의 생사를 확신하지 못한 도천극이 천산마존을 잡기 위한 미끼로 주애청을 좀 더 오래 풀어둘 것이기 때문이었다.

사부는 그렇게까지 하며 도천극의 손에서 주애청을 조금이라도 더 오래 벗어나게 하려 했다.

돌기둥 열두 개를 모두 무너뜨린 유진룡은 최초의 수련을 했던 바위와 쇠사슬의 흔적도 지웠다.

"이젠 이것만 챙기면 되는구나."

사부의 침상 아래로 다가가 몸을 숙인 유진룡은 사부가 셋째 제자 철사홍에게 전해주라고 한 청룡검을 들어 올렸다.

청룡검 끝에는 작은 보따리가 달려 있었다.

유진룡은 즉시 보따리를 풀었다.

보따리 안에는 산삼 뿌리 네 개와 목합 두 개, 도자기 병 한 개, 그리고 은자 열 냥이 들어 있었다.

은자 열 냥은 무일푼으로 동굴을 나서서 당장 불편함을 겪지 않도록 하기 위한 사부의 꼼꼼한 배려였다. 또한 네 뿌리의 산삼은 절대로 보통의 것이 아닐 것이다. 아마도 그만한 무게의 금덩이보다 더 많은 금액을 받을 수 있을 것이고 그것을 팔아 철사홍과 주애청을 찾아다니는 노자로 쓰면 아쉬움이 없을 터였다.

산삼과 은자를 품에 갈무리한 유진룡은 다른 물건들도 살펴보았다.

먼저 도자기 병 뚜껑을 열고 냄새를 맡아 본 유진룡은 그것이 처음 이곳에 왔을 때 터지고 부어오른 얼굴의 상처를 금방 낫게 해준 소의 침같이 끈적끈적한 외상용 치료약임을 알았다.

목합 두 개도 열어보았다.

각각 팥알만 한 환단들이 스무 개씩 들어 있었다.

뚜껑 안쪽을 보니 한 개는 속명단이라고 적혀 있었고, 다른 한 개는 요상단이라 적혀 있었다.

그것들은 위급한 상황에서 급히 공력을 끌어올릴 때와 병장기에 당한 상처를 빨리 낫게 해주는 약이었다.

유진룡은 그것들도 조심스럽게 갈무리했다.

'사부……'

유진룡은 가슴속으로 사부를 불렀다.

사부의 꼼꼼한 배려가 가슴에 사무쳤다. 그리고 모든 것을 바쳐 딸을 지키고자 하는 사부의 처절한 부정이 가슴을 울렸다.

유진룡은 자신의 처소에서 가져온 보따리도 풀었다.

그 보따리에는 자신에게 금제를 가한 구슬과 함께 백호와 흑응의 심령을 제압하고 부릴 수 있는 구슬과 두 짐승들을 부를 때 사용하는 호각이 들어 있었다.

"으르르―"

유진룡이 수정 구슬을 꺼내는 것을 보자 백호가 본능적으로 송곳니를 드러냈다.

그것 때문에 천산마존 곁에 묶여 있었고, 이젠 유진룡에게까지 묶여 있을 수밖에 없는 것이다.

푸드득―

동굴 어느 곳에 숨어 있던 흑응도 날갯짓을 하며 날아올랐다.

"걱정할 필요 없다. 다른 건 몰라도 이것만큼은 사부님 생각에 따르지 않을 생각이니까."

빙긋 웃으며 말한 유진룡은 수정 구슬 하나를 손아귀에 쥐었다.

까가각―

날카로운 파열음과 함께 유진룡의 손아귀에서 수정 구슬 하나가 가루가 되어 흘러내렸다.

백호가 움찔 뒷걸음질을 치다가 놀란 눈으로 유진룡을 쳐다보았다.

흑응도 푸드득거리며 다시 날갯짓을 했다.

까가각―

유진룡은 또 한 개의 수정 구슬마저 손아귀에서 가루로 만들어 버렸다. 그건 흑웅의 심령을 제압한 것이었다.

삐익―

날개를 푸드득거리던 흑웅이 놀람인지 기쁨인지 모를 소리를 질렀다.

유진룡은 자신에게 금제를 가할 수 있는 수정 구슬마저 가루로 만들어 버렸다.

"너희들은 이제 자유다. 사부께서는 그동안 너희들의 도움이 필수적이었기 때문에 할 수 없이 너희들을 속박하고 있었지만 사지 육신 멀쩡한 나는 그럴 필요가 없다. 모든 것을 내 힘으로 시작하고 내 힘으로 끝낼 수 있는 것이다."

부드럽게 말한 유진룡이 백호의 목덜미와 흑웅의 머리를 번갈아 쓰다듬었다.

너무나 갑작스럽게 자유를 얻은 백호와 흑웅이 도저히 믿기지 않는 듯 유진룡이 가루를 내어버린 수정 구슬의 잔해를 몇 번이나 거듭 쳐다보았다.

"그리고 이것도 부숴 버려야겠지?"

두 영물들을 부를 수 있는 호각마저 손아귀에 넣고 힘을 주려던 유진룡은 동작을 멈추었다.

"이건 놔두기로 하자. 언젠가 너희들의 흔적을 발견하고 보고 싶으면 부를 수 있도록 말이다. 하지만 그건 결코 지시나 명령이 아니니 오든지 말든지 하는 것은 너희들 마음대로 하려무나."

유진룡은 호각을 품속에 갈무리했다.

"자, 이젠 다 같이 자유를 만끽해 보자꾸나."

팔을 활짝 벌린 유진룡이 동굴 밖으로 향했다.

백호와 흑웅도 주춤거리며 유진룡을 따라 동굴 입구로 나왔다.

이 년 만에 다시 동굴을 나선 유진룡은 따가운 햇살을 받으며 한참 동안 눈을 감고 있었다.

수시로 밖으로 들락거린 백호와 흑웅은 덜 했지만 어둠 속에서 촛불만 의지한 채 지낸 유진룡의 눈은 양광의 강렬함을 금방 이겨낼 수가 없었던 것이다.

조금씩 눈을 떴다가 감기를 여러 번 반복하며 적응시킨 유진룡은 마침내 완전히 눈을 떴다.

온 세상은 푸르디푸른 신록으로 뒤덮여 있어 암흑의 세상이 갑자기 초록의 세상으로 바뀐 것 같았다.

유진룡은 한동안 입을 떼지 못한 채 신록의 세상을 내려다보기만 했다.

"정말 아름다운 세상이구나. 너무 아름답다."

마침내 감탄사를 토한 유진룡은 팔을 활짝 벌리며 가슴 깊이 숨을 들이마셨다.

동굴 속의 축축한 공기와는 비교도 할 수 없는 싱그런 대기가 폐부 깊은 곳까지 사무치게 스며들었다.

"이럴 때는 출관 기념으로 온 산이 쩌렁쩌렁하게 광소라도 터뜨려야 하는 것인가? 웅탁이 녀석이 가져다 준 얘기책엔 그렇게 적혀 있던데."

짓궂은 미소와 함께 중얼거린 유진룡은 절벽 아래로 둥실 몸을 날렸다.

갑작스런 행동에 깜짝 놀란 백호가 같이 뛰어내릴 자세를 잡았다.

아무리 유진룡이 극한의 수련을 했다고 하지만 이 절벽은 그렇게 무식하게 뛰어내리기에는 너무 높았다. 만약 유진룡이 잘못되면 예전처럼 목덜미의 옷을 물고 구해내야 했다.

푸드득—

흑응도 날갯짓과 함께 날아 내렸다.

파앗—

바닥과 동굴 사이의 중간쯤까지 뛰어내린 유진룡은 튀어나온 바위를 걷어차며 몸을 가볍게 했다.

백호십이수의 기본형과 변초까지 모두 익히는 과정에서 열두 개의 바위를 때로는 바람처럼 휘돌고 때로는 훌쩍 뛰어넘으며 경신의 묘리까지 자연스럽게 터득한 유진룡의 몸은 깃털처럼 솟구쳤다가 남은 절벽마저 뛰어내렸다.

휘익—

백호도 유진룡과 비슷한 동작으로 절벽을 뛰어내렸다.

삐이익!

유진룡과 백호가 무사히 땅에 도달하자 흑웅은 절벽 근처 허공을 맴돌다 백호의 등에 내려앉았다.

"사부님께 인사부터 드리자."

절벽을 뛰어내린 유진룡은 걸음을 옮겨 절벽 옆 비탈을 걸어 올라갔다.

그 뒤를 백호가 따라 걸었다.

잠시 후, 유진룡은 비탈진 곳에서 걸음을 멈추었다.

비탈 양지쪽에 제법 넓적한 평지가 있었고, 그곳에 비석도 없는 작은 봉분이 만들어져 있었다.

그것은 사부 천산마존의 무덤이었다.

말년을 지옥 같은 동굴 속에서 지냈기에 시신이나마 밝은 곳에 묻히기를 원한 사부의 유지에 따라 유진룡은 이곳에 사부를 모셨다.

앞과 양옆이 툭 트이고 경관이 수려한 이곳에서라면 사부는 영혼으로나마 자유를 느낄 수 있을 것이다.

유진룡은 묵묵히 사부의 무덤 앞에 섰다.

백호도 유진룡의 뒤에서 묵묵히 봉분을 쳐다보다가 눈물 흘리는 모습을 안 보이려는 듯 고개를 이리저리 흔들어댔다.

삐익—

흑웅도 이곳에 천산마존이 묻힌 줄 아는 듯 구슬픈 울음과 함께 날개를 퍼덕거리며 봉분 주위를 맴돌았다.

“사부! 제가 왔습니다.”

사부의 봉분 앞에 무릎을 꿇고 앉은 유진룡은 감개무량한 음성으로 인사를 했다.

“사부께서 제대로 가르쳐 주지 않고 떠나셨기에 이제 겨우 백호십이수를 완성했습니다.”

말을 끝낸 유진룡은 문득 주변을 두리번거렸다.

‘자만하지 말거라 이놈아!’ 하는 사부의 고함 소리가 바람을 타고 들려오는 것도 같았다.

“자만이라니요. 여기서 지켜보고 계셨으니 잘 아실 것 아닙니까. 그동안 제가 얼마나 고생을 하고, 얼마나 발광을 하며 사부의 유지를 충실히 따랐는지…….”

살아생전에는 언제나 호통만 치는 사부의 고함이 그렇게 야속할 수가 없었는데 지금은 그 목소리가 너무 그리웠다.

칭찬은 한마디도 하지 않고 언제나 호통만 쳤지만 그 호통 끝에는 한없는 걱정과 칭찬보다 더 진한 정이 흐르고 있음을 절실히 느낄 수 있었다. 그리고 그 호통이 무엇과도 비견할 수 없는 격려가 되어 지금의 자신을 있게 했다.

“이젠 사부께서 시킨 것을 다 익혔으니 사부의 따님을 찾아 떠나겠습니다. 마음 같아서는 모든 걸 몰라라 하고 도망치고 싶지만 생겨먹기를 이렇게 생겨먹었으니 어쩝니까? 정말 멍청한 짓인 줄 알면서도 어쩔 수 없이 또 다른 지옥을 향해 발을 디뎌야지요.”

유진룡은 피식 웃음을 흘리고는 긴 한숨을 내쉬었다.

방금 중얼거린 말대로 사부의 당부를 흘려버리고 편히 살 수도 있었다.

금제를 가한 구슬도 깨버렸고, 사부의 딸 주애청은 자신의 존재조차 모른다.

그리고 아무리 사부의 가르침을 완벽히 익혔다고 하더라도 사부와의 거래를 이행하려면 죽을 확률이 더 높을 것이다.

그래서 도망치고 싶은 것이 솔직한 심정이지만 그건 스스로 자신의 존재를 부정하고 스스로 쥐새끼로 전락하는 것이다.

쥐새끼로 전락하지 않기 위해 소주 뒷골목에서 훨씬 더 큰 놈들과 상대하며 창자가 끊어지는 듯한 통증을 감내하며 끝까지 주먹을 내밀었고, 손가락 하나 움직일 수 없을 만큼 기진맥진한 상태에서도 이를 악물고 신형을 일으켰다.

이제 와서 그 모든 것을 한순간에 던져 버릴 수 없다.

자신은 날 때부터 그렇게 생겨먹은 것이다.

"사부… 마음이 급하시더라도 조금만 참고 계십시오. 나도 할 일이 많은 사람이니 사부의 딸은 최대한 빨리 구해 사부님 앞에 대령시키겠습니다. 그때는 푸짐한 음식도 준비해서 대접해 드릴 테니 손가락만 빨고 계십시오."

말을 끝낸 유진룡은 천천히 몸을 일으킨 후 절을 하기 시작했다.

일배…….

이배…….

…….

그 어떤 때보다 경건한 표정과 함께 유진룡은 모두 아홉 번의 절을 했다. 그렇게 하여 천산마존에게 처음으로 제자의 예를 차렸다.

"사부님은 더 이상 제자를 받아들일 자격이 없다고 마음을 닫아버렸지만 그건 사부님의 일방적인 처사지요. 저는 그걸 인정할 수가 없습니다."

비록 살아생전에는 끝까지 사제의 연을 거부했지만 그건 진심이 아닐 것이다.

어쩌면 사부는 자신보다 더 사제의 연을 바랐을지도 몰랐다. 하지만 조금이라도 유진룡의 부담을 덜어주고, 혹여 사사로운 정에 이끌려 수련을 제대로 시킬 수 없음을 저어하여 사부는 그렇게 매정하게 대한 것이리라.

마지막 순간의 사부 모습이 선명하게 떠올랐다.

그렇게 매정하게 대한 것은 진심이 아니라는, 딸 주애청에게 전해주라던 그 말은 자신에게 한 말이기도 했다. 그때 사부의 눈은 먼 곳에 있는 딸에게가 아닌, 유진룡 자신에게로 향하고 있었다.

"이젠 가보겠습니다."

잠시 더 봉분을 쳐다보고 있던 유진룡은 훌쩍 등을 돌렸다.

그리고는 백호와 흑웅을 재촉했다.

백호는 못내 아쉬운지 유진룡의 재촉에도 불구하고 엉덩이를 붙이고 있었다.

퍽!

유진룡은 백호의 엉덩이를 사정없이 걷어찼다.

크르르—

난데없는 발길질 세례에 펄쩍 뛰어 몸을 일으킨 백호가 송곳니를 드러내며 불평 어린 포효를 토했다.

"암컷도 아닌 놈이 웬 엉덩이는 그리 무거워!"

마주 으르렁거린 유진룡은 휘적휘적 앞서 걸었다.

으르르—

한 번 더 송곳니를 드러낸 백호가 기가 막힌다는 듯 고개를 흔들다가 마침내 유진룡의 뒤를 따랐다.

삐익—

울음을 토한 흑웅도 날갯짓과 함께 유진룡의 어깨 위로 날아올랐다.

사부의 무덤에서 내려와 다시 동굴 아래에 선 유진룡은 묵묵히 두 마리의 영물들을 쳐다보았다.

이젠 이놈들과도 이별을 해야 하는 것이다.

사부는 자신이 이놈들의 다음 주인이 될 것을 원했지만 유진룡은 조금도 그러고 싶은 마음이 없었다.

자신에겐 자신의 갈 길이 있듯이 이놈들 역시 자기 가고 싶은 길이 있을 것이다. 이젠 그만 놓아주어 스스로의 길을 가게 해주고 싶었다. 그래서 수정 구슬도 미련없이 깨뜨려 버린 것이다.

"그동안 정말 고생 많았다. 이젠 자유의 몸이 되었으니 그동안 너희들이 가고 싶었던 곳으로 가보거라. 이곳 소주는 사람들이 살기엔 더없이 좋은 곳이지만 너희들에겐 그렇지 못한 곳이다. 특히, 백호 네놈은 태어난 곳으로 돌아가서 그곳에서 너 닮은 못생기고 성질 더러운 짝을 만나 물고 뜯으며 살아라."

유진룡은 백호와 흑웅의 목덜미를 쓰다듬으며 부드럽게 타일렀다.

두 놈은 실감이 나지 않는지, 아니면, 갑작스런 자유가 추방으로 다가왔는지 갈피를 잡지 못하고 있었다.

'미운 정이 더 무섭다더니.'

유진룡은 씁쓸한 미소를 지었다.

흑웅과는 별로 맞닥뜨릴 기회가 없었지만 백호와는 많이 싸우고 수시로 신경전을 벌였다. 그러면서 정이 들었는지 놈에게 자유를 주면서도 섭섭한 마음은 금할 길이 없었다.

하지만 이놈들은 영물이니 그동안 사람과 지냈다고 해서 본능마저 완전히 잃어버리지는 않았을 것이다. 이젠 그것에 의존해 본연의 모습으로 살아가야 하는 것이다.

"어서 가거라!"

유진룡이 조금 목소리를 높였다.

여전히 두 놈은 움직이지 않고 머무적거리며 유진룡을 쳐다보고만 있었다.

“어서!”

유진룡이 이번에는 팔을 흔들어 흑웅을 날아오르게 했다.

삐익!

소리를 지르며 날아오른 흑웅이 잠시 절벽 부근의 하늘 위를 선회했다.

휘이잉—

한줄기 바람이 불어왔다.

흑웅은 비로소 자유를 만끽하려는 듯 날개를 활짝 편 채 그 바람을 받아 허공으로 솟구쳤다.

흑웅이 점점 더 높이 허공으로 날아올랐다.

삐이익!”

다시 한 번 울음소리를 터뜨린 흑웅이 야생의 본능을 되찾았는지 힘찬 날갯짓을 했다.

“그래! 그렇게 자유를 찾아가는 것이야.”

유진룡은 까마득히 멀어져 가는 흑웅을 향해 손을 흔들었다.

마침내 흑웅은 까만 점이 되어 허공 속에 파묻혔다.

“이젠 네 차례다.”

유진룡은 부드러운 음성과 함께 백호를 쳐다보았다.

백호가 슬그머니 고개를 돌리고 유진룡의 시선을 피했다.

"가기 싫으냐?"

유진룡이 질문을 던졌다.

백호는 아무 반응도 보이지 않고 그저 먼 산만 쳐다보고 있었다.

"내가 좋아서 못 떠난 것은 아닐 테고… 사부님께서 무슨 지시를 해둔 모양이구나."

유진룡의 짐작이 맞는지 백호는 고개를 돌리며 시선을 맞추어왔다.

사부 천산마존은 운명하기 전에 백호에게 뒷일을 꼼꼼히 주지시켜 놓은 것 같았다.

사부께서 운명하신 후에 이놈이 말을 듣지 않으면 어떻게 하나 걱정했는데 백호십이수의 변초들을 익히며 막히는 것이 있을 때마다 부탁을 하면 백호는 한 번도 거절하지 않고 시범을 보여주었다.

그 표홀하고 노도 같은 기세를 보며 이 년 만에 초식 수련도 끝낼 수 있었다.

수련이 끝나가는 것을 느끼자 백호는 시키지도 않았는데 지금 자신이 입고 있는 옷가지까지 물어다 놓았다.

그건 모두 사부 천산마존이 돌아가시기 전에 주지시켜 둔 지시 때문일 것이다.

유진룡은 잠시 생각에 잠기며 사부 천산마존이 자신의 수련이 끝난 후 백호에게 무엇을 하라고 지시했을지 짐작해 보았다.

수련을 끝낸 자신이 제일 먼저 해야 할 일은 말할 것도 없이 사부의 딸 주애청을 찾는 일이다.

도천극의 정체를 밝히는가 하는 일은 그에 따른 부수적인 것일 뿐이었다.

주애청은 사부의 셋째 제자 철사홍과 함께 적아라는 늑대를 데리고 다닐 것이고 백호가 흔적을 남기면 수백 리 밖에서도 찾을 수 있다고 했다.

"적아를 찾을 때까지 날 도와주라고 했느냐?"

유진룡은 다시 질문을 던졌다.

제대로 짚은 것인지 백호는 이번에도 눈을 맞춰왔다.

유진룡은 잠시 난감한 심정이 되었다.

이놈들이 있으면 편하기도 하겠지만 당분간은 은밀히 움직이며 도천극의 정체를 캐야 한다. 그런데 이놈들과 다니면 단박에 소문이 나고 은밀한 행동은 불가능할 것이다.

삐익!

설상가상으로 날카로운 울음소리와 함께 허공 속으로 사라졌던 흑웅이 힘찬 날갯짓과 함께 쏜살같이 날아 내려 유진룡의 어깨에 앉았다.

놈은 그사이 자유를 다 누린 모양이었다.

"쩝!"

유진룡은 입맛을 다셨다.

아무리 영물이라도 짐승은 짐승이었다. 놈들은 그동안 몸에 익은 습성을 칼로 두부 자르듯이 단번에 자를 수는 없었던 모양 같았다. 그렇다면 당분간 조금 더 같이 다니며 그간의 습성을 떨치게 한 후 자연스럽게 자기가 난 곳으로 돌려보내야 할 수밖에 없었다.

"좋아, 그럼 이렇게 하자. 난 지금부터 사람들 사는 곳으로 움직여야 하니까 백호 넌 따라올 수 없다. 그러니 너는 항상 숲으로 다니며 내가 있는 곳 근처의 산에 있다가 밤에만 한 번씩 만나자. 낮에는 수시로 이 호각을 불어줄 테니 내가 있는 곳을 짐작해서 움직여라. 흑웅의 도움을 받으면 어렵지는 않을 것이다."

유진룡의 설명을 알아들었는지 백호는 흑웅과 호각을 번갈아 쳐다보았다.

"그럼 당분간은 헤어지기로 하자. 며칠 후에 기회가 있으면 산속에서 만나기로 하고."

그제야 백호는 천천히 몸을 일으켰다.

"가보아라."

유진룡이 손을 흔들자 백호는 훌쩍 몸을 날렸다.

거대한 덩치의 백호가 숲 속으로 스며들자마자 파묻히듯 사라져 버렸다.

숲이 그렇게 우거진 곳도 아니데 백호의 모습은 감쪽같이 사라져 버려 어디에 있는지 도저히 짐작이 가지 않았다.

"영물 중에 영물이군!"

감탄사를 터뜨린 유진룡은 흑응을 바라보았다.

"넌 허공에서 이따금씩 내가 있는 곳과 백호가 있는 곳을 서로에게 알려주면 되겠구나. 그 외엔 네놈 하고 싶은 대로 해라."

유진룡은 흑응을 올린 팔뚝을 세차게 위로 뿌렸다.

삐익!

흑응이 다시 허공으로 날아올라 까만 점으로 변했다.

第二十五章
개방(丐幇)의 소년

백호와 흑웅을 떨쳐 버린 유진룡은 홀가

분한 마음으로 하산하기 시작했다.

절벽 아래를 벗어나 숲 속으로 접어드니 대기는 훨씬 더 달

콤하고 향기로웠다.

동굴 안에서 지낼 때와는 천양지차인 바깥세상의 냄새는

너무나 상쾌하고 싱그러워 그동안 폐부 속에 쌓여 있던 축축

한 습기와 이끼 냄새를 단번에 씻어내는 것 같았다.

"흐읍―"

유진룡은 허파가 터질 듯 가슴을 부풀리며 산속의 대기를

빨아들였다. 그리고 그것을 아랫배 깊은 곳까지 밀어 넣었다.

동굴의 대기를 흘려보낼 때와는 또 다른 느낌의 기운이 아랫배에서 요동을 쳤다.

"어디!"

이번에는 아랫배에서 꿈틀거리는 기운을 양다리를 통해 발바닥으로 모았다.

파앗—

그 상태에서 세차게 땅을 박차며 경공을 펼쳤다.

짙은 신록이 녹색의 그림자를 뿌리며 스쳐 지나갔다.

'되는군!'

유진룡은 입술 끝에 미소를 머금었다.

백호이십수의 열두 기본형과 그로 인해 파생되는 변초들을 익히며 보법과 경공의 묘리를 터득했지만 실제로 펼쳐 보는 것은 지금이 처음이다.

물론, 동굴 속에서 몇 번 시도는 해보았지만 공간적 제약으로 인해 제대로 된 묘용을 시험해 볼 수 없었다.

파앗—

좀 더 몸을 가볍게 하며 좀 더 강하게 땅을 박찼다.

당연히 훨씬 더 먼 거리를 뛰어넘을 수 있었고, 훨씬 더 빠르게 앞으로 쏘아졌다.

내력을 끌어올리며 계속해서 경공을 펼쳤다.

길이 없는 곳이라 땅에는 온통 잡목과 바위들이었고 사방으로 아름드리 나무들이 들어차 있었지만 열두 개의 돌기둥 사이를 수없이 휘돌아 나가며 백호십이수를 익힌 유진룡의 신형은 단 한순간도 멈칫거림 없이 바람처럼 숲 속으로 쏘아져 나갔다.

어느새 숲이 옅어지며 길이 나타났다.

유진룡은 천천히 신형을 멈추었다.

길에서는 지금보다 훨씬 더 쉽고 빠르게 경공을 펼칠 수 있을 터이지만 굳이 그러고 싶지 않았다.

몇십 년, 아니, 몇백 년처럼 길게 느껴지던 시간 동안 동굴 속에서 미친 듯이 보법을 밟으며 수련했기에 최소한 오늘 하루만은 바람처럼 자유롭고 유유자적하며 걷고 싶었다.

길에 내려선 유진룡은 헝겊으로 둘둘 감은 청룡검을 허리 뒤로 돌리고 뒷짐을 쥔 채 천천히 걸음을 옮겼다.

짙은 숲을 벗어나자 공기도 조금 달라졌다.

싱그런 풀 냄새는 점자 옅어지고 대신 흙냄새가 더 진해졌다.

"흐읍!"

유진룡은 또 한 번 심호흡을 하며 폐부 깊숙이 흙냄새를 빨아들였다.

동굴 속의 먼지 냄새와는 비교할 수 없이 생기 왕성한 흙냄새가 폐부를 가득 채웠다.

폐부 깊숙이 거듭해서 흙냄새를 가득 채우던 유진룡은 희미하게 들려오는 익숙한 소음에 청력을 돋우었다.

보통 사람의 귀라면 들을 수 없는 미미한 소리였지만 유진룡은 확연히 들을 수 있었다.

특히, 그 소리는 소주 뒷골목에 살 때 자신의 몸에서 쉴새 없이 터져 나오던 소리기에 더욱 확연히 들렸다.

인간의 몸에 주먹이나 발이 닿으며 터져 나오는 소리!

그것은 누군가 육박전을 벌이며 싸우는 소리였다. 그리고 그 소리에 큰 힘이 실리지 않은 것으로 보아 어른이 아닌, 아이들의 싸움이었다.

옛날 생각이 난 유진룡은 호기심 어린 미소와 함께 연신 파육음이 터져 나오는 모퉁이를 향해 자신도 모르게 걸음을 옮겼다.

퍽!
퍽!

모퉁이를 돌았을 때 파육음은 더욱 격렬하게 터져 나왔다.

유진룡은 빙긋 미소를 지으며 모퉁이 바위 옆에서 걸음을 멈추었다.

예상대로 열 살쯤 되어 보이는 네 명의 소년들이 죽기 살기로 싸우고 있었다.

모두 거지 행색으로 나이와 덩치도 비슷해 보였는데 한 덩어리로 엉겨 붙어 있어 누가 누구를 상대하는지 알 수가 없을 지경이었다.

바위 옆에 몸을 숨긴 채 머리만 내민 유진룡은 그들 네 명의 소년들이 싸우는 모습을 보며 예전의 자기 모습을 떠올렸다.

저들 소년보다 몇 살 더 먹은 나이에 첫 번째 생사지투를 벌이며 골목 하나를 차지했고, 그때부터 열흘이 멀다 하고 지겹도록 싸웠다. 그리고 그 싸움꾼의 운명은 여전히 현재 진행형이었다. 어쩌면 저렇게 치열하게 싸우는 놈들 중 한 놈 정도는 자신과 같은 싸움꾼의 운명을 타고났을지도 몰랐다.

짧은 회상에 잠겼던 유진룡은 시선을 모으며 소년들의 싸움을 유심히 살폈다.

'저건 좀 불공평하군!'

유진룡은 슬쩍 인상을 찌푸렸다.

서로 한 덩어리로 엉겨 붙어 있을 때는 몰랐는데 떨어져서 대치하는 모습을 보니 세 명이 한 명을 몰아붙이고 있었다.

그러고 보니 복장도 약간 달랐다.

다른 세 명은 누더기 옷이 아닌, 모피 가죽 옷을 입고 있었다.

때에 절어 색이 완전히 바랬기에 처음에는 똑같은 누더기로 보였던 것이다.

유진룡은 누더기 옷을 걸친 소년에게 시선을 모았다.

서로 비슷한 체격이니 세 명을 혼자서 상대하는 소년이 불리한 것은 자명한 일이었다.

그래서 여러 가지 옷 조각을 덧대어 입은 누더기 차림새 소년의 얼굴이 훨씬 많이 터지고 부어올라 있었다.

자연스럽게 유진룡은 누더기 차림의 소년에게 조금 더 관심을 주게 되었다.

"죽어라, 거지 새끼!"

세 명의 소년 중, 한 명이 주먹을 휘두르며 달려들었다. 그를 따라 나머지 소년 두 명도 양옆에서 같이 달려들었다.

누더기 옷의 소년은 빠르게 발을 움직이며 거리를 유지했다. 그러다가 제일 약해 보이는 한 놈을 향해 우선적으로 발길질을 했다.

그건 상대하는 숫자부터 줄여보자는 심산이었다.

예상대로 한 놈이 주저앉았고 누더기 옷의 소년이 주저앉은 소년의 턱을 향해 발을 차올렸다. 그러나 양옆에서 달려든 두 명의 소년에 의해 그 의도는 무산되며 다시 삼 대 일의 대결이 되었다.

각개격파를 포기한 누더기 차림의 소년이 이를 악물며 주먹을 말아 쥐었다.

수적 열세에도 굴하지 않고 투지가 느껴지는 모습이어서 유진룡은 자신도 모르게 미소를 지었다.

퍼억—

누더기 차림의 소년이 다가온 한 놈의 가슴에 주먹을 작렬시켰다.

소리는 컸지만 마구잡이식으로 휘두르는 주먹인지라 큰 타격을 입지 않은 듯 주먹에 가격당한 소년은 잠시 뒤로 밀렸다가 다시 달려들었다.

펙!

펙!

한 대를 친 누더기 차림 소년의 몸에는 두 개의 주먹이 동시에 꽂혀 들었다.

하지만 누더기 소년은 뒤로 물러서지 않고 두 개의 주먹을 몸으로 받아내며 정면에 있는 소년의 턱에 주먹을 작렬시켰다.

이번에는 좀 충격이 있는 듯 턱을 가격당한 소년이 얼굴을 감싸 쥐며 뒤로 물러났다.

"이 똥거지 새끼가?"

친구가 정통으로 얻어맞은 것을 본 두 명의 소년이 눈에 불을 켜며 달려들었다.

누더기 차림의 소년이 속절없이 뒷걸음질을 치며 유진룡이 기대어 있는 바위까지 밀려왔다.

유진룡은 슬쩍 바위 뒤에서 나서며 다리를 뻗었다. 그대로 두면 누더기 소년은 바위에 등을 세게 부딪칠 상황이었다.

"어?"

유진룡의 다리 어림에 등을 부딪친 누더기 소년이 얼른 고개를 돌려 유진룡을 쳐다보았다.

누더기 소년을 몰아붙이던 두 명의 소년들도 바위 뒤에서 모습을 드러낸 유진룡의 출현에 움직임을 멈추고 경계의 눈초리로 유진룡을 쳐다보았다.

자신들보다는 머리 몇 개는 더 커 보이는 장신에, 옷 속에서도 확연히 드러나는 차돌 같은 근육은 쳐다만 보아도 오금이 저릴 정도였다. 만약 유진룡이 누더기 차림새를 한 거지와 일면식이라도 있다면 자신들은 뼈도 추리지 못할 것이라는 생각이 든 것이다.

"불리한 싸움 같은데 내가 말려주련?"

바위의 뾰족한 부분까지 밀려온 누더기 소년의 등을 떠밀어 안전한 곳까지 돌려놓은 유진룡은 빙긋 웃으며 소년의 의향을 물었다.

누더기 소년이 와락 인상을 썼다.

"불리한긴 누가 불리하다고 그래요! 상관 말고 갈 길이나 가세요. 난 기필코 저놈들 요절을 내놓고 말 테니까요."

누더기 소년은 유진룡의 손을 휙 뿌리치며 다시 싸울 태세를 했다. 그리고는 여기까지 밀려와서 유진룡의 도움을 받은 것이 수치스럽기라도 하다는 듯 맹렬하게 세 명의 소년들을 향해 달려들었다.

유진룡은 잠시 어이없는 표정을 하다가 피식 웃고 말았다.

누가 봐도 불리한 싸움임에도 불구하고 기가 꺾이지 않는 누더기 소년의 기질이 예전의 자신을 떠올리게 했던 것이다.

퍽!

퍼억!

다시 여러 개의 파육음이 울렸다.

처음에는 유진룡이 누더기 소년의 일행이 아닌가 긴장했던 모피 옷을 걸친 소년들이 다시 마음놓고 누더기 소년을 두들기고 있었다.

"으윽!"

누더기 소년이 신음을 흘리며 다시 유진룡 쪽으로 밀려왔다.

소년의 얼굴에는 한층 더 많은 멍 자국이 나 있었고 코피도 흐르고 있었다.

"아직도 맘이 안 변했느냐?"

유진룡은 이번에도 커다란 손으로 소년의 등을 떠받치며 물었다.

"일 없어요!"

누더기 소년은 여전히 유진룡의 손을 뿌리치며 앞으로 쏘아졌다.

퍽!

퍽!

또 한 차례 파육음이 울리며 누더기 소년이 유진룡의 몸을 기댄 바위 곁으로 밀려왔다.

"아직……."

"일 없다니까요!"

누더기 소년은 유진룡의 말을 끝까지 듣지도 않고 앞으로 쏘아졌다. 그러나 이번에는 한 번도 제대로 부딪쳐 보지 못하고 뒤로 튕겨왔다. 그리고는 유진룡의 손바닥에 떠받치기도 전에 바닥에 쓰러졌다.

"이젠 생각이 바뀔 때도 되지 않았느냐?"

유진룡은 손을 뻗어 덮쳐들려는 세 명의 소년을 제지시킨 후 바닥에 드러누워 있는 누더기 소년을 보고 물었다.

"이길 수… 있어요."

소년이 쥐어짜듯 중얼거리며 몸을 일으키려 했다. 하지만 세 명에게 당한 타격이 만만치 않은지 몸을 제대로 가누지 못했다.

"한 수 가르쳐 줄까?"

유진룡은 여전히 웃는 얼굴로 소년의 얼굴을 내려다보며 말했다.

소년이 바닥에 누운 채 두 눈을 끔벅거렸다.

"몸은 마음을 따르기 마련이란다. 마음이 일어날 수 있으면 몸도 일어날 수가 있는 거야. 네가 지금 못 일어나는 건 이길 수 있다는 말과는 달리 진정으로 일어나고 싶은 마음이 없기 때문이다."

유진룡의 말에 소년의 표정이 몇 번 변화를 일으켰다.

"누가 못 일어난다고 그래요."

소년은 발작적으로 고함을 지르며 튕기듯 몸을 일으켰다. 그 모습은 조금 전까지 몸을 제대로 못 가누던 것과는 너무 달랐다.

이젠 끝났다고 생각하며 소년의 봇짐을 챙기려던 모피 옷을 입은 소년들이 두 눈을 동그랗게 떴다.

"그래 그거야. 마음이 일어나면 몸도 일어나는 거야!"

유진룡은 벌떡 일어선 소년을 향해 엄지손가락을 치켜세웠다.

"똑같은 방식으로… 마음이 이기면 몸도 이길 수 있단다."

유진룡은 다른 손 엄지손가락도 같이 치켜세우며 누더기 소년을 응원했다.

"이 거지 축에도 못 끼는 새끼들이……."

유진룡의 응원에 힘을 얻었는지 누더기 소년이 바람처럼 몸을 날렸다.

픽—

픽—

다시 요란한 파육음이 터져 나왔다.

유진룡의 가르침을 제대로 이해했는지 누더기 소년은 이제껏 싸우던 모습보다 훨씬 더 맹렬하게 세 명의 소년들과 부딪쳤다. 그러나 여전히 역부족인 것은 어쩔 수 없었다.

누더기를 걸친 소년은 온통 쥐어 터진 얼굴로 뒤로 튕겨 나왔다.

턱!

쓰러지기 일보 직전의 소년의 등을 유진룡이 한 손으로 떠 받쳤다.

“이길 수 있다는 마음은 변함이 없겠지?”

유진룡이 소년을 향해 물었다.

“이길 수… 있어요!”

비록 쓰러지기 일보 직전이었지만 소년은 기세가 꺾이지 않고 답했다.

“좋아! 그럼 한 수 더 가르쳐 주지!”

유진룡은 소년의 등을 떠받친 손을 떼어내며 낮은 음성으로 말했다.

비틀거리던 소년이 다시 두 눈을 끔벅거렸다.

“더 크거나, 더 강한 상대와 싸울 땐 빈틈을 잘 포착해야 하지. 그리고 그 빈틈을 향해 힘을 모아서 단번에 주먹이나 발을 찔러 넣어야 이길 수 있어.”

유진룡은 짤막한 가르침이 이해되지 않았는지 소년이 눈알만 굴렸다.

“넌 싸우는 기술은 저 녀석들보다 나은데 힘을 제대로 모으지 못하더구나. 도끼질을 하듯이 그렇게 팔을 휘둘러서는 휘두르는데 힘이 다 분산되고 정작 주먹에는 힘이 얼마 들어가지 않는 법이다. 최소한의 짧은 거리로 번개처럼 찔러 넣어야 효력이 있단다.”

“최소한의 거리를 번개처럼…….”

이번에는 뭔가 조금 이해가 되는지 누더기 소년은 유진룡의 가르침을 입속으로 중얼거렸다.

“그렇게만 하면 되나요?”

투지가 되살아난 소년이 유진룡을 향해 물었다.

“한 가지 더 있단다.”

유진룡이 빙긋 웃으며 엄지와 검지로 바둑알만 한 동그라미를 만들었다.

“아무 곳이나 걸리는 대로 때리려 하지 말고 요만한 크기의 한점만 두드린다고 생각해서 주먹이나 발을 내질러야 더 효과적이지. 더 넓게 때릴 필요도 없고, 더 깊이 때릴 필요도 없이 딱 그 한점만 때린다고 생각해서 주먹을 번개처럼 내질러 보렴. 그럼 효과가 있을 거야.”

여전히 낮은 소리로 말한 유진룡은 두 손으로 소년의 어깨를 잡고 돌려세웠다.

“그래도 안 되면요?”

소년이 고개를 돌리며 물었다.

“그래도 안 되면 팔자려니 하고 평생 자기 것을 빼앗기고 두들겨 맞으면서 살아야지.”

“죽어도 그렇게는 못 살아요!”

역정을 터뜨린 소년이 성큼성큼 앞으로 나섰다. 그 모습은 마치 금방 산을 내려온 한 마리 호랑이 같았다.

세 명의 소년들이 주춤거리며 한 걸음씩 뒤로 물러섰다.

"덤벼!"

모피 옷을 걸친 소년들 앞에선 누더기 소년이 서두르지 않고 두 주먹을 가슴에 모았다.

마주 선 세 명의 소년은 어리둥절한 눈으로 서로를 쳐다보았다.

조금 전까지만 해도 일어서지 못할 정도로 파김치가 된 놈이 팔팔하게 일어섰다.

그것만으로도 놀랄 일인데 이젠 왠지 쉽게 이길 수 없을 것 같은 기세마저 느끼게 했다.

소년들은 의심스런 눈초리로 유진룡은 쳐다보았다. 혹시 유진룡이 누더기를 입은 소년에게 무슨 약이라도 먹이지 않았나 하는 의구심이 들었기 때문이었다.

유진룡은 피식 웃으며 바위 위에 걸터앉았다. 그의 손에는 아무것도 들려 있지 않았다.

"덤벼, 이 거지 축에도 못 드는 새끼들아!"

누더기 소년이 다시 고함을 질렀다.

모피 옷을 입은 세 명의 소년이 다시 한 번 서로를 쳐다보고 주먹을 들어 올렸다.

잠시 누더기 소년의 기세에 밀리긴 했지만 자신들은 세 명이었고 유진룡은 여전히 직접적으로 개입할 생각이 없어 보였다.

“이젠 진짜 죽여 놓겠다.”

세 명 중에서 눈이 길게 옆으로 찢어진 소년이 한발 앞서 누더기 소년에게 쇄도해 들었다.

누더기 소년은 슬쩍 옆으로 발을 옮기며 빈틈을 노렸다.

어느 순간!

휘익―

누더기 소년의 주먹이 그야말로 화살처럼 뱁새눈을 한 소년의 명치로 쏘아졌다.

퍽!

한줄기 격타음이 울렸다.

그것은 이제까지와는 다르게, 외마디 비명처럼 짧고 단호했다.

“큭!”

뱁새눈의 소년 역시 짧고 낮은 비명을 토해냈다.

뱁새눈 속의 눈동자가 순간적으로 초점을 잃으며 뒤로 넘어갔다. 그와 함께 소년의 몸도 함께 뒤로 넘어갔다.

“어?”

“뭐, 뭐야?”

남은 두 명의 소년이 한마디씩 경호성을 터뜨렸다.

온 힘을 다해 위력적으로 휘두른 것도 아닌, 밀치듯이 짧게 내민 단 한 방의 주먹에 동료가 뒤로 나자빠진 사태가 도저히 이해가 되지 않는 것이다.

그런 심정은 누더기를 걸친 소년도 마찬가지인 듯 어리둥절한 눈으로 자신의 주먹을 쳐다보았다.

"무슨 수작을 부린 것이냐, 이 비겁한 놈아!"

잠시 후 봉두난발을 한 소년이 고함을 지르며 달려들었다.

"이젠 제대로 싸우는 법을 알았다."

누더기 소년이 마주 소리를 지르며 발을 차올렸다.

그 발길질 역시 불필요한 궤적을 모두 생략하고 목적한 한 곳만을 향해 빠르게 날아갔다.

퍽!

또 한 차례 짧고 단호한 파육음이 터졌다.

"컥!"

아랫배에 발이 틀어박힌 봉두난발의 소년이 기침 같은 비명과 함께 두 눈을 크게 떴다.

아랫배에서 밀려드는 고통이 숨길을 막아 숨을 내쉴 수가 없게 했던 것이다.

봉두난발의 소년은 파랗게 질린 표정과 함께 아랫배를 부여잡고 바닥으로 쓰러졌다.

퍼억—

다시 똑같은 높낮이의 파육음이 터졌다.

세 명 중, 마지막 남은 한 명의 관자놀이에서 터져 나오는 격타음이었다.

마지막 남은 소년은 비명도 지르지 못하고 바닥에 나뒹굴었다.

모피 옷을 걸친 소년들을 모두 때려눕힌 누더기 소년은 멍한 표정으로 자신의 손을 쳐다보았다.

지금까지 수십 번을 때렸지만 결정적인 타격을 주기는커녕 더 많이 얻어맞고 튕겨 나오기만 하게 만들었던 주먹이었다. 그런데 한순간에 상황이 백팔십도로 바뀌어 버렸다.

이건 마치 무슨 도깨비에 홀린 것 같았다.

짝짝짝!

커다랗게 들려오는 박수 소리에 누더기 옷을 걸친 소년 송종보(宋悰保)는 고개를 들었다.

"잘했어. 필사적으로 싸우다 보면 없던 힘도 짜낼 수 있고, 도저히 불가능한 상대에게도 이길 수 있지."

유진룡은 빙글거리며 송종보에게로 다가갔다.

이 녀석은 배우는 것이 빨랐다. 아울러 싸움꾼 소질이 있었다.

송종보는 얼떨결에 뒷걸음질을 쳤다.

바위에서 일어서서 걸어오는 것을 보니 훨씬 큰 키에 허리에 검까지 차고 있었다. 비록 헝겊으로 둘둘 말아 어떤 검인지는 알 수 없었지만 육 척이 훨씬 넘어보이는 신장만으로도 충분히 위압적이었다.

자신도 모르게 두어 걸음 뒷걸음질을 치던 송종보는 신형을 멈추었다. 인상을 보니 절대로 나쁜 사람 같지는 않았다.

더구나 간접적이지만 자신을 구해준 사람이었다.

송종보는 천천히 포권을 쥐었다.

"도움에 감사드립니다."

"그런 격식은 그만두어라. 내가 도왔다기 보다는 네 스스로 절대 지지 않으려고 했기 때문에 이길 수 있었던 것이니까."

유진룡은 고개를 흔들며 송종보 앞에 섰다.

"하지만 아저씨, 아니, 대협의 도움이 없었으면 난 저놈들에게 보따리를 빼앗기고 파문을 당했을 거예요."

'대협? 파문?'

송종보가 토해낸 두 단어를 들으며 유진룡은 호기심 어린 표정을 지었다.

행색으로 보아서는 거처도 없이 돌아다니는 거지 같은데 무림인들이 쓰는 대협이란 호칭과 파문이라는 단어를 썼다.

'개방 출신이라도 되는 건가?'

유진룡이 그런 의문을 떠올리는 찰나 송종보는 포권지례를 마무리하며 바닥에 털썩 쓰러졌다.

이젠 정말 서 있을 기운도 없었던 모양이었다.

"어디 크게 다친 데는 없느냐?"

유진룡은 얼른 송종보를 일으켜 앉히며 전신을 살폈다.

아이들 싸움이니 내상 같은 엄중한 타격이야 입지 않았겠지만 온 얼굴에 난 상처도 가볍지 않았다. 터지고 부어오르고 퍼렇게 멍이 든 모습이 어린 시절 자신의 모습을 보는 것과 똑같았다.

유진룡은 품속으로 손을 넣었다. 그리고는 사부가 남긴 약병들을 꺼냈다.

"내게 상처에 잘 듣는 약이 있으니 우선 상처부터 좀 살펴보자꾸나."

유진룡은 소가 흘린 침 같은 끈적끈적한 액체를 손바닥에 부어 송종보의 얼굴 곳곳에 바르다가 아예 손바닥으로 온 얼굴을 문질렀다.

"자! 이건 속으로 멍이 든데 좋은 약이니 침과 함께 꿀꺽 삼키거라."

유진룡은 팥알만 한 속명단 한 개도 내밀었다.

송종보는 눈만 껌벅거리며 약을 받지 않았다.

"왜? 독약이라도 될까 봐 걱정이냐?"

유진룡이 알약과 송종보의 얼굴을 동시에 쳐다보며 말했다.

"그게 아니라… 보통 약은 아닌 것 같은데 이런 귀한 걸 제게 주시면……."

바르자마자 얼굴의 통증이 사라지고 금방 붓기마저 빠져나가는 듯한 물약의 효험에 놀랐는지 송종보는 연신 얼굴을 쓰다듬으며 알약을 쳐다보았다. 알약 역시 이런 효험이 있다면 큰 신세를 지는 것이고 그만큼 부담이 생기는 것이다.

"내 옛날 모습이 생각나서 주는 것이니 아무 생각 말고 삼키기나 해라, 이 녀석아."

손끝에 알약을 올린 유진룡은 그것을 송종보의 입 안으로 튕겨 넣었다.

"캑! 꿀꺽!"

목구멍에 알약이 곧바로 날아들자 송종보는 작은 기침과 함께 엉겁결에 그것을 삼켰다.

삼키자마자 알약은 순식간에 녹아 몸으로 스며들며 상처의 통증과 무기력한 기분을 한꺼번에 씻어주었다.

"정말 감사합니다. 그런데 저는 대협께 아무것도 줄 수가 없는데……."

송종보는 유진룡이 준 약의 효능에 또 한 번 놀라며 부담스런 눈빛을 했다.

"난 대협이 아니니 다시는 그런 호칭으로 부르지 말아라."

유진룡은 인상을 쓰며 말했다.

"그럼 아저씨라고……."

"이 녀석이? 아직 딱지도 못 뗀 총각에게!"

어이없는 표정을 한 유진룡은 송종보의 머리를 쥐어박았다.

"아이쿠!"

송종보가 비명을 질렀다.

유진룡의 주먹이 크기도 했지만 그곳은 하필 세 놈과 싸우
며 맞아 혹이 난 곳이었다.

"대협도 싫고… 아저씨도 싫다면 뭐라고?"

"형이라고 하려무나."

"으엑!"

송종보가 비명을 질렀다.

"왜 그러느냐? 남자들의 세계에서는 열 살 이상 차이가 안
나면 친구가 된다는 말도 있지 않더냐?"

유진룡은 약간 느물거리며 말했다.

"이렇게 늙은 형이 어디 있다고……."

"늙어?"

송종보의 대답에 유진룡은 자신의 얼굴을 쓰다듬었다.

체격이 크면 본래보다 좀 더 나이 들어 보이긴 하지만 늙은
정도는 아닌 것이다. 하지만 그동안 자신의 얼굴이 어떻게 변
했는지 살피지도 못했기에 송종보의 말대로 정말 폭삭 늙어
버리지나 않았는지 걱정이 되었다.

"내가 그렇게 늙어 보이느냐?"

유진룡은 정색을 하고 물었다.

"농담이에요. 워낙 키가 크고 머리가 엉망이어서 그렇게
보일 수도 있겠구나 생각한 것뿐이에요."

송종보는 씨익 웃다가 얼굴이 당기는지 얼른 얼굴을 폈
다.

"그런데 왜 싸웠느냐? 그리고 이름이 무어냐?"

내심 안도의 한숨을 내쉰 유진룡은 소년에 대해서 물었다.

"제 이름은 송종보라고 해요. 그리고 싸운 이유는… 저놈들이 사조께서 잠시 간직하고 있으라 하신 봇짐을 빼앗으려고 해서……."

대답과 함께 송종보는 독기 어린 눈으로 모피 옷을 걸친 세 명의 소년을 쏘아보았다.

그들은 이제 기운을 차렸는지 비척거리며 일어서서 슬금슬금 도망을 갔다.

유진룡은 송종보의 몰골을 다시 한 번 쳐다보았다.

대협이라는 호칭과 함께 포권을 쥐는 모습이 무림인을 흉내 내는 것 같다고 생각했는데 역시 사문과 사조를 둔 무림 소년이었다.

"혹시 개방 출신이냐?"

유진룡은 불쑥 질문했다.

"눈썰미가 있으시네요."

송종보가 피식 웃었다.

눈썰미 같은 건 아예 없다 하더라도 자신의 행색은 '나 개방 출신이요' 하고 외치며 다니는 것과 진배없었기 때문이다.

"역시 그렇구나. 개방과 같은 대문파 출신인 것을 알면서도 그 녀석들이 달려들었단 말이냐?"

유진룡은 고개를 끄덕이며 세 명의 소년이 달아나 버린 곳을 보았다.

"그 자식들은 최근 이곳에 자리 잡은 비홍문(比紅門)의 비호를 받는 산채의 놈들이에요. 그래서 하늘 높은 줄 모르고 설쳐요."

송종보는 분기가 이는 눈빛과 함께 목소리를 높였다.

"비홍문?"

유진룡은 생소한 단어에 잠시 기억을 더듬어 보았다.

기억 속에 없는 단어였다. 그렇다면 자신이 수련을 하는 세월 동안 새로 생긴 문파라는 말이다.

부쩍 호기심이 인 유진룡은 송종보 곁으로 조금 더 당겨 앉았다.

개방 출신이라면 소문이 빠를 것이다. 그렇다면 이 소년을 통해 그간 소주나 무림의 상황에 대해서 알아볼 수 있겠다는 생각이 들었다.

아직 어린 소년이니 무림의 세세한 사정에 대해서는 알 수가 없겠지만 소주에 대해서는 제법 알고 있을 수도 있었다.

"비홍문이라면 처음 듣는 이름인데 언제 그런 문파가 생겼느냐?"

유진룡은 내심과는 달리 지나가는 듯한 말투로 물었다.

"이곳에는 처음 오는 모양이지요?"

송종보는 힐끗 유진룡을 쳐다보았다. 유진룡이 비홍문을 모른다는 것이 의외라는 눈빛이었다.

"몇 년 떠돌아다니다가 오늘 처음 소주에 도착했다."

"그러니 모를 수밖에요. 비홍문은 이 년 전에 소주에서 좀 떨어진 곳에 새로 생긴 문파예요. 흑사련 소속의 문파로 무섭게 성장해서 이젠 인근의 흑도세력을 대부분을 흡수했어요."

송종보는 약간 걱정스런 투로 답했다.

"흑사련?"

유진룡이 이맛살을 찌푸렸다.

그 이름 역시 생소했다. 그러나 왠지 자신과는 무관할 수 없을 것 같은, 아니, 뭔가 악연으로 다가올 것 같은 거북한 느낌이 가슴 한쪽을 훑으며 지나갔다.

"흑사련은 또 어떤 곳이냐?"

유진룡은 머리를 긁적이며 계속 질문했다.

송종보는 대답 대신 뚱한 눈으로 유진룡을 쳐다보았다. 비홍문을 모르는 것은 그렇다 치더라도 흑사련까지 모르고 있는 유진룡이 이해가 안 간다는 표정이었다.

"정말 몰라서 그러는 거예요? 아니면 일부러 그러는 건가요?"

"모르니까 묻는 것이 아니냐. 그동안 산속에서 수련만 했더니 세상이 많이 바뀐 것 같구나."

유진룡은 쩝! 하고 입맛을 다셨다.

"아무리 산속에서 수련만 했다고 해도 그렇지. 백도에 정도맹이 있다면 흑도에는 흑사련이 있다고 할 정도로 흑사련은 거의 모든 흑도를 아우르는 흑도연합세력이에요. 그래서 비홍문도 그 흑사련에 소속되어 있지요."

"그렇구나. 내가 산속에 들어가기 전에는 흑도문파들 몇 군데서 서로 연합하려 한다는 소문만 들었는데 그동안 많이 성장을 한 것 같구나."

유진룡은 십 년이면 강산도 변한다는 말을 실감하며 나직하게 한숨을 내쉬었다.

비록 이 년 전에 한 번 동굴을 나와 소향상회로 달려간 적이 있었지만 그때는 세상 소식을 들을 만한 상황이 아니었다. 결국 사 년 동안 세상 소식과는 담쌓고 지낸 것인데 그동안 세상은 빠르게 변해 있었다. 특히 흑도 쪽이 무섭게 성장한 것 같았다.

'잘된 것인가, 아니면 잘못된 것인가?

유진룡이 내심 중얼거렸다.

흑도와 백도가 서로 힘이 비등해지다 보면 언젠가 충돌이 일어나고 세상이 혼란해지게 마련이다. 그런 혼란이 앞으로의 행보에 도움을 줄지, 아니면, 막대한 장애를 줄지 쉽게 판단이 서지 않았다.

'그건 나중 일이고……'

유진룡은 상념을 접었다. 그리고 더 궁금한 것들을 떠올렸다.

"예전에 소주 인근에 있던 혈사방은 어떻게 됐느냐? 그곳도 비홍문에 흡수됐느냐?"

"혈사방은 비홍문이 생기자마자 바로 비홍문 소속이 되어버렸어요. 혈사방주가 비홍문주에게 일초 만에 패하며 그렇게 되어버렸다고 하는 소문도 있고, 또 다른 소문으로는 이 년 전쯤에 소주의 제일 큰 상단인 소향상단을 집어삼키려고 하다가 실패한 후 소향상단의 집요한 공격을 받고 위기의식을 느낀 혈사방주가 스스로 비홍문에 투신했다는 소문도 있어요."

송종보는 묻지도 않은 소향상회에 대해서도 답변을 해주었다.

"소향상회를 혈사방이 집어삼키려 했다는 소문은 이 년 전에 얼핏 들은 것 같구나. 그 뒤 소향상회는 어떻게 되었느냐?"

유진룡의 목소리가 자신도 모르게 조금 높아졌다.

"그때 혈사방과 소주 뒷골목의 대왕초 육마종에게 큰 피해를 입었지만 그 뒤 빠르게 회복해서 돈의 힘으로 혈사방을 공격하기 시작했어요. 비홍문만 없었으면 아마도 혈사방이 무너졌을 거라고 했는데 비홍문 덕에 살아난 것이지요."

송종보는 조금 피곤한 기색을 보였지만 자신을 구해주고 상처까지 다스려 준 유진룡에게 빚을 갚으려는 듯 최대한 성실하게 답을 해주었다.

유진룡은 묵묵히 고개를 끄덕였다.

단리하연의 성격이면 혈사방을 절대로 그만두려 하지 않았을 것이다. 그건 짐작이 갔다.

그리고 그건 아무래도 좋았다. 소향상회가 건재하다는 것을 확인하는 것만으로도 안심이 되었다. 소향상회가 건재하면 동생들 역시 잘 지내고 있을 것이다.

"이왕 물어본 김에 몇 가지만 더 물어보자."

유진룡은 송종보의 눈치를 슬쩍 살폈다.

행색과는 달리 조리있게 말하는 모습이 꽤나 영리해 보였다. 그렇다면 소향상회에 대해 이것저것 묻는 자신에게 무슨 의심을 하지 않을까 신경이 쓰인 것이다.

"얼마든지 물어보세요, 아저씨. 아니, 늙은 형 질문이라면 오늘 밤을 새워서라도 답해 드릴 테니까요."

유진룡의 우려와는 달리 송종보는 빙긋 웃으며 흔쾌히 고개를 끄덕였다. 그냥 거지가 아닌 개방도라 그런지 신세를 꼭 갚으려는 의리와 괜한 의심을 하지 않는 절도가 느껴졌다.

"그럼 현재 소향상회와 비홍문의 관계는 어떠하냐?"

"혈사방이 비홍문에 흡수당한 후 소향상회는 혈사방에 대한 공세를 풀었어요. 비홍문까지 상대하기엔 역부족이란 걸 회주도 잘 알았을 테니까요."

"그럼 혈사방주가 비홍문을 움직여 소향상회를 공격하려

하거나 위협하지는 않았느냐?"

유진룡은 내친김이라는 듯 세세한 것들까지 질문했다.

자신이 유독 소향상회에 대해서 큰 관심을 가지고 있다는 것이 훤히 드러날 것이었지만 소년의 눈에서 그런 것을 덮어 줄 만한 신심 역시 읽었기 때문이었다.

"물론 그렇게 하려고 했겠지만 소향상회 역시 만만치가 않았어요. 혈사방에 대한 공세를 중지하는 즉시 무석(無錫)에 있는 정가장(丁家莊)을 전폭적으로 지원했어요. 정가장은 정도맹 소속에다가 이곳에서 정파를 대변할 만한 세력이니 비홍문도 어쩔 수 없을 테니까요."

정가장이라면 유진룡도 익히 알고 있었다.

정가장은 대대로 검을 익혀온 무가로 그곳의 장주는 천강신검(穿鋼神劍) 정학중(丁鶴中)으로 강소성 십대고수 안에 든다고 했다. 그런 집안이라면 비홍문을 충분히 견제할 수 있을 것이다.

"그때 같이 소향상회를 쳐들어갔던 육마종은 어떻게 되었느냐?"

"대왕초 육마종은 소향상회와의 대결에서 병신이 되어 소주 뒷골목을 기어 다니고 있어요."

그건 단리하연의 지시대로 된 모양이었다.

"그럼 그 뒤로 누가 대왕초가 되었느냐?"

유진룡은 문득 한덕무를 떠올렸다.

필사의 탈출을 하던 날 밤 자신을 도와준 그 표범 같은 사내의 소식이 궁금하기도 했고, 그만한 능력이라면 소주 뒷골목의 대왕초가 될 수도 있어보였다. 더 나아가 내심 그가 대왕초가 되었으면 하는 바람도 있었다.

"현재 소주 뒷골목의 대 왕초는 불곰 염표라는 자예요."

송종보의 대답은 유진룡의 기대를 여지없이 깨뜨렸다.

유진룡은 한덕무의 소식마저 물어볼까 하다가 그 생각을 접었다. 너무 국지적인 것까지 좁혀 들면 자신의 이름마저 드러날 소지가 있었다.

"더 알고 싶은 것은 없으신가요, 늙은 형님?"

송종보가 느물거리며 웃었다.

가지런히 드러나는 치아가 귀여운 인상을 심어주었다.

"됐다, 이 녀석아! 그리고 늙었다는 말 계속했다간 터진 입술이 한 번 더 터질 줄 알아라."

유진룡은 주먹을 들어 경고했다.

송종보는 대답 대신 유진룡의 어깨 뒤로 시선을 모으며 벌떡 일어섰다.

"사조님!"

송종보의 외침에 유진룡도 고개를 돌렸다.

소년보다 더 남루한 차림의 노 거지 한 명이 출레출레 산을 내려오고 있었다.

온갖 온 조각을 덧대어 입은 오의(汚衣)에 허리춤에 달려 있는 타구봉은 개방 출신임을 한눈에 알아볼 수 있게 했다.

"요즈음 토끼놈들은 축지법을 익혔는지 빠르기가 비호 같구나."

노 거지는 투덜거림과 함께 양손을 들어 올렸다.

그의 손에는 각각 한 마리씩의 토끼가 잡혀 있었다. 아마도 송종보에게 봇짐을 맡긴 채 점심 요기로 토끼를 잡으러 갔다가 오는 모양이었다.

"두 마리나 잡으셨네요."

"커험! 험!"

자랑스럽게 토끼를 들어 올리던 노 거지는 바위 쪽에 신형이 가려 있던 유진룡을 발견하고는 얼른 두 손을 뒤로 돌리며 인상을 구겼다.

사손과 함께 한 마리씩 먹으려고 했는데 군식구가 끼어 몫이 줄어들 수밖에 없었다. 그것에 대한 불만이 노 거지의 얼굴에 고스란히 드러났다.

유진룡은 속으로 쓴웃음을 흘렸다.

개방도는 노소를 막론하고 먹을 것 앞에서는 온갖 기이한 행동을 다 한다는 것을 잘 알고 있었다. 그런 면에서는 저 노인 역시 마찬가지인 것 같았다.

"누구야, 네 옆에 있는 거지 놈은?"

노인은 대뜸 유진룡을 거지 취급했다.

유진룡은 입맛을 다시며 자신의 행색을 살폈다. 추레하기는 했지만 거지꼴은 아니었다. 자신을 거지로 몰아붙이는 것은 노인의 억지였다.

"개방도가 아니에요."

송종보가 민망한 표정으로 변명을 했다.

"응? 아니야?"

노인이 눈을 게슴츠레하게 뜨며 고개를 앞으로 내밀어 유진룡의 행색을 살폈다.

그 모습은 마치 눈이 멀어 잘 안 보인다는 행동 같았다.

유진룡도 좀 더 가까이 다가온 노인의 행색을 살폈다.

뜻밖에도 허리에는 매듭 다섯 개의 새끼줄이 묶여 있었다.

매듭 세 개만 되어도 한 분타의 분타주라 했는데 다섯 개면 그보다 훨씬 높은 신분으로 총단의 소속일 것이다.

자신도 모르게 유진룡은 눈을 빛냈다.

"먹을 것 보고 침을 질질 흘리며 눈빛마저 바뀌는 것이 거지 중의 상거진데 뭘."

노인은 새끼줄 매듭을 보고 달라진 유진룡의 눈빛을 그렇게 곡해하며 더 심하게 인상을 썼다.

유진룡은 제대로 된 개방도를 만났다는 생각이 들었다.

오결 개방도라면 쉽게 만날 수 없는 신분이었다. 그 정도면 눈썰미 또한 보통이 아닐 것인데 자신을 거지로 계속 몰아붙이는 것은 전형적인 억지에다 장난기의 발동이었다.

"아니에요, 사조님. 이 늙은 형, 아니, 이 소협은 저를 구해준 사람이에요. 이 소협이 아니었으면 사조님의 보따리를 빼앗길 뻔했어요."

송종보가 다시 변명을 해주었다.

"애들이 싸우면 말려주는 것은 당연한 일이고……. 자넨 세상에 제일 치사한 인간이 누군 줄 아는가?"

노인은 토끼를 내려놓고 털썩 주저앉으며 말했다.

"음식 먹는 사람 옆에서 침……."

"옳거니!"

노인은 자신의 의중이 통한다는 생각에 서둘러 맞장구를 쳤다.

"침 흘리는 사람을 보고도 한 점도 안 나눠주는 인간들이지요."

맞장구를 치며 활짝 펴지던 노인의 얼굴이 다시 구겨졌다.

"이런 거지발싸개 뺏어 발에 두르고 도망칠 놈을 보았나!"

유진룡이 한 수 더 뜨자 노인은 한층 더 목소리를 높이며 침까지 튀겼다.

"발싸개도 두르지 않았으면서 뭘 그러십니까, 그리고 전덩치보다 훨씬 작게 먹습니다."

유진룡은 계속 느물거리며 노인 앞에 있는 토끼를 집어 들고는 소도를 꺼내 손질하기 시작했다.

"허!"

노인은 이제 기가 차는지 헛바람을 토하고는 유진룡을 쳐다보기만 했다.

노인의 반응이야 어떻든 유진룡은 부지런히 토끼 고기를 손질했다.

비록 육포로 변한 것이지만 고기는 동굴에서 지겹도록 먹었고 품속에 벽곡단도 몇 줌 들어 있었기에 노인이 사냥해 온 토끼 고기가 탐나는 것은 아니었다. 그런데도 노인에게 엉겨 붙는 이유는 오결이라는 노인의 신분 때문이었다.

지금까지의 괴팍한 행동은 자신을 떨쳐 버리기 위한 가식임이 분명하니 좀처럼 만나기 힘든 개방고수의 본 모습은 어떤 것인지 고기를 나눠 먹으며 좀 더 겪어보고 싶었다.

아니, 그것보다는 그동안 인간이 너무 그리웠었다. 그래서 처음 만난 인간들과 조금이라도 더 부대끼고 싶었던 것이다.

"이 소협과는 제가 나눠 먹을 테니 사조께선 한 마리 다 드십시오."

송종보가 얼른 노인을 달랬다.

"네놈 얼굴은 왜 그 모양이냐, 죽도록 얻어터진 모양이구나."

유진룡을 떨쳐 내는 것을 포기한 노인이 이젠 송종보에게 역정을 냈다.

"처음에는 많이 맞아 쓰러지기 일보 직전까지 갔지만 이 소협이 싸우는 법을 가르쳐 주어 무오채 놈들 세 명을 제가 도리어 쓰러뜨렸습니다."

송종보는 자랑스런 눈으로 주먹을 들어 올렸다.

"싸움을 말려준 게 아니고 싸우는 법을 가르쳐 주었다고?"

노인의 눈이 가늘어졌다.

"그렇습니다, 사조님. 소협의 말대로 하니 일어나지도 못할 정도로 지친 몸을 일으킬 수도 있었고, 도저히 못 이길 것 같은 산채 놈들 세 명을 단번에 쓰러뜨릴 수 있었습니다."

가늘어진 노인의 눈이 잠시 빛을 토했다.

싸움을 말려주는 것은 아무나 할 수 있지만 말 몇 마디로 싸움의 결과를 바꾸는 것은 쉬운 일이 아닌 것이다.

무공을 알고 있는 사람에게라면 또 모르겠으나 사손 놈은 아직 무공을 익히지 않았다. 그런 놈에게 말 몇 마디로 단번에 승부의 결과를 바꾸어놓은 것은 조금 의외였다.

"뭘 가르쳤느냐?"

노인이 유진룡의 주먹을 유심히 살피며 물었다.

허리에는 검 같은 것을 차고 있었지만 정작 익힌 무공은 권각이 분명했다.

주먹과 손바닥에 박힌 굳은살만 보아도 그건 짐작이 갔다.

검을 휘두르는 사람들은 팔뚝 근육이 권각을 쓰는 사람들과 달랐다. 특히 유진룡의 근육은 보기에도 감탄사가 흐를 정도였다. 이런 정도라면 내력 없이도 가공할 힘을 뿜어낼 것 같았다.

"그냥 제가 어릴 때 들개처럼 싸우던 기억을 되살려 주먹뻗는 법을 몇 가지 가르쳐 주었을 뿐입니다."

"검을 차고 있으면서도 주먹질을 가르쳤다는 말이냐?"

노인은 유진룡의 허리에 헝겊으로 둘둘 말려 매달려 있는 청룡검을 바라보았다.

"이건 제 것이 아니고 누구에게 전해주려고……."

유진룡은 말끝을 흐리며 뒷머리를 긁적거렸다.

"별놈 다 보겠구먼!"

노인은 콧방귀를 뀌며 웃었다. 배운 무공은 권각이면서 칼을 차고 다니는 유진룡의 모습이 어이없었던 것이다.

그사이 유진룡은 토끼를 다 다듬었다.

푸쉬쉬—

노인은 화섭자로 불을 피웠다.

불은 금방 타올랐고 잠시 후 토끼 두 마리가 노릇노릇하게 구워지고 있었다.

노인은 익숙한 솜씨로 고기를 뀐 꼬챙이를 이리저리 돌리며 소금을 쳤다.

"네놈은 먹을 복이 없는 놈이다."

다 익은 고기 꼬챙이를 들어 올린 노인이 고소한다는 표정으로 말했다.

"노인장 사손의 싸움이 발단이었으니 노인장이 책임지셔야 하는 것 아닙니까?"

유진룡은 입맛을 다시며 말했다.

"네놈이 안 끼어들었으면 저놈이 별것 들어 있지 않은 내 보따리만 빼앗기고 끝났을 텐데, 네놈이 끼어드는 바람에 저런 떨거지들이 달려오니 네놈 책임이다."

노인은 윗옷을 새끼줄에서 빼내어 새끼줄 위로 덮었다.

그건 달려오는 놈들이 새끼줄에 달린 다섯 개의 매듭을 보고 지레 겁먹고 도망가지 않게 하기 위함이었다.

한마디로 싸움을 붙이고 있는 것이었다.

"자고로 흥정은 붙이고 싸움은 말리라고 하지 않았습니까?"

유진룡은 볼멘소리를 질렀다.

"강 건너 불구경과 싸움 구경이 제일 재미있다는 말이 우선이니라."

노인은 토끼 다리 하나를 쭉 찢어 입에 넣고는 약을 올리듯이 맛있게 씹었다.

감탄사가 절로 나올 정도로 뛰어나 보이는 근골에다가 말 몇 마디로 사손의 싸움을 승리로 이끈 유진룡의 무위가 어떤 것인지 보고 싶은 의도가 그의 얼굴에 넘쳐흐르고 있었다.

그러는 사이, 여남은 명의 사내들이 각종 무기를 들고 주변을 포위했다.

하나같이 차림새와 얼굴만 보아도 산적으로서 한 치의 부족함이 없어 보였다.

유진룡은 눈살을 찌푸렸다.

아무리 산적들이지만 애들끼리의 싸움에 이런 많은 숫자
가 몰려왔다는 것이 어이없어 슬쩍 분기가 일었다.

"네놈이 우리 아이들을 때렸느냐?"

이마에 흉터가 길게 나 있는 한 사내가 유진룡을 보고 다짜
고짜 소리를 질렀다.

유진룡은 쓴웃음을 지었다.

영악한 꼬마 놈들이 가해자를 자신으로 바꾸어놓은 것이
다.

하긴, 자신이라도 그런 처지라면 똑같이 했을 것이다. 한
놈에게 세 놈이 당했다는 것은 아무리 꼬맹이들이라도 이실
직고 하기는 힘든 일일 테니까.

눈살을 찌푸리며 산적들을 쳐다보던 유진룡은 문득 의구
심을 느꼈다.

산적 놈들의 눈빛이 심상치 않았다.

그건 단순한 위협을 넘어 있었다.

또한 놈들의 눈은 모두 자신의 허리에 달린 청룡검에 고정
되어 있었다.

유진룡은 의아한 눈으로 청룡검을 내려다보았다.

청룡검은 여전히 형겊에 둘둘 말린 채 검인지 도인지 분간
이 가지 않았다.

"흐흐흐!"

호랑이 가죽 조끼를 걸친 한 놈이 음흉한 웃음을 토했다.

"그새 잽싸게 헝겊을 둘렀지만 천하에 다시없는 명검이라는 건 다 알고 있다. 오죽하면 애들도 그것을 알아보았을까."

'이건 또 무슨 소린가?'

유진룡은 다시 한 번 청룡검에 시선을 주었다.

청룡검은 처음이나 지금이나 계속 헝겊에 싸여 있었다. 그런데 이놈은 그새 잽싸게 헝겊을 둘렀다고 했고 애들 눈에도 천하 명검으로 보였다고 했다.

"이놈들이?"

잠시 후 사태를 파악한 유진룡은 쓰게 넋두리했다.

도망간 꼬맹이 세 놈은 자신을 가해자로 바꾼 것도 모자라 천하 명검을 소유하고 있다는 거짓말까지 덧붙인 모양이었다. 그래서 애들 싸움에도 불구하고 이렇게 많은 놈들이 몰려온 것이었다.

'그래도 한 가지는 거짓말이 아니군!'

유진룡은 기막힌 우연의 일치에 헛바람을 내쉬었다.

자신은 아직 빼 보지도 않았지만 금석을 두부 자르듯 한다는 사부의 말대로라면 청룡검은 천하의 명검임이 분명했다.

"그 검을 내놓으면 모든 것을 용서하고 보내주겠다."

이마에 흉터가 있는 놈이 유진룡의 근골과 노인의 타구봉이 켕기는지 약간 누그러진 음성으로 말했다.

"끄응!"

신음을 흘린 유진룡은 천천히 신형을 일으켰다.

앞에 있던 두 놈이 주춤 두어 걸음 물러섰다.

일어서고 보니 유진룡의 신형이 더 크게 보였다.

"이놈의 팔자는 오나가나 싸움판이군."

유진룡은 고개를 절레절레 흔들었다.

주먹을 휘두를 수 있을 때부터 싸움이 끊이지 않았고, 수련을 마치고 동굴을 나서자마자 꼬맹이들 싸움판에 끼어들게 되었다. 그리고 이젠 자신이 한판 싸워야 할 처지에까지 내몰렸다.

유진룡은 고개를 돌려 노인을 쳐다보았다.

노인은 얼른 시선을 피하며 부지런히 토끼 고기를 씹고 있었다. 벌써 토끼 반 마리는 노인의 뱃속으로 사라져 버렸다.

유진룡은 시선을 돌렸다.

하는 양으로 보아 저 거지 노인은 자신이 쓰러지지 않는 한 개입하지 않을 것이다. 그렇다고 억지로 쓰러져서 뭇매를 맞을 수는 없는 노릇이었다.

"사조님!"

보다 못한 송종보가 노인의 어깨를 흔들었지만 노인은 뉘 집 개가 짖느냐는 표정으로 고기만 뜯고 있었다.

第二十六章
무한십이수(無限十二手)

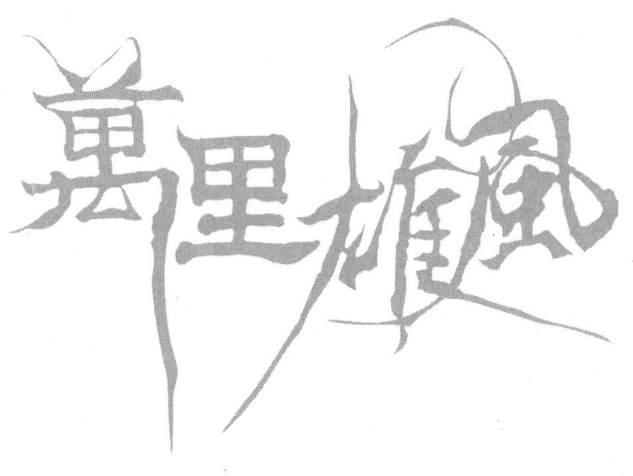

"**다**시 한 번 말하는데 그 검만 곱게 내어 주면 해치지 않겠다."

호랑이 모피 조끼를 걸친 놈이 도끼를 흔들었다.

잘 갈린 도끼가 제법 섬뜩한 예기를 내뿜었다.

퍽!

갑자기 파육음이 울리며 도끼를 흔들던 놈이 앞으로 꼬꾸라졌다.

슬쩍 한발을 내디딘 유진룡이 놈의 복부를 걷어찬 때문이었다.

"이, 이놈이."

이마에 흉터가 있는 놈이 훌쩍 뒤로 물러서며 칼을 뽑았다.
칼 등에 톱처럼 이가 나 있는 거치도(鋸齒刀)였다.

유진룡은 다시 한발을 내딛어 손바닥으로 놈의 가슴을 쳤
다.

이건 백호십이수의 수법도 아니었고 내력도 실지 않았다.
그야말로 강 건너 불구경 하듯이 구경하고 있는 노인 앞에서
있는 것 없는 것 보여줄 필요가 없었다. 그래서 그냥 아무렇
게나 가격한 것이다.

"크윽!"

가슴을 가격당한 놈이 허공으로 붕 떴다가 떨어지며 비명
을 토했다.

비록 내력을 끌어올리지는 않았지만 갈비뼈 두어 대는 나
갔을 것이고 당분간은 운신이 힘들 것이다.

"쳐라!"

두 명의 동료가 나가떨어지자 산적 무리들이 한꺼번에 달
려들 준비를 했다.

"귀찮군!"

유진룡은 빠르게 앞으로 쇄도했다.

휘익—

이상하게 생긴 철퇴 하나가 날아들었다.

딴에는 사력을 다해 내리친 것 같았지만 유진룡이 느끼기
에는 거북이걸음보다 더 느려 보였다.

철퇴가 지나가기를 기다리다가는 지쳐 쓰러질 만큼 철퇴
는 느리게 다가왔다.

더 기다리지 못한 유진룡은 오히려 철퇴의 궤적 속으로 주
먹을 밀어 넣은 후 신속히 주먹을 뺐다.

아직도 철퇴는 처음의 그 자리에서 한 치 정도밖에 더 움직
이지 않고 있었다.

주먹에 가격당한 놈이 입을 딱 벌렸다.

놈이 입을 다 벌리기도 전에 유진룡은 무의식적으로 몸을
틀었다.

그건 백호십이수를 수련하며 자연스럽게 익힌 보법과 자
세였다.

이 자세 그대로 다리를 차올리면 옆에서 달려드는 놈의 턱
을 발뒤축으로 가격할 수 있었다.

그렇게 하려던 유진룡은 억지로 움직임을 멈추었다.

그런 정상적인 움직임은 개방 노인에게 백호십이수의 초
식을 짐작케 해줄 수 있었다.

번쩍 들리려던 발을 땅에 붙인 유진룡은 다시 주먹을 뻗었
다.

그래도 시간은 충분하고도 남았다.

퍽—

발뒤축 대신 왼쪽 주먹에 턱을 가격당한 놈이 다시 허공으
로 솟구쳤다.

쉬이익—

뒤에서 파공음이 들려왔다.

긴 낭아곤이 목덜미를 노리고 날아들었다.

느리디 느리게 날아오는 낭아곤 역시 곤에 박힌 못이 몇 개인지 셀 수 있을 정도였다.

고개를 슬쩍 숙인 유진룡은 놈의 가슴을 그대로 들이받았다.

이것 역시 백호십이수와는 상관없는 뒷골목에서 자주 쓰던 수법이었다.

퍽!

또 한 놈이 허공으로 튕겨 올랐다.

유진룡은 양손을 동시에 뻗었다.

양옆에서 동시에 날아드는 두 자루의 도신을 손등으로 쳐낸 유진룡은 그 손으로 두 놈의 머리를 잡아 하나로 합쳤다.

퍽!

이번에는 튕겨 오르지 않고 두 놈이 그 자리에서 무너졌다.

퍽—

다시 파육음이 들렸다.

비슷한 수법으로 당한 놈들 둘이 또 무너졌다.

그렇게 모두 무너지는데 걸리는 시간은 호흡 열 번을 넘지 않았다.

송종보가 벌어진 입을 다물지 못하고 유진룡을 쳐다보았다.

아직 무공을 익히지 않은 그였기에 유진룡의 그런 싸움 수법이 오히려 환상적으로 보였다.

만약 백호십이수가 제대로 펼쳐졌다면 퍼버벅! 하는 소리만 듣고 움직임은 하나도 보지 못할 것이 분명했다.

"못된 놈 같으니라고……."

노인의 얼굴은 최고조로 찌푸려져 있었다.

싸움이 벌어지면 어떤 무공을 익혔는지 알까 싶었는데 유진룡은 무공이 아닌, 그냥 예전에 하던 들개 싸움 방식으로 모두 쓰러뜨려 버린 것이다.

"몸을 움직였더니 배가 고픈데… 토끼 고기나 좀 나누어주십시오."

유진룡은 다시 불 앞에 주저앉으며 말했다.

"무공을 모독한 놈에게 나누어줄 음식은 없다."

노인은 송종보의 손에서 토끼 고기를 낚아챘다.

"그게 무슨 섭섭한 말씀이십니까, 노인장? 저는 목숨을 걸고 싸웠습니다."

유진룡은 억울한 표정을 지었다.

"일없다 이놈아! 네놈은 신성한 무공을 개싸움으로 변질시켰다."

노인은 토끼 고기의 반을 찢어 송종보에게 주고 나머지 반마저 다시 자기 입속으로 밀어 넣었다.

"저도 제 먹을 것은 있습니다."

피식 웃은 유진룡은 가슴속에 있던 주머니에서 벽곡단 한 줌을 집어 입에 털어 넣었다.

눈치 빠르게 송종보가 얼른 물주머니를 내밀었다.

물을 한 모금 마시자 벽곡단은 목구멍 안으로 녹듯이 흘러들며 허기를 날려 버렸다.

"무한십이수(無限十二手)를 익혔느냐?

갑자기 노인이 질문을 던졌다.

벽곡단의 뒷맛을 음미하고 있던 유진룡은 고개를 들어 노인의 눈을 쳐다보았다.

노인의 눈빛이 칼날처럼 날카롭게 뻗어 나오고 있었다.

유진룡은 눈을 끔벅거렸다.

방금 순간적으로 뻗어 나왔던 노인의 눈빛은 지금까지 하던 행동과는 천양지차였다.

오랜 연륜과 깊은 수련이 가미된, 그러면서도 박학다식한 현기가 넘기는 눈빛이었다.

그런 눈빛 앞에서는 어떤 거짓말도 통하지 않을 것 같았고, 어떤 암계도 순식간에 통찰될 수 있을 것 같았다.

그만큼 노인의 눈에서 순간적으로 쏟아진 안광은 강렬한 느낌을 주었다.

'그런데 무한십이수라니?

어떤 거짓도 통하지 않을 것 같던 노인의 눈빛과는 달리 전혀 잘못짚은 질문의 내용에 유진룡은 어리둥절한 기분이 들었다.

눈빛으로 봐서는 백호십이수라는 것을 여지없이 알아볼 것 같았는데 노인의 입에서 나온 말은 분명히 무한십이수였다.

"잘못짚으셨습니다."

유진룡은 정중하게 고개를 흔들었다.

"고얀 놈!"

노인이 노성을 터뜨렸다. 나직했지만 절로 오금이 저릴 만한 목소리였다.

그것 역시 이제껏 과장하며 지른 고함들과 너무 달랐다.

하지만 아닌 것은 아닌 것이다.

유진룡도 정색을 하며 노인을 쳐다보았다.

"아무리 초식을 숨기고 허튼 동작으로 놈들을 상대했다고 하지만 한두 놈도 아니고 무려 열세 놈이다. 초식은 숨겨도 그 사이 사이로 흘러나오는 무공의 냄새까지는 숨기지 못하는 법이니라."

노인은 한층 더 엄한 목소리로 말했다.

"아니래도 그러시는군요."

이번에는 유진룡도 목소리를 높였다.

노인은 다시 한 번 비수처럼 날카로운 눈으로 유진룡의 눈을 정시했다.

산적들을 때려눕히면서도 전혀 끌어올리지 않았던 유진룡
의 내력이 저절로 끌어올려졌다.

그만큼 노 거지의 눈빛은 심혼을 뒤흔들었다.

유진룡은 끝까지 버텼다. 아닌 것은 목에 칼이 들어와도 아
닌 것이다.

노인이 먼저 시선을 내렸다.

유진룡도 시선을 내렸다.

"알 만하구나."

노인이 뜻 모를 소리를 중얼거렸다.

"뭐가 말씀이십니까?"

유진룡이 뚱하게 물었다.

거짓말을 하지 않았는데도 거짓말쟁이로 몰리는 것은 참
을 수 없었다.

"무한십이수는 무형십이수라고도 부르지. 익히는 방법에
따라서는 청룡십이수라고도 부르고 현무십이수, 백호십이수
라고도 부르니라."

"어?"

마지막에 나온 백호십이수라는 명칭을 들은 유진룡은 눈
을 크게 떴다.

단순히 무한십이수라는 말에 악착같이 부인했는데 백호십
이수라고도 부른다면 노인의 말이 맞는 것이다. 아울러 초식
을 드러내지 않고 싸우며 무공을 숨기려고 애를 썼지만 한순

간에 그것이 드러나고 말았다.

유진룡은 노인의 허리춤을 새삼스레 쳐다보았다.

산적들이 나타나며 옷 속에 감추어 버렸지만 매듭의 수는 분명 다섯 개였다.

그건 결코 옷이 미끄러지지 말라고 아무렇게나 묶은 매듭이 아닌 것이다.

"백호십이수라면 맞습니다."

마침내 유진룡은 솔직하게 시인했다.

"그럴 줄 알았다. 네놈은 고지식한 사부를 만나서 오로지 그것만 올곧게 수련한 모양이구나."

노인은 사부의 성격까지 알아맞히고 있었다.

유진룡은 혼란한 심정에 이맛살을 찌푸렸다.

백호십이수가 왜 무한십이수로 불리고, 무형십이수로도, 더 나아가 현무, 청룡십이수로 불린단 말인가?

백호십이수를 수련시키며 사부는 그런 것에 대해서는 일언반구도 하지 않으셨다.

무공의 유래와 특징 등은 물론이고, 위력마저도 제대로 알려주지 않았다.

백호십이수의 위력은 처음 만나 거래를 할 때 무림에서 알아주는 고수로 만들어주겠다던 약속을 미루어 짐작할 수밖에 없었다.

'하긴!'

사부와 백호십이수에 대해 생각하던 유진룡은 고개를 끄덕였다.

사부에게는 자신에게 수련시킨 무공의 곁가지까지 가르치고 설명해 줄 시간적 여유가 없었다.

사부는 자신이 백호십이수의 기본형도 다 익히기 전에 한 많은 생을 마감하셨다. 설사 시간이 충분했다 하더라도 이것저것 가르치며 다른 곳으로 눈을 돌리게 할 사부가 아니었다.

사부는 오로지 한 우물만 파게 했고, 그렇게 자신은 백호십이수를 완성했다.

"왜 백호십이수가 무한십이수라고… 그리고 또 다른 이름으로 불리는 것입니까?"

정색을 한 유진룡은 노인에게 질문을 던졌다.

"그걸 공짜로 가르쳐 달라고?"

유진룡이 꼬리를 내리자 노인은 칼날처럼 날카롭고 현기어린 눈빛을 순식간에 거두어들이며 처음의 괴팍하고 장난스런 모습으로 돌아갔다.

"제가 어떻게 하면 가르쳐 주시겠습니까?"

유진룡은 좀 더 나긋해진 표정으로 노인을 쳐다보았다.

"내가 무얼 바라는가를 말하기 이전에 네놈이 내게 무얼 줄 수 있는지부터 말해보거라."

노인은 게슴츠레한 눈으로 유진룡의 가슴 언저리를 쳐다보았다.

"제게 진기를 회복하는데 좋은 속명단이 몇 알 있습니다. 그걸 한 알 드리겠습니다."

유진룡은 쓰린 속을 달래며 조건을 제시했다.

속명단이란 말에 노인은 잠시 눈빛을 빛냈지만 금세 의심스런 표정으로 변해갔다.

유진룡의 차림새에서는 속명단은 커녕 만두 한 조각 얻어낼 수 없을 것 같았기 때문이다.

"효력은 이 녀석이 증명해 줄 것입니다."

유진룡은 송종보에게 도움의 눈길을 보냈다.

"이 형 말이 맞아요, 사조님. 무오채 놈들에게 두들겨 맞아 창자가 끊어질 정도로 아팠는데 형이 준 속명단 한 알을 먹고 나서 순식간에 통증이 사라지고 힘이 생겼어요."

송종보가 입에 침을 튀기며 설명했다.

"네 녀석에게는 그런 게 효력이 있겠지만 나에겐 아무 짝에도 쓸모없는 것이니라."

노인의 대답에 유진룡은 입맛을 다셨다.

개방도로 오결이나 되는 신분이니 속명단이 필요한 상황은 남은 생애에 한 번도 발생하지 않을 수 있었다.

"그럼, 어떡하면 가르쳐 주시겠습니까?"

유진룡은 속으로 치밀어 오르는 조바심을 감추며 물었다.

노인은 대답 대신 신광이 번쩍이는 눈으로 옆쪽에 있는 산허리를 주시했다.

유진룡도 노인의 시선을 좇아 산허리로 고개를 돌렸다. 쓰러진 놈들과 비슷한 차림새를 한 사내들이 까맣게 산을 내려오고 있었다.

"네놈과의 오늘 인연은 여기까지인 모양이다. 정 궁금하면 개방 총단으로 와서 백씨 성을 쓰는 거지를 찾아라. 그래서 다시 협상을 해보자꾸나."

노인은 미련없다는 음성과 함께 몸을 일으켰다.

"끄응!"

신음을 토한 유진룡도 신형을 일으켰다.

저런 어중이떠중이 놈들이야 백 명이 몰려와도 상관이 없을 것 같았지만 똥이 무서워서 피하는 것이 아니다.

"대접은 하나도 받지 못했지만 즐거웠습니다. 사실, 그동안 너무 인간 세상에 동떨어져 있어서 인간이 그리웠습니다. 다행히 수다쟁이 노인을 만나 갈증을 조금 풀었습니다."

유진룡은 정중한 자세로 포권을 하고 등을 돌렸다.

"수다쟁이 노인이라고? 이런 망할 놈을 보았나!"

노인이 타구봉을 들어 올렸다. 그러나 유진룡의 신형은 어느새 바람처럼 모퉁이를 돌아 사라지고 있었다.

"그놈 참! 다리가 길어서 그런지 경공도 수준급일세. 쩝! 우리도 그만 갈 길을 가보자꾸나."

유진룡의 뒷모습을 멍하니 쳐다보던 노인은 송종보를 끌어당겨 등에 업었다.

잠시 후 노인의 신형도 순식간에 사라져 버렸다.

"어이구! 삭신이야, 이제 그만 쉬어가자!"

산적들을 피해 한참 동안 신법을 펼친 노인 백엽동(白葉動)은 과장스런 엄살과 함께 송종보를 등에서 내려놓았다.

계란이 깨어질까 걱정하는 아낙처럼 조심스럽게 내려놓는 모습이 유진룡과 만났을 때의 괴팍함은 보이지 않고 애정이 흘러넘쳤다.

"무한십이수라는 무공이 무엇인가요?"

백엽동의 등에서 내리자마자 송종보는 초롱초롱한 눈망울로 질문을 던졌다.

송종보의 눈에는 유진룡이 순식간에 산적 열세 명을 때려눕히던 순간의 감동이 고스란히 남아 있었다.

그런 송종보를 보며 백엽동은 빙그레 미소를 머금었다.

뛰어난 자질과 함께 무공에 대한 열의까지 남다르니 금상첨화인 것이다. 이놈이 커가는 모습을 지켜보며 남은 생애를 보낸다면 더 이상 바라는 것은 없을 것이다.

"무한십이수는 세상에서 가장 익히기 쉬운 무공이면서도 가장 익히기 어려운 무공이기도 하다. 요즘에는 그런 무공은 아무도 안 익히려 한다고 들었는데……."

백엽동의 음성에서 기이한 열기가 흘러나왔다.

"그게 무슨 말씀인가요, 사조님?"

송종보는 총명한 눈을 깜박거렸다.

"극과 극은 맞닿아 있다는 말을 들어보았느냐?"

백엽동은 인자한 미소와 함께 도로 질문을 했다. 녀석의 총명함을 한 번 시험해 보려는 것이다.

"어디서 들어본 것 같습니다. 돌고 돌아 원점으로 회귀(回歸)한다는 말과도 상통한다고 알고 있습니다."

"와하하! 어린놈이 별걸 다 아는구나."

기대 이상의 송종보를 보며 백엽동은 대소를 터뜨렸다.

"뜻은 모르고 그냥 말만 주워들었습니다."

송종보가 뒷머리를 긁었다.

"그 심오한 뜻은 나도 다 모르느니라. 허허!"

백엽동은 다시 한 번 너털웃음을 흘린 후 송종보를 쳐다보았다.

"제일 먼저 무공에 입문하면 무엇을 배우느냐?"

"토납법부터 배우며 내력을 다지지요. 전 이제 시작 단계지만……."

"그럼, 그다음에는 무엇을 배울꼬?"

"그다음에는 자신에 맞는 무공 초식을 익히기 위해 심혈을 기울인다고 들었습니다."

"그다음에는?"

백엽동은 계속해서 질문을 던졌다.

"그다음이라니요? 초식을 다 익히고 나면 출관해서 세상이

좁다 하고 활보하는 것이 아닌가요?"

"그러다 고수를 만나 묵사발이 되도록 깨어지면?"

백엽동의 입에 걸린 미소가 짙어졌다.

송종보는 그 미소를 보며 잠시 생각에 잠겼다가 입을 열었다.

"부족함을 알고 자신이 익힌 무공을 되돌아보든지, 더 나은 상승무공에 입문하게 되겠지요."

"그다음에는?"

송종보는 가까스로 답했지만 백엽동의 질문은 그치지 않았다.

"다시 초식을 수련……."

"처음으로 되돌아 왔구나."

"그렇… 군요. 돌고 돌아 원점이네요."

송종보가 뭔가 느낀 듯 크게 고개를 끄덕였다.

"초식의 수련에 있어서도 마찬가지니라. 처음에는 초식을 외우고, 초식의 변화에 한 치의 어긋남이 없이 동작을 일치시키는 것이 지상의 과제가 되어 혼신의 힘을 다하게 되지. 그렇게 몇 년, 또는 몇십 년에 걸쳐 완벽하게 초식을 익히고 나면 모든 것이 처음으로 되돌아와서 지금까지 죽을 고생을 하며 익힌 초식이 쇠사슬처럼 몸의 움직임을 얽어매고 몸을 무겁게 하느니라. 그러면 그때부터는 이제껏 익힌 초식을 잊어버리기 위해 온갖 노력을 다하게 되는 것이란다."

백엽동의 설명에 송종보는 멍하니 입만 벌리고 있었다.

아직은 초식을 접해보지 못하고 토납법만 수련하며 축기의 느낌도 받지 못한 상태이기에 초식을 완벽히 익힌 후에 그것을 잊기 위해 혼신의 노력을 한다는 것은 상상할 수도 없었다. 또한 그렇게 된다는 것이 전혀 이해가 되지도 않았다.

"정말 초식을 완벽하게 익힌 경지가 되면 초식을 잊어버리기 위해 노력하는가요?"

송종보는 아직도 믿어지지 않는 표정으로 질문을 던졌다.

"그래서 극과 극은 맞닿아 있는 것이라는 말이 생겼겠지. 극에 이르면 오히려 평범해지고 그런 평범한 상태에서 탄생한 무공이 바로 무한십이수라는 무공이니라."

백엽동은 그렇게 무한십이수의 유래를 설명했다.

"그런데 아까 그 형은 왜 무한십이수가 아니고 백호십이수라고 한 것인가요?"

멍했던 소년의 눈이 다시 빛을 발했다.

"무한십이수는 이름 그대로 한계가 없는 무공이지. 그래서 그 무공에 청룡의 동작과 기세를 담으면 청룡십이수가 되고, 백호의 동작과 기세를 담아 수련하면 백호십이수가 되고, 기초적인 수련만 하기 위해 수련하면 아주 익히기 쉬운 기초무공이 되지만 상승의 경지에 이르기 위해 수련을 한다면 세상 어떤 무공보다 익히기 힘든 무공이 되어버린다. 일반적인 상승무공은 아무나 함부로 익힐 수 없는 벽이 존재하지만 무한

십이수는 그 벽이 없어 어떤 내력을 다지고 어떤 수련을 하느
냐에 따라서 초절정의 무공이 될 수도 있고, 가장 기초적인
무공이 될 수도 있는 것이다.”

“그럼 모두 무한십이수를 익혀서 초절정의 고수가 되려 하
겠군요?”

송종보는 열의에 들뜬 목소리로 물었다.

가만히 놔두면 자신도 무한십이수를 익히려고 할 것 같았
다.

“극과 극은 맞닿아 있다고 했지만 한 바퀴 돌아 맞닿은 극
은 처음의 그것과는 하늘과 땅만큼의 차이가 있단다. 그런 상
태에 이르는 수련은 너무 힘들고 엄청난 내력이 요구되기에
모두 외면하여 아직 누구도 그것을 진정으로 완벽히 익혔다
는 소리를 듣지 못했구나.”

백엽동은 안타까운 한숨을 내쉬었다.

요즘 젊은이들은 우직하게 한 우물을 파는 식의 무공 수련
을 철저히 기피하고 속성으로 익힐 수 있으면서 화려함이 가
미된 그런 무공을 선호한다. 그래서 무한십이수 같은 진정한
무공은 외면만 당한다.

‘하긴!’

백엽동는 고개를 끄덕였다.

요즈음이 아니라 예전이라 하더라도 초식과는 담쌓고 오
로지 내공 수련만 하여 근 일 갑자에 이르는 내력을 다진 후

비로소 초식에 입문하는 식의 수련은 아무도 하지 않을 것이다. 아니, 현실적으로 그건 거의 불가능했다.

하지만 그렇게 수련을 해야 진정한 고수가 되는 무공이 바로 무한십이수였다. 그리고 그 이름대로 성취에는 한계가 없었다. 어떤 내력을 다지고 얼마 만한 수련을 하느냐에 따라서 그 성취는 무한히 뻗어나가는 것이다.

"그럼, 아까 그 소협은 무한십이수를 얼마나 익혔을까요?"

송종보는 다시 눈을 빛냈다.

"글쎄다. 싸우는 모습을 봐서는 제대로 알 수가 없구나. 아직 나이가 어리니 내력도 부족할 테고, 혈기 방장한 나이이니 중간에 많이 놀았다면 그만큼만 익혔다고 볼 수가 있겠지."

그렇게 대수롭지 않게 말을 하던 백엽동은 유진룡의 움직임을 다시 되새겨 보았다.

산적 열세 놈을 순식간에 때려눕히는 동안 그놈은 철저히 자신을 숨겼다.

처음 한순간 무의식적으로 움직이려다 멈춘 동작을 보지 못했다면 그놈의 무공을 끝까지 간파하지 못했을 것이다. 비록 산적들이 모두 어중이떠중이라 해도 숫자가 그만하니 그건 쉬운 일이 아니었다.

그런데도 놈은 처음 한순간의 무의식적인 동작만 빼고는 계속 평범한 수법으로 산적 놈들을 때려눕혔다.

그야말로 지르는 대로 초식이 되는 움직임이었다.

'그 어린놈의 내력과 무공이 초범입성(超凡入聖)의 경지에 이르렀다는 말인가?'

백엽동은 절로 고개를 흔들었다.

'한가닥 끈을 이어놓았으니 다시 만날 수 있겠지.'

백엽동의 입가에 미소가 어렸다.

산적 놈들을 순식간에 때려눕히면서도 손속에 사정을 두고, 혈기에 이끌린 헛된 싸움을 하기보다는 슬쩍 피해 버리는 모습이 적지 않은 호감을 가지게 했다.

관상을 보아하니 결코 부유한 가정에서 태어나 순탄하게 자란 놈은 아니었다. 태어나자마자 온갖 역경을 겪으며 살아온 잡초 같은 운명을 타고난 놈이었다.

그런데 그 눈빛에는 가혹한 운명에 대한 한 점의 원망도 흘러나오지 않았다.

맑고 깨끗했다.

그러면서도 절대로 꺾이지 않을 투지와 무언가를 향한 열정은 누구보다 강했다.

'혹시 내가 개방 총단에 도착하기 전에 들렀다가 휑하니 그냥 가는 것은 아닐까?'

자신도 모르게 백엽동은 걸음을 조금 빨리했다.

"사조님, 옷을 좀……."

송종보가 코를 싸매며 백엽동의 옷자락을 잡았다.

새끼줄의 매듭을 감추기 위해 새끼줄 밖으로 빼낸 누더기가 깃발처럼 흩날리며 세상의 모든 악취를 한꺼번에 풍기고 있었다.

"으응? 어쩐지 소싯적에 실연당한 때처럼 가슴이 허전하다 했더니……."

백엽동은 얼른 누더기를 잡아당겨 찌든 때가 거북이 등껍질처럼 붙어 있는 상체를 감쌌다. 그리고는 감춘 새끼줄을 빼내어 다시 허리에 감았다.

새끼줄이 제자리를 잡자, 아까는 허리 뒤로 돌아가서 보이지 않던 그는 개방의 몇 안 되는 칠결의 장로였던 것이다.

第二十七章
만남

소주 자락으로 들어서자마자 죽립 하나를 구한 유진룡은 그것으로 얼굴을 가리고 천천히 걸음을 옮겼다.

그가 향하는 방향은 물론 소향상회였다.

소향상회가 점점 가까워지자 가슴이 속절없이 뛰었다.

우연히 만난 송종보에게서 간단하게나마 소향상회의 근황을 들었지만 모두들 어떻게 지내는지 너무 궁금했다.

마음 같아서는 당장 달려가서 모두 만나보고 싶었지만 아직은 그럴 처지가 아니었기에 먼발치에서 쳐다만 보고 갈 생각이었다.

유진룡은 걸음을 멈추고 슬쩍 죽립을 들어 올렸다.

왠지 지금 지나고 있는 골목이 낯설지가 않았다.

"그러고 보니 이곳은……?"

유진룡은 신형을 한 바퀴 돌리며 골목의 모습을 살폈다.

이곳은 소향상회로 필사의 도주를 하던 그날 밤, 죽을 고비를 넘긴 곳이었다.

뭔가 섬뜩한 기분을 느끼는 순간 황악호가 던진 칼이 가슴에 박혔다.

그때의 아찔했던 기억과 함께 각인되었던 골목의 모습이었기에 사 년의 세월이 지난 지금도 선명하게 떠올랐다.

그때 황악호가 숨어 있던 골목은 여전히 음습한 느낌과 함께 아가리를 벌리고 있었다.

유진룡은 천천히 걸음을 옮기며 그 골목 앞에 섰다.

어둠이 내리고 있는 골목 안은 아무것도 없었다.

유진룡은 자신도 모르게 가슴을 쓰다듬었다.

목숨을 구해준 동생들의 꿈은 만져지지 않았다.

동생들의 꿈은 곧 자신의 꿈이었고 자신의 생명이었다.

그 꿈이 스러지지 않는 한 자신도 쓰러지지 않을 것이다. 또한 자신이 쓰러지지 않은 한 그 꿈도 절대로 스러지지 않게 할 것이다.

유진룡은 가슴을 다시 한 번 쓰다듬고는 죽립을 내렸다.

죽을 뻔한 골목을 지나 걸음을 옮기려던 유진룡은 흠칫 신형을 멈추었다.

내려쓴 죽립의 얼개 사이로 한 인영의 모습이 보였다.

두 다리 부분에 나무판을 대고 엉금엉금 기어오는 짐승 같은 움직임!

그는 한때 소주 뒷골목의 대왕초 육마종이었다.

'이런 곳에서 저자를 만나다니!'

한 치 앞도 예상할 수 없는 운명의 회오리에 유진룡은 우두커니 서 있기만 했다.

"한 푼 적선합쇼!"

좀 더 가까이 다가온 육마종은 익숙한 동작으로 유진룡의 발 앞에 동냥그릇을 내밀었다.

동냥그릇 안에는 동전 한 푼도 보이지 않았다.

땡그랑!

빈 동냥그릇 안에서 금속성이 울렸다.

"고맙습니다. 복 받으실……."

고개를 연신 꾸벅이며 형식적인 인사를 하던 육마종은 동냥그릇 안에서 선명하게 빛나는 은자 한 냥을 보고는 흠칫 놀라며 얼른 동냥그릇 속으로 손을 넣었다.

은자 한 냥이라면 자신이 동냥한 돈을 한 푼도 쓰지 않고 반년을 모은다 해도 만들기 힘든 액수였다.

"정말 고맙습니다. 자손 대대로 복 받으실 겁니다."

아까보다 훨씬 더 큰 동작으로 고개를 꾸벅이던 육마종의 몸이 어느 순간 석상처럼 굳어졌다.

고개를 들고 이렇게 큰 호의를 베푼 인간의 얼굴이 어떻게 생겼는지 필사적으로 쳐다보려다 유진룡의 정체를 알아차린 것이다.

유진룡도 착잡한 심정으로 육마종을 내려다보았다.

그냥 은자 한 냥만 던져 주고 얼른 등을 돌려 떠나면 그만이었지만 왠지 모를 힘이 발걸음을 떨어지지 않게 하여 육마종이 그를 알아보았다.

설사 그가 자신의 정체를 알아본다 하더라고 문제될 일은 없었다.

죽립을 쓴 것은 소향상회 사람들이 자신을 알아볼까 우려한 것이지 육마종 같은 인물의 눈을 걱정한 것은 아니었다. 걱정은 되지 않았지만 말로 설명할 수 없는 복잡한 심정은 가눌 길 없었다.

유진룡은 안력을 좀 더 끌어올리며 육마종의 얼굴을 쳐다보았다.

어둠 속이었지만 육마종의 얼굴은 환하게 보였다.

칠면독사!

그 별명처럼 한때는 그 얼굴이 일곱 개, 아니, 어떤 때는 열 개도 넘는다고 했던 악인이었다. 그래서 이번에는 어떤 얼굴로 변할지 궁금했다.

뜻밖에도 육마종의 얼굴은 처음 그때처럼 아무런 변화를

보이지 않았다.

물론 핏기가 가셔져 조금 더 창백해 보이기는 했지만 소문에서 들은, 가면을 바꾸어 쓰는 듯한 모습은 보이지 않았다.

"오랜만일세."

더욱 뜻밖으로 육마종이 담담하게 인사를 건넸다.

유진룡은 여전히 우두커니 서 있었다.

자신으로 인해 이 꼴이 된 자가 진심으로 인사를 한 것인지 아닌지 분간이 가지 않았고, 진심으로 인사를 했다손 치더라도 자신이 이자의 인사를 받아야 할지 말아야 할지 판단되지 않았다.

"안 바쁘면 좀 앉게. 자네의 키가 커서 쳐다보는 내 목이 많이 아프다네."

육마종은 변함없는 얼굴, 변함없는 목소리로 말했다.

잠시 더 멍하니 서 있던 유진룡은 골목 구석에 있는 돌 한 개를 가져와 육마종 옆에 앉았다.

애초에 돈만 던져 주고 떠나지 못했으니 조금 더 머무른다고 해서 달라질 게 없었다.

"너무 그런 눈으로 보지 말게나. 정작 그런 눈으로 쳐다봐야 할 사람은 내가 아닌가?"

육마종은 피식 웃으며 엎드렸던 몸을 옆으로 돌렸다.

엉덩이뼈까지 으스러져서 앉지도 못할 지경이었기에 그는 비스듬히 벽을 의지한 채 몸을 기댔다.

“훨씬 났군.”

육마종은 비스듬하게나마 유진룡을 쳐다보며 다시 웃었다.

어쩐지 그 웃음이 가식이 아닐지도 모른다는 생각이 들었다.

“많이 변한 것 같소.”

유진룡은 비로소 입을 열었다.

“변해야지. 이런 급변하는 세상에서 변하지 않으면 도태할 수밖에 없다네.”

육마종은 비스듬히 누운 허리에서 곰방대를 꺼내 입에 물었다.

유진룡은 화섭자를 꺼내 곰방대에 불을 붙여주었다.

“고맙네.”

인사를 차린 육마종은 곰방대를 빨아들이고는 길게 내뿜었다.

그 모습이 제법 초연한 노인 같은 냄새마저 풍기게 했다.

유진룡은 또다시 무슨 말을 해야 할지 몰라 육마종을 쳐다만 보고 있었다.

“맞은 놈은 다리 뻗고 자고, 때린 놈은 오그리고 잔다는 옛말 하나 틀린 것 없지. 그렇지 않나? 하하하!”

육마종이 웃음을 터뜨렸다.

“정말 많이 변한 것 같소. 정신을 차릴 수 없을 정도로……."

유진룡은 자신도 모르게 고개를 흔들었다.

"이런 몸으로 변하지 않고는 살아가기가 힘들지."

육마종은 얼굴에 웃음기를 지우지 않고 말했다.

"그때는……."

"미안해할 것 없네. 그럼 난 미안해야 할 일이 훨씬 더 많으니까……. 모든 게 자업자득이라네."

육마종은 아까보다 더 길게 연기를 토해냈다.

유진룡은 문득 자신도 곰방대를 물고 연기를 한 모금 들이마신 후 길게 토해내고 싶다는 충동을 느꼈다. 그래서 가슴속에 실타래처럼 얽혀 있는 복잡한 상념들을 같이 토해내고 싶었다.

자신이 아는 한 둘째가라면 서러울 정도로 대 악종인 육마종!

그래서 자신이 응징하며 병신으로 만들어 버렸는데 이 년만에 다시 만난 육마종이 이런 모습으로 변한 것을 보니 오히려 죄인이 된 기분이었다.

"우린 참 묘한 인연이지, 안 그런가?"

육마종이 다시 미소를 지었다.

"확실히 그런 것 같소. 그냥 은자 한 냥만 던져 주고 갔으면 이런 더러운 기분을 느끼지도 않았을 텐데… 왜 그런지 발길이 떨어지지 않았소."

"운명이라는 걸세. 그건 사람의 힘으로 어쩔 수가 없다네."

육마종이 득도한 고승이나 된 것처럼 말했다.

"개뿔!"

유진룡이 괜한 고함을 질렀다. 그러나 가슴은 아까보다 더 답답해졌다.

"개꼬리 삼 년 묻어놓는다고 해서 소꼬리 될 수 없다고 했는데… 이 년 만에 어떻게 이렇게 달라진 것이오?"

유진룡은 고개를 흔들었다.

"하루 종일 땅바닥을 기어 다니면서 어머니 품 같은 흙의 냄새를 맡으며 얻은 그 심득들을 은자 한 냥으로 가르쳐 줄 수야 없지. 가르쳐 준다고 해서 어린 자네가 다 알아 듣는다는 보장도 없고……."

육마종의 미소가 더욱 짙어졌다.

"젠장!"

유진룡은 전신을 덮쳐 오는 연유 모를 패배감이 와락 역정을 토했다.

사 년 동안 한순간의 흐트러짐 없이 무공을 닦았다. 그리고 누구에게라도 질 것 같지 않은 자신감을 얻었다.

그런데 하루도 지나지 않아 이런 짙은 패배감을 느끼다니…….

"세상에는 영원한 악인도, 영원한 선인도 없다네. 태어날 때는 자네나 나나 다 같이 알몸으로 태어나지 않았나? 그러다 힘을 얻게 되면 그 힘을 써보고 싶고, 그게 지나치면 순식간에 악인이 될 수도 있더군.”

육마종은 마치 유진룡이 얻은 힘을 짐작이라도 하듯 유진룡을 빤히 쳐다보았다.

“공자가 다 되셨구려.”

유진룡은 육마종의 시선을 피하며 빈정거렸다.

“하하하!”

유진룡이 시선을 맞추지 못하고 이리저리 피하는 모습을 본 육마종이 광소를 터뜨렸다.

“자네에게 짓밟혀 병신이 되고 난 직후 얼마 동안은 한 시도 복수를 잊은 적이 없다네. 하지만 어떤 식으로 복수를 할지 방법을 찾을 수 없었지. 그러다 먹고살기 바빠서 까맣게 잊고 있었는데 오늘 조금은 복수를 한 것 같네. 하하하!”

육마종의 웃음소리가 온 골목을 떠돌았다.

유진룡은 귀신에 홀린 듯이 육마종을 쳐다보고만 있었다.

짝을 찾을 수 없는 악종이었지만 한때는 소주 뒷골목의 대왕초였다.

타고난 악종이라는 심성 외에 뭔가 그만한 자격이 있었기에 오랫동안 그 자리를 차지할 수 있었을 것이다.

그건 인정할 수밖에 없을 것 같았다.

“후후!”

육마종이 다시 웃음을 흘렸다.

인상을 찌푸린 유진룡은 슬쩍 발을 들어 올렸다.

"다시 한 번 그런 기분 나쁜 웃음을 흘리면 이번에는 등뼈를 밟아버리겠소."

유진룡은 정말 짓밟기라도 할 듯 발을 움직였다.

"제발 그렇게 하게. 그래서 자네가 예전의 나보다 더한 악인이 된다면 내 복수는 더욱 완벽해질 테니까."

육마종의 복수는 아직도 진행 중이었다.

고개를 흔든 유진룡은 천천히 발을 내렸다.

"졌소!"

긴 한숨과 함께 유진룡은 깨끗이 패배를 인정했다.

태산을 들어 올릴 만한 힘을 얻어도 이길 수 없는 것이 있었다.

"젊은 친구가 마음에 드는군. 이건 진심일세. 후후!"

육마종의 얼굴에 승리의 환호가, 아니, 복수심을 씻어낸 인간의 기쁨이 충만해 있었다.

"이젠 비긴 걸세. 그러니 서로 뒤끝은 남겨두지 말기로 하세나. 자네 다리는 정말 무서우니까."

"밟혀 죽는 게 낫다고 하지 않았소?"

유진룡도 한층 더 가벼워진 음성으로 말했다.

"말이 그렇지 어디 뜻이 그런가? 개똥밭을 굴러도 이승이 나은 법일세."

곰방대를 허리춤에 집어넣은 육마종은 다시 엎드린 자세로 골목을 기어가기 시작했다.

유진룡은 한참 더 귀신에 홀린 표정으로 서 있다가 등을 돌렸다.

"바쁘지 않다면 무석에 있는 정가장으로 가보게! 자네가 할 일이 있을 것이야. 이건 은자 한 냥에 대한 대가일세."

두어 걸음 옮기던 유진룡의 뒤통수에 육마종의 목소리가 부딪쳤다.

"무슨 소리요?"

등을 돌린 유진룡이 퉁명스럽게 물었다.

"바닥을 기어 다니다 보니 구석구석에서 주워듣게 되는 얘기도 많다네. 며칠 후에 그곳에서 호원무사를 뽑는다고 하니 그틈에 스며들면 될 걸세."

육마종은 정가장으로 들어갈 방법까지 가르쳐 주었다.

유진룡은 육마종이 보이지 않을 때까지 한참 동안 멍하니 서 있었다.

사정없이 육마종의 엉덩이를 짓밟을 때는 그런 생각이 들지 않았는데 이젠 빚이 하나 늘었다는 생각이 들었다. 그리고 그 빚은 언젠가는 갚아야 할 것 같다는 것도……

"언제 시간 내어 한 번 기어 다녀봐야겠군."

고개를 흔든 유진룡도 어둠 속으로 사라졌다.

                    *   *   *

　소향상회가 있는 곳 근처의 주루 이층에 자리 잡은 유진룡은 감회 어린 눈으로 소향상회의 정문을 쳐다보았다.

　높은 소향상회의 담장은 이층에 앉아서도 내부를 볼 수 없게 해서 유진룡은 정문 앞에 선 호위무사들이나 이따금씩 정문을 드나드는 사람들만 볼 수 있었다.

　그들 중에는 아는 얼굴이 없었다.

　마웅탁이나 이장명, 양혜란!

　그리고 이젠 제법 컸을 꼬맹이들!

　이 년이 지난 지금은 또 어떻게 변했을지 궁금했다.

　늦은 저녁을 시켜 먹으며 한참 동안이나 소향상회의 정문을 지켜보았지만 여전히 아는 얼굴은 보이지 않았다.

　문득 그냥 정문을 열고 소향상회 안으로 들어가고 싶었다. 그래서 모두를 한 번 만나보고 싶었다.

　하지만 하루가 지나지 않아 또 이별을 해야 한다.

　언제나 해후의 기쁨보다는 이별의 아픔이 훨씬 컸다.

　그 아픔은 유진룡 자신이 더 피하고 싶었다.

　그냥 이렇게 먼발치에서 한 번만 쳐다보고 가는 것이 훨씬 나았다.

　"내가 너무 늦은 시간에 온 것인가?"

　유진룡은 입맛을 다셨다.

낮에 왔더라면 나돌아다니는 녀석들 한두 명쯤은 발견할 수 있었을 것 같은데 저녁때가 훨씬 지난 시간이라 그런지 한 녀석도 보이지 않았다.

"차를 드시겠습니까?"

한참 전에 식사를 끝냈지만 자리를 뜨지 않고 앉아 있는 유진룡을 보며 점소이가 다가와서 물었다.

소향상회의 정문에서 시선을 돌린 유진룡은 묵묵히 고개만 끄덕였다.

"어떤 차로……?"

"그냥 이곳에서 제일 잘 팔리는 차로 가져오너라."

유진룡의 대답에도 점소이는 움직이지 않고 서 있었다.

"왜 그러느냐?"

경계심 어린 눈으로 유진룡은 점소이의 얼굴을 쳐다보았다.

머리를 앞으로 약간 풀어 헤쳤기에 혹시 예전의 뒷골목 생활 때 안면이 있었더라도 알아볼 사람이 없을 것이라 생각했지만 조심이 되었다.

"아까부터 계속 소향상회만 쳐다보고 있기에 무슨 특별한 용무가 있나 싶어서……."

점소이 꼬맹이가 눈을 반짝거렸다. 이젠 좀 한가한 시간이니 소향상회에 무슨 심부름을 해주고 수고비라도 챙길 수 있지 않나 하는 생각을 하고 있는 모양이었다.

"무슨 용무가 있는 것은 아니고… 나도 언제 저런 집에서 살아보나 싶어서 쳐다보는 것이다."

유진룡은 슬쩍 둘러댔다.

"아—"

점소이는 잘 알겠다는 듯 고개를 끄덕이고 아래층으로 사라졌다.

'엇! 저 녀석은?'

다시 소향상회 쪽으로 고개를 돌린 유진룡의 눈이 빛을 뿜었다.

소향상회의 정문으로 열네댓 살쯤 되어보이는 소년의 모습이 보였다.

몰라보게 컸지만 소년의 얼굴에는 옛 모습이 남아 있었다.

그 녀석의 이름은 소고였다.

헤어질 때 열 살 정도 된 놈으로, 탈출하던 날 저녁, 뒷골목에서 광마견의 부하들에게 가로막히자 양혜란과 같이 칼을 들고 휘두르던 강단있는 녀석이었다.

유진룡은 자신도 모르게 몸을 일으켰다.

그냥 먼발치에서 얼굴만 한 번씩 보고 가려 했지만 소고의 얼굴을 보고나니 앉아 있을 수가 없었다. 그걸 참는 것은 동굴에서 바위를 짊어지고 수련을 하던 것보다 몇 배는 더 힘들었다.

유진룡은 벗어놓은 죽립을 머리에 썼다. 그리고 밧줄에 묶여 끌려 나가기라도 하듯이 서둘러 이층 계단을 내려갔다.

"이건 찻값이다. 나머지는 너 가져라."

유진룡은 아래층에서 마주친 점소이에게 동전 몇 개를 집어주었다.

점소이의 허리가 큰 각도로 굽어졌다.

"젠장! 이런 일은 꼭 날 시킨단 말이야."

골목길을 빠르게 걸어가던 소고는 불평 가득한 목소리로 투덜댔다.

저녁을 먹고 느긋하게 쉴 시간인데 양혜란이 무언가를 조사해 오라고 심부름을 시킨 것이다.

"암표범 누나는 요새 무슨 일을 벌이는지 알 수가 없군!"

소고는 고개를 갸웃거렸다.

이제 양혜란은 이곳 소향상회에서 회주의 제자로 완전히 입지를 굳혔다.

처음에는 솜이 물을 빨아들이듯 열심히 배우기만 했다. 그러다 일 년 전쯤부터는 서서히 자신만의 영역을 만들어 나갔다.

뒷골목 생활을 할 때부터 돈을 아끼고, 최소한의 돈으로 최고의 효용을 창출하는 데는 소고 자신의 어린 생각으로도 탁월하다고 느꼈다.

그런 그녀이니 이곳에서 체계적인 가르침까지 받고 나자

무섭게 실력을 발휘했다. 특히, 지난번 혈사방이 쳐들어와 풍전등화의 위기가 지나간 후 그녀는 예전 같은 나약한 모습은 한 번도 보이지 않았다.

냉정할 때는 얼음처럼 냉정했고 단호할 때는 칼날처럼 단호했다.

그래서 어떤 때는 금빙화란 별명은 이제 그녀에게 물려줘야 한다는 말까지 생겼다.

최근 들어 그녀는 이것저것 알 수 없는 것들을 자주 알아오게 했다.

그건 소고의 머리로는 도저히 이해할 수가 없는 것들이었다.

시킨 일 자체를 모른다는 것은 아니었다.

그건 자신의 능력으로도 충분히 할 수 있는 것들이었다.

그런데 그녀가 왜 그런 것을 알아보고 오라는지 도저히 이해가 되지 않았다.

소고는 그간 양혜란이 시킨 여러 가지 일들을 하나하나 떠올리며 생각을 정리해 보았다.

어느 것 하나 연관성이 없었다. 그러니 대체 무슨 일을 하는지 짐작할 수가 없는 것이다.

본시 아무것도 모르고 철저히 수동적인 입장에서만 하는 일은 사람을 쉽게 지치게 만든다.

뭔가 흥미진진한 일에 자신이 일조하고 있다는 것을 알면

신명나게 할 수 있을 텐데 아무 영문도 모르고 이상한 일만
한다고 생각하니 이젠 제법 짜증스러웠다.

"그렇다고 안 들어줬다간 조상이 시끄러울 테고……. 아이
고! 내 팔자야."

푸념을 터뜨린 소고는 한층 더 빨리 걸음을 옮겼다.

포목점 거리까지는 이젠 얼마 남지 않았다. 그곳에서 시킨
일만 하고 돌아가면 되는 것이다.

빠른 걸음으로 골목길을 돌던 소고는 흠칫 신형을 멈추었
다.

새로운 골목 한가운데에 한 인영이 서 있었다.

죽립을 깊게 눌러쓰고 서 있는 인영은 큰 키에 군살 하나
없는 근육질 몸매의 사내였다.

소고는 저절로 오금이 저리는 기분이 들었다.

팔짱을 낀 채 골목 한가운데에 서 있는 인영의 자세는 길을
가로막고 있음이 분명했다.

'이 일에 무슨 흉계가 있었나?

소고는 빠르게 염두를 굴렸다.

전말을 전혀 알 수 없는 이런 일에는 생각지도 못한 위험이
숨어 있을 수도 있었고, 재수없으면 예측 못한 곳에서 이런
식으로 그 위험의 칼이 튀어나오는 것이다.

그래도 혹시 하는 생각에 소고는 슬쩍 몸을 틀어 사내 옆으
로 지나가려 했다.

사내가 몸을 움직여 다시 앞을 가로막았다.

그렇다면 의도적으로 길을 막고 있는 것이다.

"뉘시오?"

눈살을 찌푸린 소고는 최대한 아랫배에 힘을 주며 목소리를 높였다.

죽립의 사내는 아무 말도 하지 않았다. 얼핏 착각처럼 어깨만 한 번 들썩거린 것 같았다.

"누구신데 길을 막는 거요?"

소고는 다시 고함을 질렀다.

'후후!'

소고의 앞을 가로막은 유진룡은 내심 웃음을 참느라 애를 썼다.

처음에는 죽립을 벗고 와락 안아들고 싶었지만 장난기와 함께 이 녀석들이 어떻게 자랐는지 알아보고 싶은 생각이 들었다.

"너 소향상회에 있는 놈이지?"

유진룡은 목소리를 낮게 깔며 물었다.

"그, 그렇소!"

소고가 다시 아랫배를 내밀며 답했다.

아랫배에 힘을 주며 잔뜩 몸을 움츠리는 모습이 여차하면 기습 공격이라도 할 태세였다.

"그럼, 가진 것 다 내놔!"

유진룡은 더욱 낮게 목소리를 깔았다.

소고는 기가 막히는지 잠시 할 말을 잃고 서 있었다.

“어서!”

유진룡은 단호하게 고함을 쳤다. 그러면서 팔짱을 풀고 어깨를 일부러 넓어 보이게 했다. 이런 식이라면 웬만한 무인이라도 움츠려 들 것이다.

“망할……! 재수 옴 붙었군!”

뜻밖의 험구에 유진룡은 죽립 안에서 눈살을 찌푸렸다.

기가 죽을 줄 알았는데 이놈은 이맘때의 자신보다 더 해보였다.

“우리 주인이 짠순이라서 가진 것 없소!”

고개를 발딱 치켜든 소고가 온 인상을 쓰며 소리쳤다.

‘짠순이?’

유진룡은 다시 한 번 어깨를 들썩였다.

이 녀석 눈에 단리하연이 짠순이로 보이는 모양이었다.

“그럼 윗옷이라도 벗어놓고 가!”

유진룡은 계속 목소리를 깔았다.

“떠그랄!”

다시 험구를 내뱉은 소고가 주먹을 말아 쥐었다.

“덩치 크다고 무조건 이기는 건 아니오! 그건 어릴 적부터 확실히 배우며 컸소. 그러니 곱게 길을 비켜 주든지, 아니면 한판 벌이든지…….”

소고는 이젠 아예 주먹까지 가슴에 모으며 싸울 자세를 잡았다.

"누가 너한테 그런 걸 가르쳤느냐?"

유진룡은 억지로 웃음을 참으며 물었다.

"그런 건 당신이 알 것 없고… 비키든지 한바탕 하든지 결정하시오. 난 옷 벗어줄 생각 전혀 없으니까."

소고가 몇 발 옆으로 움직였다.

그것은 예전에 유진룡 자신이 애용하던 자세였다.

벽을 차고 뛰어올라 그대로 돌려차기를 하면 위력이 배가 되는 것이다.

"못된 것만 배웠구나."

벽에서 멀찍이 떨어지며 유진룡은 죽립을 벗었다.

소고의 신형이 한층 더 움츠려졌다.

유진룡이 죽립을 벗으며 본격적으로 싸우려 한다고 느꼈기 때문이었다.

"소고야!"

유진룡이 팔을 활짝 벌리며 소고의 이름을 불렀다.

뜻밖의 상황에 소고가 흠칫거렸다.

"누, 누구……?"

아직도 싸울 자세를 풀지 않은 소고가 어리둥절한 표정으로 고개를 내밀었다.

"설마……?"

마침내 유진룡을 알아본 소고가 귀신에 홀린 듯한 표정을 하며 입을 벌렸다.

"많이 컸구나!"

"대장……? 정말 대장?"

믿기지 않는 표정으로 서 있던 소고가 포탄처럼 유진룡의 품으로 뛰어들었다.

"이게, 이게 꿈은 아니죠, 대장? 으아아—"

소고는 환호성인지 통곡성인지 모를 소리를 지르며 유진룡의 실체를 좀 더 확실히 느끼려는 듯 몇 번이나 유진룡의 가슴을 이마로 들이받았다.

그런 후 한동안 두 사람은 서로를 끌어안은 채 꼼짝도 않고 서 있었다.

어둠이 짙어진 골목 안에는 사내들의 체취만이 뜨겁게 감돌았다.

"이 녀석! 정말 많이 컸구나."

잠시 후 유진룡도 자신의 이마를 소고의 머리에 부딪치며 대견스럽게 내려다보았다.

찔러도 피 한 방울 흐르지 않을 것 같던 소고의 얼굴에는 눈물이 내를 이루고 있었다.

"젠장! 죽을 정도로 아파도 절대로 안 운다고 맹세했는데……."

소고는 소매로 얼른 눈물을 닦았다.

"대장은 더 큰걸요. 이 년 전에 소향상회가 위기에 빠졌을 때, 얘기책 속의 거인같이 변한 대장이 나타나서 위기를 구했다며 꼬맹이들이 떠들어댔는데 정말 그 말이 맞았어. 그동안 뭘 먹었기에 이렇게 큰 건가요, 대장?"

소고는 유진룡의 신형을 발끝에서 머리끝까지 연신 훑으며 감격에 벅찬 표정을 지었다.

"세상에 있는 영약이란 영약은 다 퍼먹어서 그런 모양이다."

유진룡은 장난처럼 말했다.

"이젠 돌아온 건가요, 대장?"

눈물을 훔쳐 낸 소고의 눈에 숯불 같은 열기가 느껴졌다.

어릴 때는 몰랐지만 나이가 들어가며 유진룡과 함께라면 무엇이든 할 수 있을 것 같았다.

아무리 소향상회가 풍족한 곳이라도 유진룡 밑에서 뒷골목을 뛰어다니던 시절이 더 좋았다.

"아직……."

유진룡은 고개를 저었다.

"그럼?"

타오르던 소고의 눈에 진한 실망감이 번져 나갔다.

"이제 막 수련을 끝내고 맡은 일을 하러 가는 도중에 너희들이 어떻게 지냈는지 궁금해서 들른 것이다. 마침 네 녀석이 밖으로 나오기에 이렇게 따라왔다."

유진룡은 소고의 머리를 쓰다듬었다. 소고의 어깨가 아래
로 처졌다.

"여기서 이럴 게 아니라 어디 가서 얘기를 좀 나누자꾸나!"

유진룡은 소고의 팔을 끌고 골목을 벗어났다.

두 사람은 골목 끝의 허름한 객점을 찾아 주렴이 처진 방
안에 자리를 잡고 차를 시켰다.

밝은 불빛에서 얼굴을 보니 더욱 감개가 무량한 듯 유진룡
이나 소고는 잠시 동안 서로의 얼굴을 뚫어지게 쳐다보다가
동시에 미소를 지었다.

"이젠 제법 어른 티가 나는구나."

유진룡이 먼저 말했다.

"대장은 어른 티를 넘어서 중년의 향기마저 뿜어 나오는군
요."

"이 녀석이!"

소고의 농담에 유진룡은 커다란 손으로 소고의 머리를 세
차게 쓰다듬었다.

"저녁은 먹었느냐?"

"그럼요. 저녁 시간이 제법 지난걸요."

소고는 고개를 끄덕였다.

"너, 술 마실 줄 알지?"

유진룡은 다시 물었다.

“술이야 대장하고 뒷골목에서 같이 살 때부터 마셨잖아요.
그땐 술이 밥이나 마찬가지였으니까요.”

“하긴… 그럼 한잔할 테냐?”

유진룡은 점소이를 부르기 위해 고개를 돌렸다.

“아서요, 대장! 예전엔 시도 때도 없이 마셨지만 지금은 사
정이 백팔십도로 달라졌어요. 허락없이 함부로 술을 마셨다
간 혜란이 누나에게, 그리고 장명이 형에게 초죽음이 되도록
맞아요.”

소고가 손사래를 쳤다.

“하하!”

유진룡은 웃음을 터뜨렸다.

그때는 어쩔 수 없었지만 소고 나이에는 아직 술을 마셔서
는 안 되는 것이 정상이다. 같이 술을 마시지 못한다는 것은
아쉬웠지만 대가 댁 자제들처럼 정상적으로 성장하고 있다는
것이 마음 든든했다.

“그래, 그게 정상이야. 뒷골목에 살 때 하던 행동들을 언제
까지나 할 순 없지. 모두들 잘하고 있겠지?”

술 주문을 포기한 유진룡은 동생들의 안부를 물었다.

“잘 교육받고 있어요. 어떤 때는 담을 넘어 도망치고 싶을
정도로…….”

소고가 빙그레 미소를 지었다.

“장명이는? 그리고 혜란이는? 또 응탁이와 종수는? 유선

이는?"

유진룡은 콩을 볶듯이 동생들의 소식을 연속해서 물었다.

"후후! 숨 넘어가겠습니다, 대장."

소고가 빙긋 웃으며 유진룡을 쳐다보았다.

"그렇게 물어볼 것이 아니라 당장 소향상회로 가면 되지 않습니까? 모두 눈이 빠져라 기다리고 있는데……."

소고는 유진룡의 신색에서 무언가를 느낀 듯 조심스럽게 말했다.

"그럴 것 같았으면 처음부터 바로 소향상회로 갔지 왜 밖에서 기다리다가 널 따라왔겠느냐."

유진룡은 빤히 쳐다보는 소고의 눈길을 피하며 답했다.

"그럼?"

"아직은 완전히 돌아온 것이 아니라고 하지 않았느냐? 그런 처지에 잠시 만났다가 다시 헤어지는 것은 서로 가슴만 아플 뿐이다. 그건 내가 더 견딜 수 없어."

유진룡은 쓸쓸한 표정으로 말했다.

"젠장!"

소고는 안타까운 마음을 역정으로 대신했다.

"아직도 대장의 첫 거래는 끝나지 않았습니까?"

"이제 시작이다!"

유진룡은 분위기를 바꾸기 위해 억지로 웃었다. 그러나 소고의 얼굴은 처연하게 바뀌어갔다.

“그땐 몰랐는데… 우린 대장의 피와 살을 갉아먹고 살아가고 있다는 생각이 들어요.”

“이젠 사람 다 됐구나. 그런 것도 생각할 줄 아는 걸 보니.”

유진룡은 피식 웃었다.

소고는 여전히 웃지 않고 처음 그대로의 표정을 지었다.

“그래서 어떤 때는 이렇게 호강하는 나 자신이 비겁하다는 생각이 들어 뛰쳐나가고 싶은 생각이 걷잡을 수 없이 솟구쳐요.”

“사춘기 때는 다 그런 것이다. 그걸 잘 이겨내야 훌륭한 사람이 되는 법이란다.”

유진룡은 소고의 심각한 표정에는 아랑곳 않고 다시 머리를 쓰다듬었다.

“그게 아니라…….”

소고가 인상을 썼다.

“됐다, 이 녀석아! 내가 이렇게 사는 것이나 너희들이 소향상회에서 사는 것은 서로의 운명이 그렇게 짜여져 있었기 때문이다. 그러니 누구의 신세로 네가 호강한다는 생각은 버려라. 그런 쓸데없는 생각으로 허비할 시간 있으면 글이나 한 줄 더 읽어라. 만약 내가 다시 돌아왔을 때도 그런 생각으로 방황하고 있다면 반쯤 죽여 놓을 테다. 너뿐만 아니라 다른 녀석들도 모두…….”

유진룡은 처음으로 정색을 하며 소고를 쳐다보았다.

"미안해요, 대장!"

소고가 눈을 내렸다.

"됐고… 어서 다른 녀석들 소식이나 말해보아라."

소고는 차를 한 잔 더 들이키고는 동생들이 근황을 설명해 나갔다.

산에서 만난 송종보의 설명을 통해 모두 별일없이 잘 있을 것이라 짐작했던 것처럼 소고의 설명 역시 그랬다.

양혜란이나 이장명도 잘 있었고, 꼬맹이들도 양혜란의 철저한 통제하에 열심히 글공부를 하며 잘 지내고 있었다.

"응탁이는?"

소고가 응탁이의 소식은 제일 뒤로 미뤘기에 유진룡은 참지 못하고 물었다.

"응탁이 형은 일 년 전에 항주로 떠났습니다."

소고의 대답은 뜻밖이었다.

"응탁이 형은 이곳에 오자마자 서재에 틀어박혀서 책벌레가 되었어요. 그렇게 삼 년이 지나자 회주님의 개인 서재에 있는 책들까지 다 읽고, 더 읽을 책이 없게 되었어요. 그래서 회주님께서 항주에 있는 만박노조의 가르침을 받게끔 그곳으로 보냈어요."

"만박노조?"

유진룡은 자신도 모르게 목소리를 높였다.

만박노조란 노인이 모르는 것은 세상 아무도 알 수 없다던 사부의 말씀이 떠올랐다. 그리고 도천극의 정체를 혼자서 은밀히 캐어보다가 안 되면 그를 찾아가라고도 하셨다.

'그곳에 웅탁이 녀석이 가 있다니?

유진룡은 일이 이상하게 얽혀간다는 생각이 들었다. 또한 언젠가 만박노조를 만나는 일이 생각보다 쉬울 것 같다는 생각도 들었다.

무턱대고 만박노조를 찾아가서 도천극의 옥패에 새겨진 문양을 물어보는 것보다 웅탁이를 만난다는 핑계로 찾아가 슬며시 그것에 대해 질문하면 훨씬 쉬울 것이다.

"그 녀석은 대과를 치르기라도 할 생각인가?"

유진룡은 빙그레 웃으며 마웅탁의 모습을 떠올렸다.

뒷골목에서 살 때는 식충이라는 별명으로 아무것도 하는 일 없이 지내는 것 같았지만 뒷골목의 사정을 누구보다 잘 파악하고 있던 놈이었다. 그리고 뒷골목을 탈출할 때도 유진룡 자신은 목에서 단내가 났지만 그놈만은 한가닥 여유를 잃지 않았다.

마치 모든 결과를 예측이라도 한 듯, 그래서 결국 탈출을 성공할 것이라고 확신한 듯 그 녀석은 여유로웠다.

언제나 정체를 의심하게 만들던 놈!

그놈은 무섭게 커가고 있었다.

"대과니 뭐니 하는 데는 신경도 안 쓰나 봐요. 그러려면 벌써 향시 정도는 합격해야 할 텐데."

소고도 빙긋 웃으며 머리를 흔들었다.

"그럼 그놈이 하고 싶은 것은 무엇이라더냐?"

"그 속을 누가 알겠어요. 혜란이 누나도 머리를 흔들고 회주님도 포기한 사람인데요."

"포기?"

유진룡은 이맛살을 찌푸렸다.

유일하게 그놈만큼은 나무판에 자신의 꿈을 적지 않았다.

"당장 시험을 치르면 향시가 아니라 그보다 훨씬 높은 곳까지도 장원으로 급제할 능력인데도 그런 것에는 관심도 없고, 뭘 하려고 그렇게 책 속에 빠져드는지 도저히 짐작이 안 가니 회주님도 그 속을 파악하는 것을 포기했다고 했어요. 그런 면에서는 독수리보다 더 날카로운 눈을 가진 회주님인데도 못 당하는 걸 보면 대단하긴 해요."

소고는 다시 한 번 고개를 흔들었다.

"그놈 꿈은 정말 식충이가 아닐까?"

"후후후! 그럴지도 모르지요. 아직까지는 아무것도 이룬 것 없이 밥만 축냈으니까요."

소고가 흐드러지게 웃었다.

"회주님은……?"

유진룡은 마지막으로 단리하연의 소식을 조심스럽게 물었다.

"여전하세요. 아니, 좀 이상하게 변했어요."

소고가 얼핏 이해하기 힘들다는 표정을 지었다.

"어떻게 말이냐?"

유진룡은 자신도 모르게 안광을 조금 빛냈다.

"이 년 전에 그 일이 있고 나서부터… 달라진 것 같았어요. 칼날같이 날카롭고 냉철한 성격은 변함없는 것 같은데 사람을 대하는 태도가 좀 바뀌었어요. 제가 무식해서 표현을 잘 못하겠지만… 가끔 농담도 하고, 어떤 때는 주먹으로 우릴 때리기까지 해요. 마치 친 누나처럼 굴려고 해서 한마디로 못살겠어요. 그전에는 계산도 정확했는데 요즈음은 월봉도 안 주고 저금만을 하고 있으니 용돈은 필요할 때 타가라고 해요. 짠순이가 되어버렸어요."

소고는 와락 인상을 찌푸렸다. 저금이고 뭐고 당장 손에 돈이 없는 것이 불만인 모양이었다.

유진룡은 묵묵히 소고의 설명을 들으며 단리하연의 모습을 떠올렸다.

중독된 그녀를 치료하고 배웅하는 길에서 그녀가 했던 말이 생각났다.

그때 그녀는 머리로만 생각을 해서 그런 일이 생겼으니 이제부터는 가슴으로 생각하는 법을 익혀야겠다고 했다. 어쩌면 그녀는 그런 식으로 가슴을 열고 있는지도 몰랐다.

그녀를 생각하자 다시 가슴이 뛰었다.

유진룡은 머리를 흔들었다. 그리고 입술을 움직였다.

"날 잡아서 한 번에 왕창 타내면 될 것 아니냐."

"꼬치꼬치 캐묻는데 어떻게 왕창 타냅니까?"

소고는 여전히 불평을 토로했다.

"그게 사내의 능력이다."

유진룡이 의미심장하게 미소를 지었다.

"뭔가 방법이 있는 겁니까, 대장?"

소고가 다가앉았다.

"누님이라고 부를 테니 용돈 좀 왕창 달라고 해보아라."

"으엑!"

소고가 비명을 질렀다.

"모르긴 해도 나보다 열 살 가까이 더 먹었을 텐데 누님이
라니요? 이모라면 또 모를까."

"그러니까… 안 주면 이모라 부른다고 하면서 그렇게 느물
거려 보라니까."

유진룡은 정색을 했다.

"회주님인데……."

소고는 여전히 단리하연이 어려운 모양이었다.

"친 누나처럼 군다면서?"

"그렇긴 하지만… 그건 단지 내 생각일 뿐이고……."

소고가 자신없는 듯 말끝을 흘렸다.

"한번 그렇게 해보아라. 효과가 있을 것이다."

소고는 눈알만 굴렸다. 그리고 잠시 후 슬픈 표정을 지었다.

이렇게 잠시 만난 후에 또 헤어져야 한다는 것을 알기에 일부러 실없는 농담조로 대화를 이어갔지만 가슴 깊이 밀려오는 안타까움은 어쩔 수 없는 모양이었다.

"꿈은 잊지 않았겠지?"

유진룡이 엄한 표정으로 물었다.

"잊으려고 해도 못 잊죠. 혜란 누나와 회주님이 시도 때도 없이 일깨우니까요."

"그럼 됐다. 너희들이 그걸 잊지 않고 계속 키워 나가는 한 나는 무사할 것이다."

"무슨 말씀입니까, 대장?"

소고의 눈이 커졌다.

"반대로 너희들이 꿈을 포기하고 허물어지는 순간, 내 가슴으로 향해 날아드는 칼은 거침없이 심장을 파고들 것이다. 그것만 기억하고 있으면 된다."

"대장!"

소고가 입술을 깨물었다.

무슨 말인지는 정확히 몰랐지만 유진룡이 여전히 자신들을 지키려 한다는 마음을 고스란히 느낀 것이다.

"이제부터는 형이라고 불러라. 뒷골목 생활도 청산했으니……."

유진룡은 마지막 남은 다액을 모두 비웠다.

이런저런 얘기 끝에 시간이 제법 지났다. 그리고 언제까지나 소고를 잡아둘 수 없었다.

소고는 찻잔을 비우지 않고 유진룡의 얼굴만 쳐다보았다.

"오늘 날 만났다는 말은 아무에게도 하지 말아라, 알겠지?"

유진룡은 엄하게 단속을 했다.

"대장, 아니, 형 소식만 기다리며 눈이 퀭한 아이들은 어쩌라고요? 형을 만났다는 말만 들어도 환호성을 지를 텐데……."

"그래 봤자 달라지는 게 뭐 있겠느냐? 어차피 지금은 못 만나는 처지인데 실망감만 커질 뿐이지."

유진룡은 완강하게 고개를 저었다.

소고만 한 아이들도 보고 싶었지만 그때 걸음마를 겨우 뗐을까 말까 한 아이들이 어떻게 컸는지 더 보고 싶었다. 아울러 소향상회에 맡기고 떠날 때 와앙! 하고 울음을 터뜨리던 녀석들의 목소리가 귀에 쟁쟁했다.

하지만 이제부터가 시작이고, 지금 이곳이 사지로 떠나는 출발점이었다.

이제부터는 피보라가 난무하는 강호의 세계로 뛰어드는 것이다. 어쩔 수 없이 냉정해져야 하고 내가 살기 위해서 상대를 죽여야 할 상황도 무수히 닥칠 것이다.

피도 눈물도 없는 강호의 세계에 좀 더 빨리 적응하기 위해서라도 마음을 독하게 먹어야 한다.

“그만 일어서자.”

유진룡은 자리를 박찼다.

일어서는 유진룡의 허리에서 청룡검이 그네를 탔다.

소고도 얼떨결에 따라 일어섰다.

“어디로 갈 건가요, 대장? 아니, 형?”

소고는 걱정스런 얼굴로 유진룡의 허리에 매달린 청룡검을 쳐다보았다.

형겊으로 둘둘 말린 채 검인지 도인지 구별도 가지 않았고, 그것이 유진룡의 것도 아니었지만 유진룡이 그것을 차고 있다는 것만으로도 피 냄새가 흘러나오는 것 같았다.

“내 걱정 말고 그만 가보아라. 그리고 다음부터는 너보다 훨씬 덩치 큰 인간이 앞을 가로막으면 무조건 도망쳐라. 그런 객기는 아무짝에도 도움이 안 된다.”

객점 밖 골목에서 유진룡은 소고의 등을 떠밀며 말했다.

“도망치지 않고 맞서 싸우는 건 모두 형에게 배웠는걸요.”

소고가 항변했다.

“내 뒤엔 항상 너희들이 있었으니까. 하지만 오늘 네 녀석 뒤엔 아무도 없지 않았느냐?”

유진룡은 눈을 부라렸다.

“가거라! 늦게 들어가서 혜란이에게 혼나지 말고……”

유진룡이 목소리를 높였다.

“형……”

소고는 발길이 안 떨어지는지 등을 돌리지 못했다.

"내가 네 녀석 앞에서 등을 보여야 하겠느냐?"

유진룡은 한 대 갈길 듯이 손을 들어 올렸다.

"몸조심해요, 형!"

마침내 소고는 등을 돌렸다. 그리고는 눈물을 보이지 않으려는 듯 어둠 속으로 뛰어갔다.

'이젠 더 이상 아프지도, 슬퍼하지도 말고 활짝 날개를 펼치거라. 그게 내 존재의 이유니까…….'

유진룡은 한참 동안이나 더 그 자리에 서 있다가 천천히 등을 돌렸다.

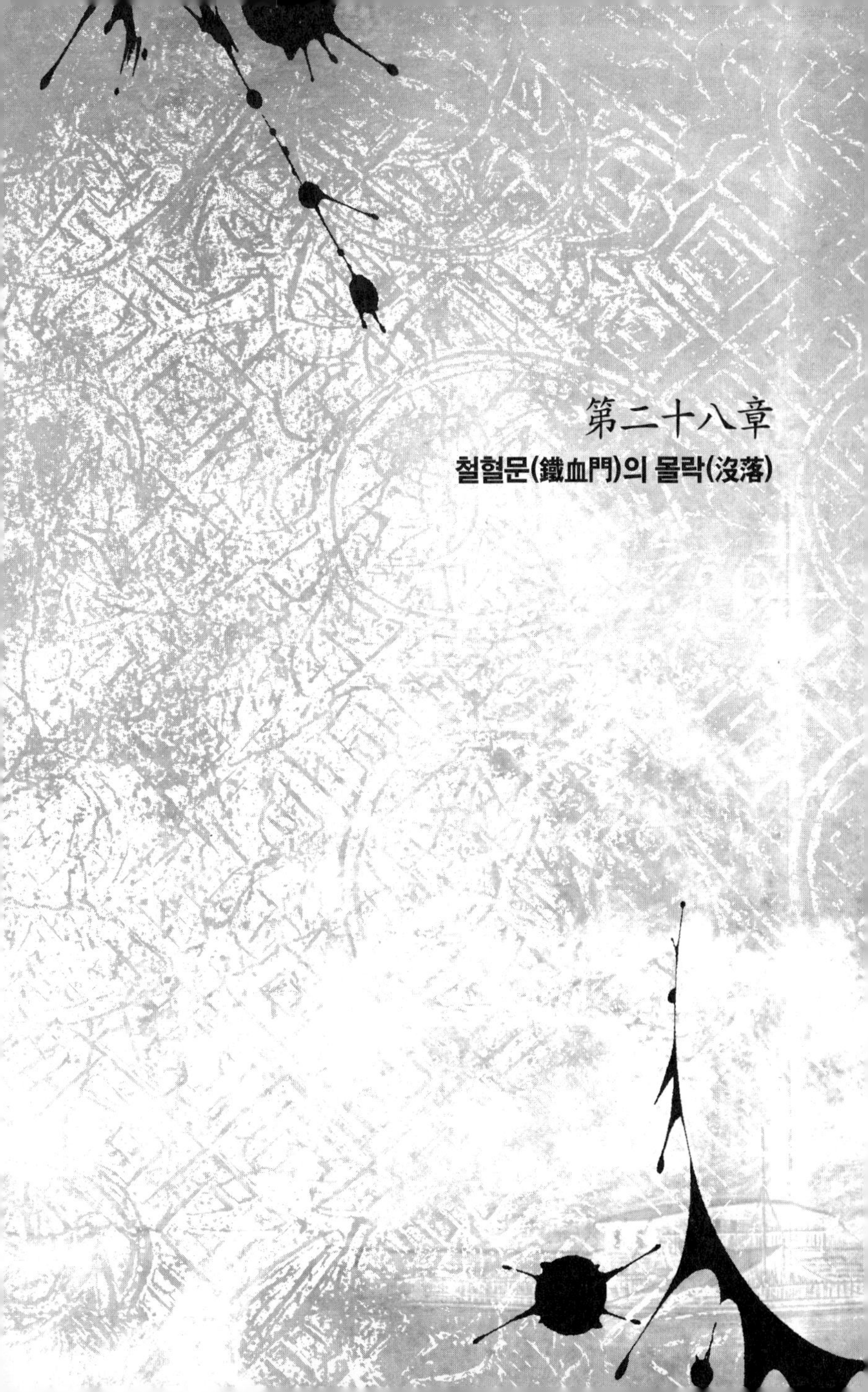

第二十八章
철혈문(鐵血門)의 몰락(沒落)

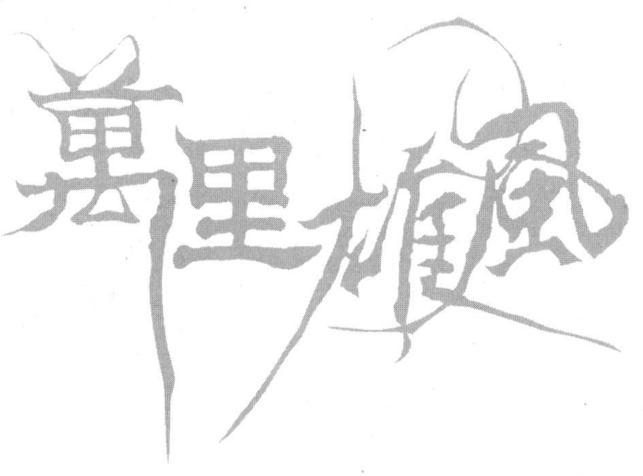

쪼르르—

담황색 다액이 찻잔에 가득 차며 은은한 다향을 뿜었다.

그리 진하지 않으면서도 온 방을 가득 채우는 다향은 심신의 피로를 말끔히 씻어주는 것 같았다.

"좋군!"

한 모금의 다액을 입 안에 흘려 넣고 한참 동안 음미하다가 삼킨 사내가 찬사와 함께 미소를 지었다.

땅거미와 함께 방 안으로 찾아온 어스름이 사내의 미소로 인해 잠시 문밖으로 물러나는 것 같았다. 그만큼 사내의 미소는 매력적이었다.

이십대 후반이나 되었을까?

어쩌면 그보다 조금 더 들어, 서른을 넘겼을지도 모르겠지만 웬만한 여인들보다 더 매력적인 사내의 용모는 나이를 추측하는 것을 어렵게 했다.

시원한 이마와 그린 듯한 검미, 그리고 깊은 눈동자는 한눈에 보아도 사내의 총명함을 느낄 수 있게 했다.

또, 오똑한 콧날과 약간 얇은 입술은 사내다운 매력을 반감시키는 듯했지만 굳게 다물린 입술 끝은 그런 약점을 모조리 상쇄시키며 쉽게 굴하지 않을 강한 사내의 기질을 엿보이기 했다.

한 모금의 차를 더 마신 사내는 천천히 창문 앞으로 다가가 창을 열었다.

낙조의 붉은 빛줄기가 사내의 얼굴을 어루만졌다.

사내의 볼이 잘 익은 사과처럼 붉게 물들며 같은 남자라 하더라도 탄성을 터뜨릴 만한 매력을 뿜어냈다.

"멋진 방이야!"

이마로 흘러내린 머리카락 한 올을 쓸어 올린 사내는 다시 찬사를 흘렸다.

낮 동안에는 햇볕이 고루 잘 들고, 저녁이면 뒤쪽 창문을 통해 석양빛마저 놓치지 않게끔 만들어진 자신의 방이 사내는 무척 마음에 든 모양이었다.

"당주님!"

밖에서 소녀의 목소리가 들렸다.

"무슨 일이냐?"

사내는 천천히 뒤쪽 창문을 닫고 탁자 앞으로 다가갔다.

"수석호법님께서 왕림하셨습니다."

소녀의 목소리가 다시 들렸다.

탁자에 앉으려던 사내는 안광을 빛낸 후 몸을 돌려 손수 방문을 열었다.

"하하하!"

커다란 웃음과 함께 한 중년인이 달려들 듯 실내로 들어섰다.

오십대 초반의 나이로 보이는 중년인은 큰 덩치에 술에 취한 듯한 붉은 얼굴을 하고 있었다. 부리부리한 눈에서 쏟아지는 정광과 함께 툭 튀어나온 태양혈은 대번에 고수임을 알아보게 했다.

"잘 계시었소, 풍운당주? 하하하!"

중년인은 실내가 떠나갈 듯한 소리로 인사를 했다.

"어서 오십시오, 수석호법님!"

사내는 가볍게 고개를 숙이며 답례를 했다.

살짝 고개만 숙이는 모습이었지만 너무 자연스러워 조금도 거만해 보이지 않았다.

"이리 앉으시지요."

사내는 중년인에게 자리를 권했다. 하지만 중년인의 몸은 한발 앞서 청년이 권한 자리에 앉고 있었다.

“목이 마른데…….”

중년인은 이번에도 젊은 사내의 권유보다 한발 앞서 다기를 당겼다.

“마침 좋은 차가 들어왔습니다.”

젊은 사내는 쓴웃음과 함께 찻잔을 내밀고는 차를 따랐다.

벌컥!

중년인은 술을 마시듯 차 한 잔을 들이켰다.

쪼르르—

젊은 사내가 다시 한 잔을 따랐다.

이번에도 중년인은 술을 마시듯 차를 마셨다.

청년은 말없이 한 잔을 더 따르고 나서 주담자를 내려놓았다.

“어쩐 일이신지?”

중년인은 갈증이 좀 가시는 것 같아 보이자 젊은 사내는 중년인의 용무를 물었다.

“하하! 풍운당주는 언제나 직선적이오. 그것이 내 맘에 든 가장 큰 이유이기고 하고…….”

중년 사내는 호탕한 웃음과 함께 다시 차 한 잔을 더 마셨다.

“두 가지 용무가 있소.”

“말씀하시지요.”

젊은 사내는 다시 한 잔의 차를 더 따랐다.

"첫 번째 용무는… 련주님의 허락이 떨어졌소."

중년 사내는 속이 시원하다는 듯 상체를 폈다. 그러면서도 그는 차에 한이라도 맺힌 듯 찻잔을 들어 올렸다.

"어려운 결정을 내렸군요."

"그렇지요. 공동파는 정사 중간의 문파이지만 한때는 구파 일방에도 이름을 올릴 만큼 유서 깊은 문파이오. 그곳을 친다는 것은 우리 흑사련에서도 큰 모험을 거는 것이나 마찬가지가 아니겠소?"

중년 사내는 무척 부담이 되는 표정을 지었다.

공동파는 중년 사내의 말 그대로 한때 구대문파에 등재될 만큼 위세를 떨치기도 했다.

그러나 정파나 사파 한쪽에 확실하게 속하지 않고 편협한 데가 있어 그 세력을 더 확장시키지 못하고 오히려 축소되었다.

최근 들어서는 그 세력이 더 약화되어 군소문파 정도로 전락하고 말았다. 하지만 썩어도 준치라고 오랜 역사와 전통을 계승하고 있는 공동파였기에 그곳을 친다는 것은 아무리 흑사련이라고 해도 위험부담이 있는 것이다.

"모험이 없으면 성취도 없지요. 공동파만 무너뜨리고 나면 다른 흑도문파들은 흑사련에 모두 복속될 것입니다. 모든 계획은 제가 세우고 선봉 역시 우리 풍운당이 맡겠습니다."

젊은 사내는 담담한 미소와 함께 말했다.

주먹을 불끈 쥐며 호승심을 내보이거나 큰소리를 치며 호언장담하지 않는 냉정한 모습에서 이미 공동파를 치고 승리를 쟁취할 계략을 모두 세워놓았다는 것을 느꼈다. 그런 청년의 모습에 중년 사내는 언뜻 짙은 경계심을 느꼈다. 그러나 그것은 찰나적인 감정이고, 뱃속을 뜨끈하게 데워주며 온몸까지 활력을 불어 일으키는 다액의 기운에 중년인은 네 번째 찻잔마저 모조리 비웠다.

쪼르르—

중년인의 찻잔에 다시 한 잔의 차가 더 따라졌다.

"그리고 두 번째 용무는… 바로 풍운당주가 만들어주는 이 차를 마시기 위해서요. 하하하!"

중년 사내는 호쾌한 웃음을 터뜨렸다.

"요새는 최소한 다섯 잔을 마셔야 밤에 제대로 잠이 온단 말이오."

"차를 드릴 테니 숙소에서 타 마시지요."

젊은 사내는 빙긋 웃으며 말했다.

"그런 소리 마시오. 나도 체면 차리느라고 저번에 얻어간 찻잎으로 직접 끓여 보았지만 도통 이 맛이 나야 말이지. 그러니 어쩌겠소, 풍운당주의 신세를 져야지. 하하하!"

중년 사내는 다시 호쾌한 웃음을 터뜨렸다.

"차 생각이 나시면 언제든지 오십시오. 미천한 솜씨지만 수석호법님께라면 언제든지 아낌없이 발휘하겠습니다.”

“하하! 고맙소. 이젠 갈증이 좀 가셨으니 그만 가봐야겠소.”

중년 사내는 입맛을 다시며 일어섰다.

“살펴 가십시오.”

젊은 사내는 중년 사내를 정중하게 배웅했다.

“효력이 나타나는군.”

중년 사내의 발걸음의 멀어진 후 젊은 사내는 낮은 중얼거림과 함께 차가운 미소를 지었다.

“그렇습니다, 소주.”

벽 쪽에서 한 인영이 연기가 스며들 듯 실내로 모습을 드러냈다.

큰 귀에 검은 옷을 머리에서 발끝까지 뒤집어쓴 인영은 마치 지옥의 정문을 지키는 사신 같았다.

“자오단혼독(子午斷魂毒)의 위력이 서서히 드러나고 있습니다. 아직은 완전히 중독되지 않았지만 의식하지 못하는 사이 자오단혼독은 머릿속까지 파고들어 급기야는 하루도 그것을 마시지 않고는 살 수 없게 만들 것입니다.

검은 옷을 머리 꼭대기까지 뒤집어쓴 인영은 노인이었다.

온몸은 물론, 얼굴까지 검은 옷을 뒤집어쓰고 있어 알아볼 수 없었지만 그 음색은 노인의 특징을 드러내 주고 있었다.

“하지만 그 진도가 너무 느려!”

젊은 사내는 약간은 조바심이 난 듯 손가락 끝으로 바닥을 두드렸다.

"그 효능을 너무 증폭시키면 오히려 역효과가 납니다. 가랑비에 옷이 젖듯이 본인들은 의식조차 하지 못하는 사이에 완전히 중독시켜야 합니다. 수석호법 노광(盧光)은 공력이 높은 자입니다. 그런 자를 완전히 우리 의도대로 움직이게 할 수 있다면 다른 사람들은 더 쉬울 것입니다. 그럼 흑사련은 소주의 것이나 마찬가지입니다."

검은 옷을 온몸에 뒤집어쓴 노인은 타이르듯이 말했다.

"알겠소, 혈노(血老). 이제까지 혈노의 말씀을 따라서 잘못된 일은 단 한 가지도 없었으니 혈노의 말씀대로 최대한 신중히 움직이겠소. 하지만 기다림의 시간이 너무 길면 내 인내심이 한계에 달할지 모르니 그걸 유념해 주시오."

젊은 사내는 마지못해 고개를 끄덕였다.

"감사합니다, 소주! 소인 혼신의 힘을 다해 주군님의 유지를 성사시킬 것입니다. 그러니 소주께서는 조금만 더 인내하시며 광휘의 그날을 기다려 주십시오."

거듭 당부한 검은 옷을 걸친 노인은 깊숙이 허리를 숙였다. 허리를 숙인 노인의 눈에서 이글거리는 혈광이 뿜어져 나왔다.

심혼을 태울 듯한 혈광의 마기가 너무 짙어 정면으로 마주하기 힘든지 젊은 사내는 슬쩍 시선을 돌렸다가 입술을 움직였다.

"혈노의 깊은 뜻은 잘 새기겠으니 그만 가서 쉬십시오. 너무 무리하시면 정신이 혼탁해지고 실수를 할 수도 있으니까요."

"소인 최선을 다할 테니 조금만 더 기다려 주십시오."

검은 옷의 노인은 처음 나타났던 모습과 같이 연기처럼 벽 속으로 사라졌다.

노인이 사라지고 나자 젊은 사내의 눈빛이 깊게 가라앉았다.

"양사(煬似)!"

젊은 사내는 누군가의 이름을 불렀다.

"하명하십시오, 주군!"

한 사내가 솟아오르듯 탁자 옆에 섰다. 야행복을 입은 그의 얼굴에는 복면이 씌워져 있었다.

"그들의 행적은?"

젊은 사내는 짤막하게 물었다.

"안휘성을 지나고 있습니다."

복면 사내는 쳐다보고 있기라도 한 듯 일말의 주저도 없이 답했다.

"한곳에 오래 머무르거나 누군가를 만난 낌새는?"

"평소와 똑같이 움직이고 있습니다."

복면 사내는 여전히 무감동한 어조로 답했다.

"대체 이 늙은이는 어디에 처박혀 있는 것일까?"

젊은 사내는 자리에서 벌떡 일어서서 불안한 듯 방 안을 서성거렸다.

"이미 죽어버린 것이 아닐까요?"

복면 사내가 조심스럽게 의견을 피력했다.

젊은 사내는 아무런 대답 없이 방 안을 조금 더 서성거리다가 어둠이 내려 깔리는 창문 밖을 내다보았다.

"그랬다면 그가 데리고 다니는 짐승들의 흔적이 발견되었을 것이다. 그간 그놈들의 흔적이 단 한곳에서도 보이지 않은 것은 그 늙은이가 그 짐승들을 철저히 통제하고 있다는 말이다. 그렇게 그 늙은이는 지금 무언가를 꾸미고 있는 것이다."

창밖을 쳐다보던 사내는 등을 돌렸다. 그의 눈에 진득한 살기가 피어오르고 있었다.

"그 노인의 행적에 왜 그렇게 신경을 쓰십니까? 이미 죽었거나 죽을 수밖에 없는 운명을 부여받은 노인인데 말입니다."

복면 사내의 눈에 의구심이 어렸다.

젊은 사내는 다시 의자에 앉았다. 그리고는 찻잔을 손에 쥐고 공력을 돋우었다.

푸쉬쉬—

찻잔이 젊은 사내의 손 안에서 가루가 되어 흘러내렸다.

"그 노인은 우리 본교의 상징인 파황옥패(破荒玉佩)의 문양을 목격했다. 그것만으로 본교의 정체를 알아내기는 힘들겠지만 천려일실을 우려해야 한다."

젊은 사내는 복면 사내의 눈을 태울 듯 쏘아보았다.

복면 사내가 얼른 시선을 내렸다.

'그 늙은이는 내 몸에 대해서 나 자신보다 더 잘 알고 있다. 어쩌면 나 자신도 모르는 내 몸의 비밀까지도 알고 있을 것이다. 더 나아가 그 노인은 내 약점을 공략할 수 있는 방안들을 악착같이 강구할 것이다. 노인의 칩거 시간이 길면 길수록 더욱 완벽해질 것이다. 그건 절대로 용납할 수 없는 일이야!'

그것이 젊은 사내가 조바심을 내는 진정한 이유였다.

누군가 자신도 모르는 자신의 약점을 속속들이 알고 있다는 것은 무인에게 있어 치명적이라 할 수 있다. 젊은 사내는 그것이 참을 수 없는 것이다.

"그 음흉한 노인은 그새 또 어떤 수단을 부렸을지 알 수가 없다. 그 늙은이를 내 손으로 처단한 연후라야 나는 완전한 해방감을 느낄 수 있다."

"차라리 그들을 인질로 삼아 노인을 불러내는 것이……."

"몇 달만 더 기다린다. 그래도 노인의 행적이 보이지 않을 때는 그 두 연놈을 잡아들인다."

젊은 사내는 사형선고를 내리듯 지시했다.

복면의 사내는 고개만 숙였다.

“내일은 몸을 좀 풀어야겠다.”

젊은 사내는 기지개를 켜며 말했다.

“철혈문(鐵血門)으로 가실 생각입니까?”

복면 사내는 젊은 사내의 의향을 읽은 듯 질문했다.

젊은 사내는 빙긋 웃으며 고개를 끄덕였다.

*　　　*　　　*

댕댕댕!

사천성에 자리 잡은 철혈문에 다급한 경종 소리가 울렸다.

대낮에 울리는 경종 소리였기에 한밤중이나 새벽보다는 그 긴장감이 덜했지만 최근 몇 년 동안 한 번도 울리지 않았던 경종인지라 모두를 놀란 눈으로 사방을 쳐다보았다.

“적이다!”

망루 위에서 한 사내가 고함을 질렀다.

“적이라니? 어디, 어디 말인가?”

경종 소리를 듣고 달려나온 사내들이 영문을 몰라 하며 허둥댔다.

이곳은 성읍은 물론, 인가와도 좀 떨어진 산속에 위치하고 있었기에 적이 쳐들어온다면 제일 먼저 말발굽 소리나 고함 소리가 들려올 것이기 때문이었다. 그런데 그런 소리는 한줄

기도 들려오지 않고 지나가는 바람 소리만 허공 중에 감돌았
다.

"무슨 일이냐?"

철혈문의 서문각주(西門閣主) 만신홍(万信弘)이 천천히 걸
어나오며 고함을 질렀다.

그 역시 다른 사람들과 비슷한 생각을 한 터라 부하들이 무
슨 실수라도 하지 않았나 생각한 것이다.

"경을 칠 놈들!"

밖으로 나와서도 아무런 낌새를 느끼지 못한 만신홍은 역
정을 토했다.

이런 실수는 절대로 일어나서는 안 되는 것이다.

이런 실수가 자주 일어나면 정작 위기 때는 대처가 느려질
수밖에 없다.

"무슨 일이냐고 하지 않았느냐?"

만신홍은 망루 위의 부하를 향해 고함을 질렀다.

"저기, 저……."

부하는 들어 올리던 팔을 다 뻗기도 전에 바닥으로 떨어져
내렸다.

"뭐, 뭐냐?"

부하 한 사람이 희생되자 철혈문 사람들의 얼굴에 긴장의
기색이 퍼져 나갔다.

휘익!

만신홍은 경공을 펼쳐 망루에서 떨어진 부하 앞으로 날아내렸다.

부하의 몸에는 별다른 상처가 없었다.

그런데 어떻게 망루에서 떨어져 내렸단 말인가?

'이건?'

조금 더 부하의 몸을 살피던 만신홍은 눈을 크게 떴다.

부하의 뒤통수 아래쪽에 작은 추명전(追命箭) 하나가 박혀 있었다.

보통의 것보다 훨씬 더 작았지만 정확히 급소에 꽂혔기에 부하는 순식간에 절명했다. 그리고 추명전이 박힌 곳에서는 아직도 피 한 방울 흐르지 않고 있었다.

강한 내력과 한 치의 어긋남도 없는 힘의 배분이라야만 이런 것이 가능했다.

아울러 그것은 추명전을 던진 사람의 무공이 보통 고수가 아니라는 것을 말해주었다.

"대체 어떤 놈이?"

볼살을 부르르 떤 만신홍은 망루 위로 몸을 날렸다.

얼핏 아무도 보이지 않았다.

그런데?

철혈문 밖의 들판에서 말을 돌보던 부하들 여러 명이 모두 쓰러져 있었다.

망루에서 떨어져 죽은 부하는 누군가 그들을 처치하는 모습을 보고 경종을 울린 모양이었다.

그런데 흉수들은 여전히 보이지 않았다.

만신홍은 안력을 돋우며 더 먼 곳을 살폈다.

"이쪽이오!"

한줄기 목소리가 바로 옆에서 들려왔다.

그것은 흡사 누군가가 귀에 입을 대고 속삭이는 것 같았다.

기겁을 한 만신홍은 옆으로 고개를 돌렸다.

여전히 아무도 없었다.

"이쪽이라니까 그러시네."

이번에는 전음이 아닌, 고함 소리가 들렸다.

만신홍은 급히 고개를 숙였다.

어이없게도 스무 명 가량의 사내들이 정문 앞에 서 있었다.

마치 정중하게 방문한 손님들처럼 서 있는 모습이 말을 돌보는 부하들만 쓰러뜨리지 않았다면 방문객인 줄 여겼을 것이다.

"이쯤 되겠군!"

흰 얼굴에 귀공자 풍을 한 사내가 정문을 쓰다듬으며 무언가를 가늠했다.

이윽고!

콰앙—

사내의 주먹이 슬쩍 정문을 밀치는가 싶었는데 주먹이 닿은 정문에서는 포탄이 터진 것 같은 굉음이 들렸다.

굉음과 함께 정문에 채어놓은 빗장 하나가 단번에 부서져 나갔다.

빙긋 미소를 지은 사내는 대문을 밀었다.

밀려나던 대문이 출렁 멈춰졌다.

"위에 하나 더 있군!"

사내는 다시 주먹을 들어 올렸다.

"이번엔 제가 하겠습니다."

뒤에 있던 사내가 나섰다.

그는 앞에 있는 사내보다 더 나이 들어 보였는데 더없이 공손한 모습이 사내에 대한 존경심을 여실히 드러내 주었다.

휘익—

다가선 사내가 도를 휘둘렀다.

콰앙—

또 한 번 굉음이 울리며 남은 빗장마저 잘려 나갔다.

끼이잉—

육중한 소리와 함께 대문이 열렸다.

대문이 열리고 스무 명 가량의 사내들은 유유자적 철혈문 안으로 들어섰다. 그 순간까지 만신홍은 입만 벌린 채 망루 위에 서 있었다.

빗장 두 개는 그 무게 때문에 커다란 통나무로 만들었지만 대문은 두꺼운 철문이었다.

그런 철문을 격하고 공력을 터뜨려 빗장 하나를 박살 낸 청년이나, 철문 틈새로 도를 휘둘러 나머지 빗장을 잘라낸 사내들의 무위가 상상을 초월했던 것이다.

"언제까지 거기 있을 것이오?"

마당까지 들어선 젊은 사내가 만신홍을 보고 인사를 건네듯 말했다.

그 모습 역시 잘 아는 사람을 대하듯 스스럼없었다. 그런 그들의 모습에 마당으로 우르르 몰려나온 사람들도 멍하니 쳐다보고만 있었다.

"이런 쳐 죽일 놈이!"

비로소 제정신을 차린 만신홍이 벼락같은 고함과 함께 신형을 날렸다.

휘익―

만신홍의 신형이 땅에 닿기도 전에 또 한 사람의 불청객이 장도를 휘둘렀다.

번쩍!

장도에서 시퍼런 빛줄기가 쏟아지며 만신홍의 심장을 쪼개 갔다.

파파팡―

만신홍도 연속해서 세 번의 장력을 퍼부었다.

콰앙―

폭음이 터지고 만신홍의 신형이 급격하게 뒤로 날아갔다.

허공에 뜬 상태로 장력을 뿌린 탓도 있겠지만 마주친 도기(刀氣)가 장력보다 더 강한 탓이었다.

"크윽!"

한참을 날아가 바닥을 나뒹군 만신홍이 비명을 터뜨렸다.

그의 입에서는 선혈이 꾸역꾸역 밀려 나오고 있었다.

"서문각주님!"

넋을 놓고 있던 철혈문의 사내들이 비로소 만신홍을 향해 우르르 몰려갔다.

만신홍의 몸 어느 곳에도 외상은 보이지 않았다. 그런데도 만신홍은 운신을 제대로 하지 못했다.

외상은 없었지만 단 한 번의 격돌에서 심각한 내상을 입었다는 말이다.

"놈들을 모두 포위하라!"

동문각주 뇌홍검(雷虹劍) 전산(全山)이 고함을 질렀다.

서문각주가 단 일 격에 당했다면 이곳에 있는 개개인으로서는 아무도 당할 사람이 없었다. 그렇다면 압도적인 숫자로 놈들을 밀어붙여 때려잡아야 했다. 그들이 아무리 고수라 해도 겨우 스무 명 남짓이고 이곳 철혈문의 인원은 삼백이 넘었다.

"와아!"

동문각주의 명령을 받은 철혈문 문도들이 고함과 함께 달려들었다.

"불나방들!"

젊은 사내가 차가운 미소를 지었다.

"죽이지는 말아라. 나중에 부려먹어야 할 놈들이니."

젊은 사내는 뒤를 돌아보며 지시를 내렸다.

"복명!"

뒤에 선 사내들이 짧게 답하고는 포탄이 터지듯 사방으로 쏘아져 나갔다.

마치 접혀 있던 우산이 순식간에 펼쳐지듯 젊은 사내를 중심에 두고 방사선으로 터져 나가는 사내들의 기세는 포탄의 파편을 보는 듯했다.

"큭!"

"아악!"

"아아악!"

순식간에 처절한 비명들이 터져 나왔다.

사방으로 터져 나간 스무 명 가량의 사내들은 들판에서 추수라도 하듯이 검과 도, 그리고 자신의 독문병기들을 휘둘렀다.

"아악!"

"큭!"

이곳저곳에서 아수라장이 벌어졌다.

처음에는 비교조차 안 되는 압도적인 숫자로 조여들던 철혈문의 사내들이 파문이 퍼져 나가듯 뒤로 밀려났다.

사내들의 공격은 무자비하면서도 거침이 없었다.

앞을 막는 자는 누구든 두들겼고 걸리는 것은 팔이든 다리
든 모조리 부러뜨렸다. 젊은 사내의 지시를 따라 살수를 쓰지
않았기에 망정이지 살수를 썼다면 장내는 피가 내를 이룰 것
같았다.

"너무 늦는군!"

점점 넓어지는 동심원의 한가운데서 젊은 사내는 뒷짐을
쥔 채 혼잣소리처럼 중얼거렸다.

그러나 여전히 젊은 사내가 기다리는 사람들은 보이지 않
았고 비명 소리들만 높아갔다.

"휴우—"

긴 한숨을 내쉰 사내는 권태로운 표정으로 하늘을 올려다
보았다.

그러는 와중에도 싸움은 끊이지 않았다.

처음에는 사내를 한가운데에 두고 사방으로 퍼져 나가던
부하들이 점점 그 동심원을 키워감에 따라 개개인이 각각의
동심원을 만들며 싸우고 있었다. 다시 말해, 스무 명의 사내
들이 수많은 철혈문 문도들에게 제각각 둥글게 포위되어 결
투를 벌이고 있는 모습이었다.

그러나 연신 비명을 지르며 무너지는 사람들은 포위를 하
고 있는 사내들이었다.

조금 더 시간이 지나자 젊은 사내를 중심으로 한 동심원은

완전히 그 형체를 잃고 난전이 되어버렸지만 달려들던 철혈문 문도 하나가 젊은 사내가 장난스레 내민 주먹에 피떡이 되어 날아간 후 젊은 사내에게는 아무도 함부로 접근을 하지 못하고 있었다.

"너무 늦어!"

젊은 사내는 다시 혼잣소리로 중얼거렸다.

"멈춰라!"

백 명도 훨씬 넘는 철혈문 문도들이 쓰러진 후 본채에서 창노한 고함 소리가 터져 나왔다.

비명 소리와 병장기 소리가 잦아들며 철혈문 문도들이 공격을 멈추어갔다. 그러나 피맛을 본 늑대들처럼 광분한 스무 명의 사내들은 공격을 멈추지 않았다.

"그만!"

젊은 사내도 손을 들어 올려 부하들을 제지시켰다.

비로소 완전히 싸움이 멈추며 장내에는 병장기 부딪치는 소리 대신 철혈문 문도들의 비명 소리만 장송곡처럼 울려 퍼졌다.

"대체 웬 놈들이냐?"

여섯 명의 호법. 그리고 열 명의 장로들과 함께 나타난 철혈문주 성라검(星羅劍) 황위명(黃偉名)이 고함을 질렀다.

관운장처럼 길게 자란 그의 수염이 노기를 이기지 못해 바람에 나부끼듯 떨리고 있었다.

"이제야 나타나는군. 늦어, 너무 늦어!"

젊은 사내는 고개를 설레설레 흔들었다.

"네 이놈!"

황위명의 고함이 다시 장내에 울려 퍼졌다.

젊은 사내가 빙긋 웃으며 황위명을 향해 가볍게 포권을 쥐었다.

전혀 무례하지도 과례하지도 않은, 물이 흐르는 듯한 자연스런 동작이었다.

"이, 이놈!"

황위명은 다시 한 번 수염을 떨며 말을 잇지 못했다.

이런 난장판을 만들어놓은 놈들의 숫자는 겨우 스물밖에 안 되었다. 그리고 그들은 단 한 명도 다치지 않고 그 자리에 우뚝 서 있는 반면 철혈문 문도들은 삼분지 일이 바닥에 나뒹굴고 있었다.

기가 막히다 못해 피가 거꾸로 치솟는 느낌이었다.

"인사가 늦었습니다. 소생 흑사련의 풍운당주 도천극이라 합니다."

젊은 사내는 정중하게 자신의 이름을 밝혔다.

"탈백마수!"

"흑사련……."

장로들과 호법들이 신음처럼 중얼거렸다.

오패의 한자리를 차지하고 있는 탈백마수 도천극의 이름

은 들어본 적이 있었다. 그런데 너무 젊었다. 그리고 이런 난장판과는 전혀 어울릴 것 같지 않은 귀공자 티가 흘렀다.

그 사실도 놀랄 만했지만 흑사련이란 이름은 더욱 무겁게 가슴을 짓눌러 왔다.

흑사련은 최근 흑도와 사도의 세력을 그들의 이름하에 복속 및 연대시키며 정사 중립을 표방한 문파에는 이런 식으로 무력 행사를 하고 있다는 소문을 들었다.

그 소문을 들은 후 노심초사했는데 결국은 놈들이 철혈문에도 마수를 뻗친 것이다.

철혈문은 이곳 사천에서 백 년 가까운 전통을 가진 문파로 처음에는 흑도에 속했지만 이십여 년 전부터는 서서히 변신하며 정사 중립의 입장을 고수해 왔다. 그리고 언젠가는 정파로 거듭날 준비를 하고 있었다.

그건 현 문주 황위명의 선택이었다.

흑도문파는 어느 정도 세를 불리는 데는 별 상관이 없을지 몰라도 한 단계 더 성장하기 위해서는 한계가 있었다.

양적으로나 질적으로 한 단계 더 성장하려면 도회 가까운 곳에서 많은 사업을 벌어야 하는데 대부분 이런 산중에 자리한 흑도문파는 많은 어려움이 따랐고 여러 세력들도 두루두루 교분을 갖는 데도 한계가 있었다.

설혹 그런 한계를 떨치고 한 단계 더 성장한다고 해도 또 다른 문제에 봉착한다.

흑도문파의 세력이 너무 커지면 여러 정도문파들이 우려 섞인 눈초리로 견제하기 시작하고 관에서도 그들을 요주의 대상으로 관찰한다. 뿐만 아니라 같은 흑도문파끼리도 경계를 해야 한다. 흑도문파의 태생 자체가 다른 문파를 쓰러뜨리고 존재하는 예가 많았기에 그건 어쩔 수 없었다.

그런 한계를 떨쳐 버리고자 철혈문주 황위명은 서서히 색깔을 바꾸어갔고, 이젠 흑도문파로서의 색깔을 지우고 정도 쪽으로 채색해 가고 있었다.

"네놈이 우리 문파에 무슨 원한을 졌다고……."

황위명은 눈에 불을 뿜었다.

"며칠 전에 흑사련에서 통첩장을 보낸 줄 아오만."

도천극은 여전히 여유로운 모습으로 말했다.

"그건 일고의 가치가 없는 내용이었다."

황위명의 수염이 또 한 차례 부르르 떨렸다.

며칠 전, 흑사련에서 날아온 서찰에는 철혈문이 예전의 정체성을 되찾고 흑사련에 가입하라는 내용이 적혀 있었다.

그건 이제까지의 노력을 물거품으로 돌리는 것이다.

일단 흑사련에 가입한 이상, 만인들의 뇌리에 오랫동안 어렵게 인식시켜 놓은 정사 중간이라는 수식어는 순식간에 지워지고 철혈문은 다시 흑도문파로 전락하게 된다. 그것보다 더 참기 힘든 것은 그간 각고의 노력으로 이루어놓은 모든 사업권이 흑사련에 복속된다.

어쩌면 놈들이 궁극적으로 노린 것은 그것일 것이다. 그것을 우회적인 표현으로 연대하라느니, 가입하라느니 하며 손바닥으로 하늘을 가리고 있는 것이다.

그건 절대로 따를 수 없는 일이었다.

"그런가?"

도천극은 빙긋 미소를 지었다.

"그렇다면 더 이상 말은 필요 없겠군!"

도천극은 천천히 주먹을 말아 쥐었다.

"건방진 놈!"

여섯 호법 중 한 명인 쌍룡신창(雙龍神槍) 우진악(于晋岳)이 나섰다.

그의 손에 들린 두 자루의 단창이 금방이라도 도천극의 심장으로 파고들 듯 날카로운 예기를 토해냈다.

"건방지다……?"

도천극의 눈에서 순간적으로 불길이 일었다.

"그런 말은 실력이 비등할 때 할 수 있는 것이지!"

이제까지의 정중한 자세를 떨쳐 버린 도천극의 주먹이 쾌속하게 앞으로 쏘아졌다.

퍼엉—

폭발음과 함께 그의 주먹에서 흰색 기류가 피어올랐다.

"바라던 바!"

쌍룡신창 우진악이 두 자루의 단창을 열십자로 교차시키

며 앞으로 뻗었다.

콰앙!

무거운 파공음과 함께 도천극의 주먹에서 뻗어 나온 기류가 허공으로 흩어졌다.

"하앗!"

일갈과 함께 쌍룡신창 우진악의 신형이 허공으로 떠오르며 단창을 휘둘렀다.

쉬이익!

두 자루의 단창이 각각 수십 변을 일으키며 도천극의 가슴으로 날아들었다.

"좋군!"

빙긋 미소를 지은 도천극이 왼쪽 주먹을 가볍게 흔들었다.

슬쩍 흔들었을 뿐인데 도천극의 주먹은 우진악이 뿌리는 두 자루 단창보다 더 많은 권영(拳影)을 만들어내며 마주쳐 갔다.

퍼퍼펑—

커다란 폭음이 울리며 단창과 주먹의 잔상들이 씻은 듯 사라졌다.

그리고 두 사람은 서로를 마주 보며 서 있었다.

"우웩!"

잠시 후 우진악이 폭포수 같은 선혈을 토해내며 쓰러졌다.

수십 개나 되는 단창의 그림자를 뚫고 도천극의 왼쪽 주먹이 우진악의 가슴을 두드린 것이다.

"우 호법!"

"진악!"

호법 두 사람이 날듯이 우진악을 향해 달려갔다.

우진악의 얼굴은 이미 한점의 핏기를 찾아볼 수 없었다.

"소용없을 것이오! 심장이 안에서 터졌으니 대라신선이 와
도 살릴 수 없는 일이지."

도천극은 태연하게 내 뱉었다.

"이, 이 악독한 놈!"

우진악과는 막역한 사이로 평소에도 직함보다는 서로의
이름을 부르며 혈육처럼 지냈던 또 다른 호법 창룡검(蒼龍劍)
이개황(李愾徨)이 핏빛 고함과 함께 검을 뽑았다.

"살려두어야 할 사람은 살려두지만 죽여야 할 사람에겐 한
점의 인정도 베풀 이유가 없지."

도천극의 눈에서 다시 불길이 일었다.

파아앙—

이번에는 한 손을 활짝 펼친 도천극이 통나무 끝을 잡고 밀
듯이 앞으로 내밀었다.

도천극의 손에 붉게 물들었다. 그리고 그 손바닥에서 더욱
붉은 빛줄기가 쏟아졌다.

"타앗!"

기합성을 지른 이개황이 번개처럼 창룡검을 뿌렸다.

창룡검에서 쏟아진 검풍은 도천극이 뿌린 붉은 기운에 정면으로 마주쳤다.

퍼엉—

다시 폭음이 터지며 두 개의 기운이 허공으로 용솟음쳤다.

"아까보다는 조금 낫군!"

비웃음을 흘린 도천극이 땅을 박찼다. 그리고는 순식간에 이개황의 전면으로 쏘아졌다.

파파팡!

검영과 수영이 허공에 난무했다.

그리고 어느 순간!

따당—

철판을 두드리는 듯한 금속성이 울리며 두 동강이 난 이개황의 창룡검이 허공으로 솟구쳐 올랐다. 그 사이로 도천극의 우장이 밀치듯이 스며들었다.

"하앗!"

또 한 명의 호법인 질풍만도(疾風彎刀) 초산옥(焦傘屋)이 도천극을 향해 초승달처럼 휘어진 만도를 뿌렸다.

이개황의 가슴에 일장을 퍼붓던 도천극은 그 손을 틀어 초산옥의 도를 향해 흔들었다.

초산옥의 질풍만도가 도천극의 손가락 사이에 걸쳤다.

파앗—

초산옥의 만도가 부러져 나가기도 전에 핏줄기가 허공으

로 솟구쳤다.

도천극의 부하 한 명이 도를 휘둘러 초산옥의 어깨에서 심장까지 갈라 버린 것이다.

"모두 쳐라!"

남은 호법들과 열 명의 장로들이 장내로 날아 내리며 도천극 일행과 철혈문 수뇌부 간의 난전이 펼쳐졌다.

"이들은 모두 죽여야 할 자들! 한 놈도 남겨두지 말아라."

손가락 사이에 끼인 초산옥의 만도를 가볍게 부러뜨려 버린 도천극이 전장을 빠져나오며 철혈문의 문주 앞으로 걸어갔다.

철혈문의 문도들이 우르르 몰려왔다.

"너희들은 거기서 한 걸음도 움직이지 말아라!"

철혈문주 황위명이 손을 들어 올리며 고함을 질렀다.

그들은 한꺼번에 백 명이 몰려온들 아무런 의미가 없었다. 애꿎은 희생만 늘 뿐!

"일문의 문주다운 행동이오. 그 대가로 최대한 편안한 죽음을 맞이하게 해주겠소."

도천극은 여전히 똑같은 걸음걸이로 황위명을 향해 다가왔다.

황위명이 등 뒤에 차고 있던 묵빛 철부(鐵斧)를 손에 들었다.

파산철부(破山鐵斧)란 별호를 안겨준 그의 독문병기가 짙은 살기를 피워 올렸다.

황위명의 이 장 앞까지 다가온 도천극이 악수라도 청하듯 손을 내밀었다.

"허튼수작!"

황위명이 일갈과 함께 철부를 내리쳤다.

우우웅—

거대한 철부가 산을 가를 듯 도천극의 머리를 향해 떨어졌다.

도천극도 파리를 쫓듯이 손을 털며 손등으로 철부를 쳤다.

콰앙—

대포가 쏘아지는 듯한 폭음이 터지며 철부와 도천극의 손이 동시에 뒤로 튕겨났다.

"좋군!"

도천극이 자신의 손을 쳐다보며 미소를 지었다.

쌔애액—

다시 철부가 수평으로 날아들며 도천극의 허리를 잘라갔다.

이번에는 도천극도 경시하지 못했는지 훌쩍 뒤로 물러났다.

철부는 허공으로 가르고 다시 도천극의 목덜미를 향해 날아갔다.

그 궤적이 무거운 철부라고는 도저히 믿을 수 없을 정도로 빠르고 유연했다.

도천극의 손이 갈고리처럼 구부려 철부를 찍어갔다.

취리릭!

선회하던 철부가 팔랑개비처럼 회전하며 도천극의 손가락을 잘라갔다.

"음!"

도천극은 낮은 신음을 삼켰다.

이번 수법은 그도 예상치 못해 손가락 하나에 작은 상처가 생겼다.

"내 몸에… 상처를 냈단 말이지?"

오른쪽 새끼손가락 부분에서 선혈이 흐르는 것을 본 도천극은 악령처럼 중얼거렸다.

그의 눈빛 역시 선혈처럼 붉은색으로 변해갔다.

"주군!"

분위기가 범상치 않음을 느낀 부하 하나가 도천극을 불렀다.

"감히 내 몸에 피를 흐르게 했단 말이지."

으스스한 목소리로 중얼거리는 도천극의 몸에서 짙은 마기가 흘러나왔다.

"주군! 부디 자중을……!"

부하가 다른 사람들의 눈치를 보며 다급하게 말했다.

"크하하! 좋아! 그 정도는 되어야 일개 문파의 문주라 할 수 있지.”

도천극은 잠시 흘러나오던 마기를 얼른 제어하고 이성을 되찾았다.

“대신 편하게 죽여주겠단 말은 취소하고 인간으로서는 상상도 하기 힘들 정도로 고통스럽게 죽여주겠다.”

우우웅—

도천극은 양손 가득 공력을 끌어올리며 황위명에게로 다가갔다.

*   *   *

그로부터 반 시진도 되기 전에 철혈문의 이름은 강호에서 사라지고 흑사련의 일개 지부로 전락하고 말았다.

第二十九章
정가장(丁家莊) 잠입(潛入)

보름을 머칠 지났지만 달빛은 밝았다.

그 달빛을 받으며 유진룡은 산허리를 향해 치달려 오르고 있었다.

가볍게 땅을 박찼지만 그의 신형은 비호의 도약처럼 거침없이 비탈을 차고 올랐다.

휘익—

마지막으로 땅을 박찬 유진룡의 신형이 쾌속하게 허공으로 솟구쳤다.

턱!

산 중턱의 커다란 바위 위에 올라선 유진룡은 호흡을 가다

들었다.

차갑게 식은 밤바람이 가슴 깊은 곳까지 스며들었다.

"흐읍!"

한 번 더 깊게 숨을 들이쉰 유진룡은 이마에 손을 갖다댔다.

제법 긴 시간 동안 경공을 펼치며 산을 거슬러 올라왔지만 이마에는 땀 한 방울 흘러내리지 않았다.

동굴에서 수련을 하던 초기에는 허공에 매달린 바위를 한 번만 들어 올려도 온몸이 소낙비를 맞은 것처럼 땀에 젖었다. 그런 허약했던 몸이 사부가 주는 온갖 약초 술과 영물의 내단을 녹인 술을 마시고 차츰 달라졌다. 그리고 이젠 언제 마지막으로 땀을 흘려 보았는지 기억조차 가물가물했다.

"괴물로 만들어놓은 건 아닌지 모르겠군."

주먹을 몇 번 쥐었다 폈다를 반복한 유진룡을 가슴속으로 손을 넣었다.

"이놈들은 사고 안 치고 잘 있는지……."

유진룡은 가슴에서 꺼낸 호각을 입에 대고 세차게 호흡을 불어 넣었다.

호각에서는 긴 바람 소리 외에 다른 소리는 들려오지 않았다. 하지만 백호와 흑웅은 이 소리를 들을 수 있을 것이다.

산을 내려온 후 이따금씩 호각을 불어주었고, 한 번은 흑웅이 머리 위에서 선회하는 모습까지 볼 수 있었다.

백호는 흑웅만큼 가까이 접근할 수 없겠지만 허공을 선회하며 울음을 터뜨리는 흑웅을 보며 방향을 잡을 것이다.

후우욱―

유진룡은 계속해서 호각에다가 세찬 호흡을 불어 넣었다.

"삐이익!"

약 일다경 정도 그렇게 하자 까마득한 허공에서 흑웅의 울음소리가 들렸다.

유진룡은 한 번 더 호각을 불며 양팔을 크게 흔들었다.

밤이 깊었지만 달빛이 밝고, 눈에 잘 뜨이도록 바위 위에 올라섰으니 눈이 밝은 흑웅은 자신을 발견할 수 있을 것이다.

유진룡의 예상대로 달빛 속에서 시커먼 물체가 쏜살처럼 떨어져 내렸다.

퍼드득!

어느새 세찬 날갯짓 소리가 들리며 흑웅이 유진룡의 어깨 위에 내려앉았다.

"하하!"

유진룡은 반가운 웃음과 함께 흑웅의 목덜미를 쓰다듬었다.

흑웅도 짧은 이별 후의 만남이 반가운 듯 유진룡의 손에 부리를 비볐다.

"후우욱!"

잠시 흑웅을 쓰다듬은 유진룡은 다시 호각을 불었다.

흑웅처럼 날개가 달리지 않았으니 백호는 아무래도 늦을 것이다. 다행히 몇 리 안에 있다면 만날 수도 있겠지만 그렇지 않다면 못 만날 수도 있었다.

다시 일다경이 더 지났지만 백호의 모습은 보이지 않았다.

아마도 먼 곳으로 사냥을 갔거나 동굴 속에서 잠이 든 모양이었다.

"오늘은 못 볼 모양이다."

유진룡은 더 이상 백호를 부르는 것은 포기하고 호각을 품속에 넣었다.

"자, 이건 너하고 백호 주려고 사온 것이다. 네놈들이 잡은 먹잇감처럼 싱싱하지는 않겠지만 그런대로 먹을 만할 것이다. 백호는 먹을 복이 없으니 너 혼자 다 먹어라."

보따리를 푼 유진룡은 푸줏간에서 사온 돼지고기 조각을 내밀었다.

"삐이익!"

기꺼운 울음을 토한 흑웅이 게걸스럽게 고기 조각을 집어삼켰다.

"천천히 먹어라 이놈아! 백호가 없으니 며칠 동안 먹어도 다 못 먹을 만큼 양은 충분하다."

유진룡은 다시 한 조각의 고기를 잘라 흑웅의 부리 속으로 넣어주었다.

"엇!"

흑웅에게 부지런히 고기를 잘라주던 유진룡은 바위 아래에서 들리는 이상한 소음에 경호성을 터뜨렸다.

비명 소리도 아니고 신음 소리도 아닌, 이상한 소리였다.

유진룡은 급히 바위 끝으로 가서 바위 아래를 내려다보았다.

제일 먼저 커다란 불두덩이 두 개가 눈에 들어왔다. 그리고 노린내가 풍겨왔다.

백호였다.

언제 나타났는지 몸을 일으킨 그놈이 한잠 자고 일어난 듯 기지개를 켜며 하품을 하고 있었다.

방금 들렸던 이상한 소리는 놈의 하품 소리였다.

유진룡은 기가 막힌 표정으로 백호를 내려다보았다.

놈은 고개도 돌리지 않고 다시 한 번 기지개를 길게 켰다. 마치 오래전부터 이곳에서 실컷 자고 일어났다는 듯한 행동이었다.

'이놈이 언제?'

유진룡은 사방을 둘러보았다.

사방은 쥐 죽은 듯이 조용했다.

다시 한 번 기가 막혔다.

바람 소리도 들리지 않는 고요한 숲 속이니 아무리 영물인 백호라 할지라도 다가오는 소리가 들렸을 것이다.

보통 사람이라면 또 몰라도 사 년 동안 초인적인 수련을 한 유진룡이었기에 모든 감각은 보통 사람의 범주를 훨씬 넘어서 있었다. 그런데도 백호가 나타나는 낌새를 느끼지 못했다.

'음흉스러운 놈!'

잠시 후, 유진룡은 고소를 삼켰다.

이놈은 자신이 나타난 후 이곳에 온 것이 아니라 자신보다 한발 앞서 이 바위 밑에 도착해서 몸을 숨기고 있었던 것이다.

숲을 치달려 올라올 때 미세한 발자국 소리가 저 멀리서 들린 것 같았다. 그때는 자신의 존재에 놀란 산짐승들이 도망가는 소리인 줄 알았다.

그건 백호가 자신을 발견하고 달려오는 소리였다.

저녁나절 산 아래쪽에서 분 호각 소리를 듣고 근처에 있다가 바위를 향해 치달려 오는 자신을 발견하고 놈은 한발 앞서 이곳 바위 밑에 와서 기다리고 있었던 것이다. 그러면서도 놈은 시치미를 떼고 한참 동안 그대로 웅크리고 앉아 애를 태웠다.

모르긴 해도 부른다고 곧장 달려오는 모습을 보여주고 싶지 않아서 그러는 것이리라.

고기만 없었다면 끝까지 그렇게 있다가 만나주지도 않고 사라졌을 것이다.

"망할 놈 같으니라고!"

유진룡은 마침내 고함을 질렀다.

백호는 입을 크게 벌리고 하품을 했다.

퍽!

유진룡은 백호의 입속으로 헝겊도 벗기지 않은 고깃덩어리를 던져 넣었다.

"캑!"

고깃덩이가 목구멍 깊이 걸렸는지 백호는 풀 뜯어 먹다가 토악질을 하는 강아지 같은 소리를 토했다.

고기를 토해낸 백호는 앞니로 능숙하게 헝겊을 뜯어낸 후 고기를 삼켰다.

피식 미소를 지은 유진룡은 다른 한 덩어리는 헝겊을 벗겨서 던져두고 나머지는 흑응에게 모두 먹였다.

고기를 다 먹은 백호는 입맛을 한 번 다신 후 슬그머니 바위 위로 올라왔다. 그리고는 혀로 흑응의 날개를 핥았다. 동굴 속에서 생활할 때도 백호는 유진룡과 천산마존에게는 툴툴거렸지만 흑응과는 동족을 대하듯 친하게 지냈다.

흑응도 날개를 퍼덕이며 백호의 등에 올라타 부리로 백호의 털을 장난스럽게 물고 당겼다.

"놀고 있네!"

풀썩 웃음을 흘린 유진룡은 몸을 일으켰다.

"이제는 이곳을 떠나 정가장으로 갈 것이다. 그러니 오늘 밤은 산길로 해서 같이 가기로 하자."

유진룡은 바위 위에서 뛰어내렸다.

흑응은 날개짓과 함께 유진룡의 어깨에 내려앉았다. 그러나 백호는 따라올 생각을 하지 않고 바위 위에 그대로 앉아 있었다.

유진룡 뒤를 개처럼 졸졸 따라가는 것이 자존심 상하는 모양이었다.

"마음대로 해라. 이 음흉한 놈아!"

어깨에 앉은 흑응을 허공으로 날린 유진룡은 경공을 펼쳤다.

한참 후 낙엽을 밟고 달려오는 백호의 발자국 소리가 들렸다.

"후후!"

유진룡은 더욱 세차게 땅을 박찼다.

유진룡은 정가장이 있는 무석을 향해 부지런히 걸음을 옮기고 있었다.

이젠 반나절만 더 가면 무석이다.

오는 도중에 유진룡은 몇 번이나 헛웃음을 터뜨렸다.

자신이 지금 정가장으로 향하는 이유는 오직 육마종의 한마디 때문이었다.

자신의 발로 병신으로 만든 육마종이었고, 한때는 소주에서 둘째가라면 서러워할 만한 악인이었다.

그런 사람의 말 한마디만 듣고 정가장으로 가는 자신이 우

습기도 했고 함정에 빠지는 것이 아닌가 하는 의심이 들기도 했다.

그때마다 육마종의 변한 모습이 떠올랐다.

칠면독사란 별명과는 전혀 어울리지 않는 표정과 함께 자신이 기어 다니는 땅속 깊은 곳까지 가라앉아 있는 것 같은 눈빛!

그 눈빛에서 거짓을 읽을 수 없었다.

또한 산을 내려오며 만난 송종보에게서 소향상회의 회주 단리하연이 비홍문에 대항하기 위해 정가장을 전폭적으로 지원하며 그들의 무력을 등에 업었다고 들었다. 그렇다면 정가장은 소향상회와 밀접한 관계가 있고 그곳에서 유진룡 자신이 할 일이 있을지도 몰랐다.

그게 어떤 것인지는 아직 짐작이 안 가지만…….

"후후!"

유진룡은 나지막한 웃음을 토했다.

인생사 요지경 속이란 말이 절로 떠올랐다.

천하의 대 악종 육마종이 그런 모습으로 변할 줄이야.

그런 육마종의 모습은 마음을 기쁘게도 했지만 그보다 훨씬 더 무거운 돌덩이 하나를 가슴에 남겨주었다.

어쨌든 그는 자신으로 인해 병신이 되었다. 그리고 누구보다 선한 모습으로 뒷골목 바닥을 죽을 때까지 기어 다닐 것이다. 마찬가지로 자신은 죽을 때까지 그 사실을 기억하게 될 것이다.

큰 힘을 얻고 그것을 잘못 쓰면 순식간에 악인이 되어버린다던 육마종의 말이 귓가에 맴돌았다.

자신 역시 이젠 큰 힘을 얻었으니 선인과 악인의 경계에 한층 더 가까이 다가가 있는지 몰랐다. 그리고 어느 순간 악인의 영역으로 발을 들여놓게 될지도…….

갑자기 선과 악의 경계가 모호해졌다.

유진룡은 고개를 흔들어 복잡한 상념을 떨쳤다.

"그런 것은 신만이 알겠지. 내가 지켜야 할 것을 지키기 위해서라면 난 기꺼이 악인이 될 수도 있다."

긴 한숨을 내쉰 유진룡은 발걸음을 빨리했다.

한낮의 따가운 봄 햇살이 조금 그 위세를 잃었을 때 유진룡은 정가장이 있는 무석에 도착했다.

객점에 들러 늦은 점심을 시켜먹은 유진룡은 주변 소문에 귀를 기울였다.

정가장 소식은 객점에 가만히 앉아서도 들을 수 있었다.

남자 둘만 모이면 정가장 얘기였고, 점소이에게 정가장의 위치를 묻는 사람도 심심치 않게 보였다.

정가장은 최근 소향상회의 지원에 힘입어 가세를 늘이면서 우선적으로 실력있는 호원무사들의 숫자를 대폭 증가시키려 한다고 했다.

그래서 사흘 전부터 지원자를 받고 시험을 통해 합격한 사람을 호원무사로 뽑고 있었다.

보수를 인근 장원의 호원무사들보다 두 배 가까이 책정해 방을 붙였기에 자연히 여러 곳에서 지원자들이 몰려들어 첫날에는 정가장 주변이 북새통을 이루었다고 했다.

유진룡이 이곳에 도착한 오늘은 사흘째이자 호원무사 모집의 마지막 날이었다.

점심을 다 먹은 유진룡은 정가장을 향해 발길을 옮겼다.

정가장은 무석의 한복판에 자리 잡은 대 가문이었다.

대대로 전통 깊은 무가답게 건물을 둘러싼 담장은 대포를 쏘아도 무너지지 않을 만한 큰 돌로 축조되어 있었고, 담장 위를 덮은 기와 용마루는 고풍스러우면서도 날렵한 맵시를 뽐내고 있었다. 그 주변으로 아직도 많은 사내들이 모여들고 있었다.

유진룡은 정가장의 대문을 향해 걸어갔다.

활짝 열린 큰 대문 앞에 몇 명의 호원무사가 서 있었고, 그 옆에서 탁자를 앞에 둔 한 중년이 모여드는 사내들의 신상을 장부에 적고 무언가를 나누어주고 있었다.

유진룡도 줄을 선 사내들 뒤에 서서 차례를 기다렸다.

"다음!"

탁자 뒤에 앉은 사내의 고함이 몇 번 더 들리며 유진룡의 차례가 왔다.

"이름은?"

붓을 든 사내가 고개도 들지 않고 질문을 했다.

이미 많은 사내들이 정가장의 호원무사가 되겠다고 신청을 했는지 탁자 위에는 여러 권의 장부가 옆에 놓여 있었고 지금 적고 있는 장부도 몇 장 남지 않아 금방 새 장부로 바꿔야 할 것 같았다.

"유룡!"

유진룡은 가명을 지어 답했다.

"나이는?"

장부에 빠르게 두 글자를 적은 사내는 여전히 고개를 들지 않고 물었다.

"스물하나 정도……."

유진룡은 장난스레 답했다.

비로소 사내가 고개를 들었다.

"스물하나면 스물하나지, 스물하나 정도는 뭔가? 고안가?"

사내는 눈살을 찌푸리며 목소리를 높였다.

"어쩌다 보니……."

유진룡은 여전히 빙글거리며 답했다.

약간 미안한 심정이 되었는지 붓을 든 사내가 입맛을 다셨다. 그리고는 장부에 유진룡의 나이를 스무 살로 적었다.

"특기는… 칼이나 검이겠군."

사내는 유진룡의 허리에 차고 있는 헝겊에 둘둘 말린 청룡
검을 보며 그렇게 적었다.

칼이나 검과는 전혀 상관없는 무공을 익혔지만 유진룡은
그냥 사내가 하는 대로 내버려 두었다.

"대문을 통과하여 우측으로 가게. 그곳에서 간단한 시험을
통과하면 등급과 보수가 결정될 걸세."

사내는 번호를 적은 쪽지 하나를 유진룡에게 내밀었다. 번
호는 팔십 번이었다.

'시험?

유진룡은 그게 뭔지 궁금해서 고개를 쭉 빼고 대문 안 오른
쪽을 살폈다.

"들어가 보면 알 것 아닌가?"

사내가 귀찮은 듯 유진룡의 허리를 떠밀었다. 유진룡의 뒤
에도 여러 명의 사내들이 더 서 있었다.

유진룡은 사내의 손에 떠밀려 대문을 들어섰다.

들어서자마자 큰 연못이 있었고 그 뒤에 건물이 하나 있었
다.

유진룡은 연못을 지나 건물의 오른쪽을 돌아 들어갔다.

건물 뒤에 큰 연무장이 있고 많은 사내들이 연무장 주변으
로 아무렇게나 둘러서 있었다.

쨍—

연무장 안에서 날카로운 쇳소리가 흘러나왔다.

대문 앞에서 말한 시험이 치러지는 모양이었다.

유진룡은 걸음을 빨리하여 연무장으로 다가갔다.

주변으로 둘러선 사람들 뒤에서도 유진룡은 연무장의 상황을 자세히 볼 수 있었다.

자신처럼 호원무사가 되겠다고 들어온 덩치 큰 사내 하나가 정가장의 무사인 듯한 사내와 검을 섞고 있었다.

한눈에 보아도 정가장의 무사가 몇 수 위로 보였다.

덩치 큰 사내는 연신 쾌속하게 검을 휘둘렀지만 속절없이 허공을 가로지르거나 정가장 무사의 검에 막혀 엉뚱한 곳으로 튕겨 나갔다.

"하앗!"

얼굴이 벌겋게 변한 덩치 큰 사내가 큰 기합성과 함께 검을 휘둘렀다.

한 걸음 뒤로 물러서며 검을 피한 정가장 무사가 검끝으로 누군가를 가리키듯 덩치 큰 사내의 목을 향해 찔러 넣었다.

이른바 삼재검법의 선인지로(仙人指路)란 단순한 초식이었다. 그러나 그 공격 시기가 너무 적절하여 덩치 큰 사내는 꼼짝도 못하고 목젖을 내주고 말았다.

"실격!"

연무장 한쪽에 탁자를 놓고 앉은 중년인이 고함을 질렀다.

덩치 큰 사내가 더욱 붉어진 얼굴로 등을 돌렸다.

"뒷문으로 해서 돌아가시오."

의자에 앉은 사내는 고함을 지르고는 신경질적으로 붓을 내렸다.

탁자 위에 여러 권의 장부가 있던 정문과는 상반된 모습이었다.

아마도 신청하는 사람들의 체면을 생각해서 정문에서는 아무나 들여보내 주고 이곳에서 정식으로 시험을 하고 뒷문으로 돌려보내는 모양이었다.

"오늘은 모두 쭉정이들뿐이군."

중년인은 혼잣소리인 듯 푸념을 했다.

그 푸념 소리에 방금 실격을 한 덩치 큰 사내가 사나운 눈으로 중년인을 쳐다보았다.

중년인도 사나운 눈으로 사내를 쳐다보았다.

붓으로 장부를 정리하고 있었지만 중년인의 눈에서는 깊은 수련의 흔적이 엿보였다.

덩치 큰 사내는 눈을 내리고 뒷문 쪽을 향해 휑하니 걸음을 옮겼다.

"다음은 오십이 번!"

중년인의 호명에 연무장 주변을 둘러싼 사내들이 저마다 고개를 내리며 손에 든 번호를 확인했다.

유진룡은 비로소 정문에서 건네받은 쪽지에 적힌 숫자의 용도를 알아차리고 다시 한 번 확인했다.

자신의 번호는 팔십 번이니 아직 스물여덟 번이나 더 기다려야 했다. 그러나 지겹다는 생각은 들지 않았다.

산을 내려와서 산적들과 한바탕 대결을 벌였지만 제대로 무공을 익힌 놈들이 아니었다.

대결이라기보다는 유진룡이 일방적으로 한 대씩 두들겨 때려눕힌 싸움이었다. 그래서 제대로 된 무공을 펼치는 모습은 처음이었고 그만큼 호기심이 일었다.

호명된 사내가 연무장으로 나섰다.

사내의 무기는 종류를 알 수 없는 기형의 도였다. 그리고 그 상대는 여전히 아까 그 정가장의 무사였다.

쨍―

쨍―

몇 번의 쇳소리가 울렸다.

기형도의 사내는 좀 전의 덩치 큰 사내보다 더 싱겁게 패하고 말았다.

"실격!"

탁자 뒤에 앉아서 판정을 내리는 중년인의 목소리에 와락 짜증이 묻어 나왔다.

그 뒤로 열 명의 사내가 실격패를 하는데 걸리는 시간은 이각이 채 되지 않았다.

단 이 각 동안 열 명이 정가장의 뒷문으로 해서 왔던 길을 도로 돌아가는 신세가 된 것이다.

처음에는 호기심을 갖고 지켜보던 유지룡은 입맛을 다셨다.

승부는 치열해야 재미있는데 이건 너무 싱거웠다. 정가장 무사의 실력이 뛰어나기도 했지만 보수를 많이 준다고 하니까 어중이떠중이 몰려든 것이 분명했다.

쨍—

쨍—

다시 열 명이 나가떨어졌다.

그러니까 유진룡이 이곳에 온 후부터 스무 명이 시험을 거치는 동안 모두 실격되고 정가장에서는 단 한 명도 채용하지 못한 것이다.

"이젠 시험하는 무사를 바꾸겠소!"

탁자 앞에 앉은 중년인이 소리치자 지금까지 연속해서 실격패를 안겨준 정가장의 무사가 연무장 밖으로 나가고 다른 무사 한 명이 대신 들어섰다.

연무장에서는 일순 동요가 일었다.

그들 역시 이긴다는 보장이 없었지만 이제껏 구경을 했기에 연무장을 내려간 정가장 무사의 무공은 조금이나마 눈에 익었다. 그런데 시험하는 무사가 바뀌어 버렸으니 어떤 실력인지 알 수가 없어 당황스런 것이다.

"칠십이 번!"

중년인에게서 호명된 재수없는 사내가 툴툴거리며 연무장 안으로 들어섰다.

그 사내의 손에는 협봉검이 들려 있었다.

새로운 정가장 무사는 아까처럼 검을 들고 있었다.

가벼운 목례와 함께 두 사람의 대결이 이루어졌다. 다시 호기심이 인 유진룡은 유심히 두 사람의 대결을 쳐다보았다.

이번의 무사도 교체된 무사와 실력이 비슷했다. 그런데 협봉검을 든 사내는 이제까지와는 달리 제대로 된 실력을 갖추고 있었다.

스무 합의 대결이 끝난 후 중년인은 어린 손자가 조부를 만난 듯한 목소리로 합격의 판정을 내렸다. 그러나 그것도 잠시, 그 후로 줄줄이 실격 선언을 하는 중년인의 목소리에는 아까보다 더한 짜증이 묻어났다.

"팔십 번!"

마침내 유진룡의 번호가 호명되었다.

유진룡은 쪽지를 중년인에게 내밀고 연무장 안으로 들어섰다. 여전히 상대는 두 번째로 나온 정가장의 무사였다.

유진룡은 가볍게 목례를 하고 연무장 한쪽에 섰다.

잠시 본능적인 긴장감이 유진룡의 가슴을 스치고 지나갔다.

목숨을 건 치열한 대결은 아닐지라도 제대로 수련한 무인과 대결을 한다는 사실은 가슴을 설레게 했다.

어떻게 싸워야 할지, 무슨 형부터 먼저 펼칠지……. 순간적으로 무수한 생각들이 뇌리를 스쳤다.

“어서 검을 뽑으시오.”

연무장에 들어선 후에도 유진룡이 가만히 서 있기만 하자 정가장의 무사가 짜증 섞인 소리를 질렀다. 아직 형겊도 풀지 않았으니 그걸 푸는 데도 시간이 걸릴 것이었다.

'깜박했군.'

유진룡은 입맛을 다셨다.

검으로 싸울 것이 아니니 연무장에 나서기 전에 검은 누구에게 맡겨놓아야 하는데 딴생각에 잠겨 있다가 그대로 차고 온 것이다.

딴생각에 잠겨 있지 않았다고 해도 딱히 맡길 데가 없었다. 보통 검이라면 모르겠지만 철사홍에게 꼭 전해야 하는 청룡검이니 아무나에게 함부로 맡길 수가 없었던 것이다.

유진룡은 허리에서 검을 풀어 연무장 바닥에 내려놓았다.

정가장 무사의 눈에서 날카로운 빛이 뻗어 나왔다.

검을 소지한 자가 검을 놓고 누군가를 상대하겠다는 것은 해석하기에 따라서는 지독한 모욕이 될 수도 있었기 때문이다.

“오해 마시오. 이건 내 것이 아니고 잠시 맡아둔 것이오. 나는 권각술을 익혔소.”

유진룡은 정중하게 말했다.

정가장 무사의 표정이 잠시 혼란스럽게 바뀌었다가 원래로 돌아왔다.

"알겠소!"

고개를 끄덕인 정가장 무사가 검을 뽑았다.

다시 본능적인 설렘이 가슴을 스쳤다.

호흡을 낮게 가라앉힌 유진룡은 적당히 편한 자세를 잡았다.

정가장 무사의 눈 사이가 다시 좁혀졌다.

유진룡의 자세만으로는 어떤 무공을 익혔는지 짐작할 수가 없었기 때문이었다.

그건 당연한 일이었다.

유진룡이 익힌 백호십이수는 엄격한 기수식과 정형화된 초식이 있는 것이 아니고 익히는 사람의 의도대로 자신만의 초식을 만들어가는 무공이었다. 특히 유진룡은 뒷골목 싸움 때부터 상황에 맞게 싸움 동작을 변형시키는 자세를 선호했고 지금도 그랬다.

휘익—

정가장 무사의 검이 허공을 갈랐다.

비로소 유진룡의 발이 움직였다.

살짝 발만 움직이는가 싶었는데 유진룡의 몸은 비호처럼 정가장 무사의 가슴으로 육박해 들고 있었다.

대경한 정가장 무사가 급급히 초식을 변화시키며 검을 휘둘렀다.

유진룡은 다시 보법을 밟아 간단하게 검세를 벗어났다.

직접 마주서서 상대해 보니 정가장의 무사라고 해서 산적들보다 크게 나아보이진 않았다.

물론 검을 휘두르는 속도가 조금 더 빨랐고, 뿌리는 초식 역시 조금 더 정교하고 빈틈이 적었다.

그러나 유진룡이 보기에는 큰 차이가 없었다. 건방진 생각 같았지만 큰 도토리나 작은 도토리나 그게 그거였다.

유진룡은 약간이나마 긴장했던 마음을 풀고 편안하게 정가장의 무사를 상대해 나갔다.

상상할 수도 없이 어마어마한 상금이 걸린 비무대회도 아니니 최대한 빨리 이기고 힘을 비축할 필요도 없었다. 스무 합만 버티어 시험에 합격하면 그만이었다.

휘익—

획!

정가장 무사의 검에서 세찬 바람 소리가 흘러나왔다.

그러나 유진룡은 여전히 여유있게 보법을 밟으며 때로는 검을 피하고, 때로는 손과 발로 검신을 두드려 흘려보냈다.

순식간에 열 합의 대결이 이루어진 후 대치 상태가 되었다. 정가장 무사가 공격을 않고 우뚝 서버린 때문이었다.

연무장 주변에서 웅성거리는 소리가 높아졌다.

그 소리와 함께 정가장 무사의 목소리도 들려왔다.

"날 갖고 노는 것이오?"

정가장 무사는 벌겋게 달아오른 얼굴로 유진룡을 쳐다보

았다.

"그럴 리가 있겠소."

유진룡은 고개를 저으며 답했다.

"그런데 왜 그따위 식으로 상대하는 것이오?"

사내는 너무 쉽게 자신의 공격을 무위로 흘리는 유진룡의 움직임에 모욕감을 느낀 모양이었다.

"수비만 하든, 공격을 하든, 스무 합만 견디면 통과된다고 들었소. 내가 잘못 알고 있는 것이오?"

유진룡의 말에 정가장의 무사는 잠시 말문을 닫았다.

"잘못 알고 있는 것은… 아니오."

정가장 무사는 씹어뱉듯이 말하고는 검을 들어 올렸다.

유진룡은 여전히 처음의 그 자세로 섰다.

정가장 무사의 말대로 수비만 하지 않고 빈틈을 노려 공격했다면 단 일 합만에 끝날 수 있는 대결이었다. 하지만 그럴 필요가 없었다. 아니, 그러면 안 되었다.

자신은 정체를 숨기며 이곳에서 평범한 호원무사로 며칠만 있으면 된다. 처음부터 너무 두드러지게 행동해서 주위를 끌고 싶지 않았다. 그래서 적당히 스무 합을 끌며 합격 판정을 받으려고 했는데 그것이 더 두드러지게 보인 모양이었다.

'이래서 실전 경험이 중요한 것이군.'

유진룡은 속으로 중얼거렸다.

단번에 이기거나 슬쩍 피해내는 것은 쉬웠다. 그런데 표시

나지 않게 상대와 비슷한 수준으로 싸우는 것은 어려웠다.

조금만 마음을 먹으면 이 년 동안 쉴새없이 수련한 동작들이 폭풍처럼 튀어나오려고 했다.

'도 닦는 심정으로 싸워야겠군!'

유진룡은 머릿속으로 어떻게 싸워야 할지 그려보았다.

적당히 기세를 억누르고 적당히 손발을 느리게 움직이면 될 것도 같았다.

휘익—

정가장 무사가 검을 휘둘렀다.

아까와는 달리 전혀 다른, 살기가 스며 있는 검이었다.

'오히려 낫군.'

유진룡은 슬쩍 입술 끝을 말았다.

상대가 이런 식으로 죽자 사자 나오면 자신도 기세를 끌어올려 성의있게 싸우는 모습을 연출할 수 있을 것 같았다.

휘익—

획!

유진룡은 팔과 다리를 조금 빠르게 움직였다.

정가장 사내의 검도 더욱 빨라졌다. 그러나 그 검초 사이의 틈은 여전히 크게 드러나 있었다.

유진룡은 그 속으로 주먹을 찔러 넣었다. 경력을 싣지 않고 적당한 속도로 찔러 넣었기에 불가피한 공격은 아니었다.

예상대로 사내는 급히 상체를 틀며 초식을 변화시켰다.

중도에서 주먹을 회수한 유진룡은 이번에는 발을 차올렸
다.

유진룡의 발이 파고드는 곳은 초식 사이의 연결고리가 매
끄럽지 못해 빈틈이 생긴 곳이었다.

의식하지도 않은 사이 유진룡의 발은 반사적으로 그곳으
로 파고들었다.

정가장 사내는 이번에도 대경한 표정으로 초식을 변화시
켰다.

"삼 일 만에 처음으로 대어 한 마리를 건졌군!"

연무장과 좀 떨어진 정가장 본채 안의 누각 위에서 정조
휘(丁朝輝)는 피식 웃으며 중얼거렸다.

그는 정가장 장주 정학중의 아들로 날카로운 눈매와 여인
처럼 흰 얼굴이 인상적이었다.

"뭐가?"

정조휘의 동생 정연지(丁淵池)가 연무장에서 시선을 돌려
오빠 정조휘를 쳐다보았다.

열여덟쯤 되어보이는 그녀는 오빠처럼 유난히 흰 피부와
큰 눈망울을 하고 있었는데 커다란 두 눈에서 아직 어린 소녀
의 치기가 남아 있었다.

"저, 키 큰 친구 말이야. 흑기단 무사를 아예 갖고 놀고 있
군. 단연 발군이야."

정조휘는 호기심 가득한 시선을 연무장에서 떼지 않고 말했다.

오빠의 말에 정연지도 눈을 빛내며 연무장을 주시했다.

"내가 보기엔 별론데… 겨우 수비나 하고, 공격할 틈을 찾지 못하는데……."

정연지는 고개를 갸웃거렸다.

피식!

정조휘는 대꾸를 하지 않고 입술 끝에 더욱 진한 미소만 피어 올렸다.

그런 오빠의 태도에 약이 올랐는지 정연지는 아미를 찡그리며 도끼눈을 했다.

"억지로 저러기도 어려운데… 그냥 대어가 아니라… 상어가 될지도 모르겠군."

잠시 더 유진룡을 지켜본 정조휘는 눈살을 찌푸렸다. 그의 눈에서 날카로운 빛이 흘러나왔다.

"저자는 절대로 호원무사 감이 아니야."

정조휘는 다시 혼잣소리처럼 중얼거리며 누각 계단을 걸어 내려갔다.

"어디 가는 거야?"

정연지가 고함을 쳤다.

"송곳니를 감춘 사냥개는 오히려 위험한 법이야. 얼마나 날카로운지 한 번 확인해 보고 사냥개가 아니다 싶으면 쫓아

버려야지."
　정조휘는 빙긋 웃음을 흘리고는 신형을 날렸다.
　"오빠!"
　정조휘는 갑작스런 행동에 놀란 눈을 뜬 정연지도 신형을 날렸다.

第三十章
실전(實戰) 경험

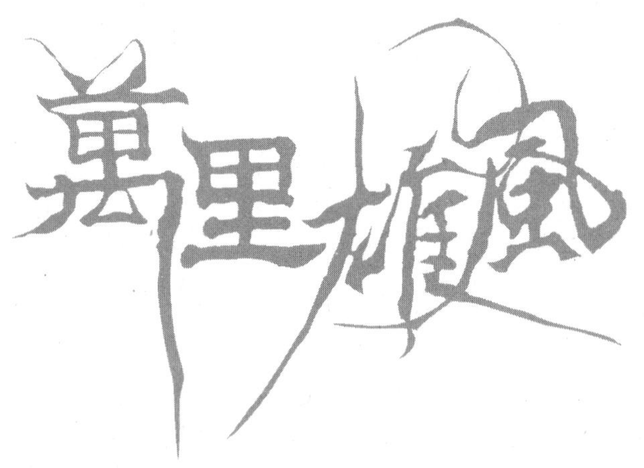

"**합**격!"

그럭저럭 성의있게 싸운 스무 합이 끝나자 탁자 뒤에 앉은 중년인 고엄경(高儼慶)은 신명나게 고함을 질렀다.

황기단의 단주로서 평소 흑기단에 대한 감정이 좋지 않았던 고엄경은 흑기단의 단원이 적지 않게 망신스런 모습을 한 것이 내심 고소했던 것이다.

엄밀히 따지면 흑기단의 청년이 패배를 한 것이 아니고, 유진룡이 그럭저럭 이십 합까지 버텨낸 것이지만 황기단 단주인 그의 눈에는 흑기단 청년이 개망신을 당하며 패한 것으로 보였다.

"자넨 앞으로 황기단에 속한다. 등급은 우리 정가장 무사를 이기지 못했으니 삼급이고, 보수 또한 그에 상응하여 지급한다."

고엄경은 삼급이 아니라 특급이라도 쳐주고 싶었지만 드러난 결과는 삼급에 해당되었다.

"감사하오!"

유진룡은 꾸벅 고개를 숙이며 안도의 한숨을 내쉬었다.

애로사항이 좀 있기는 했지만 육마종의 조언대로 정가장에 공개적으로 잠입한 것이다.

그런데!

"그런 실력으로 삼급이면 너무 억울하지 않소?"

둘러선 구경꾼들 속에서 들려오는 젊은 사내의 목소리에 유진룡은 고개를 돌렸다.

흰 얼굴에 날카로운 눈매를 한 청년이 빙글거리며 서 있었다.

그 옆으로 청년보다 더 흰 얼굴에 큰 눈망울을 한 여인도 눈을 깜박거리며 서 있었다.

"공자님, 나오셨습니까?"

고엄경이 벌떡 일어서서 고개를 숙였다.

방금 비무를 끝낸 정가장 무사도 고개를 가볍게 숙였다.

반면 유진룡은 멀뚱히 쳐다보고 있기만 하자 정조휘가 입술을 움직였다.

“다시 묻겠는데…….”

“안 억울하오!”

유진룡은 정조휘의 말을 끊으며 답하며 속으로 입맛을 다셨다.

그럭저럭 실력을 숨기고, 그럭저럭 입성에 성공했는데 꼬투리를 잡히려 하고 있었다.

“그게 안 억울하면 뭔가 다른 속셈이 있다는 말이군!”

정조휘는 여전히 빙글거렸다.

“그럼 그냥 일급으로 올려주든지…….”

“와하하!”

유진룡이 여전히 뚱하게 말하자 구경꾼들 몇 명이 웃음을 터뜨렸다.

“기꺼이 일급으로 올려주고 싶은데 억지로 어설픈 삼급 실력만 발휘하니 그 이유가 궁금해서 견딜 수가 있어야지.”

정조휘는 어느새 연무장으로 들어섰다.

“이건 또 뭔가?”

정조휘는 연무장 가장자리 한곳에 놓여진 청룡검을 처다보며 안광을 빛냈다.

유진룡은 묵묵히 정조휘를 처다보기만 했다.

그럭저럭 다른 사람은 속여 넘겼는데 이 청년에게 딱 걸린 셈이었다.

명문검가의 후손이라 역시 그만한 실력을 갖추고 있다는

생각이 들었다. 그래서 유진룡 자신의 행동에서 뭐가 의심스런 냄새를 감지하고 나선 것이다.

'이걸 어떻게 해야 하나?'

유진룡은 난감한 기분이 들었다.

청년의 말대로 뭔가 목적이 있긴 있었다. 그 목적이 뭔지 스스로도 아직 확실히 모르고 있었지만 소향상회가 미는 정가장에 결코 위해를 가할 것은 아니었다. 그렇다고 그걸 설명할 수도 없는 입장이었다.

"검이오?"

청룡검을 가리키며 정조휘가 물었다.

"그렇다고 들었소."

"킥킥!"

다시 누군가의 웃음소리가 들려왔다.

유진룡의 대답에 정조휘는 눈살을 약간 찌푸렸다.

"검을 차고 다니며 펼치는 무공은 권각이라……. 정말 비밀이 많은 사람 같소."

"……."

"우리는 비밀 많은 은거기인을 원하는 것이 아니라 그런대로 실력을 갖춘 호원무사를 원하는 것이오."

정조휘의 눈빛이 그의 눈매보다 더 날카롭게 쏘아졌다.

"나 역시 그런대로 실력을 갖췄다고 생각하는데……."

"그게 아니라는 걸 증명해 드리겠소."

정조휘는 어느새 검을 빼 들었다.

"오빠!"

놀란 정연지가 고함을 쳤지만 정조휘는 다짜고짜 유진룡을 향해 달려들었다.

휘리릭—

정조휘의 검이 순식간에 수십 변을 일으키며 유진룡의 전신을 향해 쇄도해 들었다.

방금 비무를 했던 무사와는 비교도 안 되는 절정의 검법이었다.

찌르고 베는 동작이 물 흐르듯 자연스러웠고 비무를 한 정가장 무사가 보여준 것 같은 초식 사이의 끊김도 거의 보이지 않았다.

경각심을 느낀 유진룡은 신속히 보법을 밟았다.

백호의 움직임 같은 표홀한 보법이 유진룡의 신형을 순식간에 검세에서 벗어나게 해주었다.

"우—"

연무장 주변에서 놀라움의 목소리가 자연스럽게 터져 나왔다.

갑작스레 펼치는 정조휘의 검법도 혀를 내두를 만큼 화려했지만 그물 같은 그 검세를 순식간에 빠져나오는 유진룡의 움직임도 놀랄 정도였다.

"역시!"

자신의 짐작이 맞았음을 확인한 정조휘는 쾌재를 외치며 연속해서 검을 휘둘렀다.

유진룡은 자신도 모르게 백호십이수의 첫 번째 기본형을 펼쳤다.

호원무사와는 현격히 다른 정조휘의 검법에 여전히 뒷골목 싸움 자세로 대적할 수는 없었다.

휘익—

정조휘는 더욱 쾌속한 움직임으로 검을 휘둘렀다.

마침내 유진룡도 주먹을 뻗었다.

파파파!

유진룡의 주먹과 정조휘의 검이 부딪친 곳에서 강한 파열음이 울렸다.

'우웃!'

정조휘는 속으로 경호성을 삼켰다.

자신이 휘두른 검의 검신을 맨주먹으로 정확히 두드리는 것도 놀랄 만한 일인데 손목으로 밀려드는 무거운 기운은 자칫하면 검을 놓칠 정도로 막강했다.

"하앗!"

정조휘의 입에서 기합성이 터져 나왔다.

그와 함께 그의 검세가 더욱 맹렬하게 유진룡의 전신으로 밀려들었다.

'빌어먹을!'

유진룡은 속으로 역정을 터뜨렸다.

생긴 건 계집애처럼 예쁘장한 놈이 무지막지하기가 멧돼지 같았다.

정히 의심스럽다면 조용히 불러 정체를 확인하려 할 수도 있는 것이다. 그러면 많은 사람 앞에서 이렇게 설치지 않아도 되고, 최악의 경우 호원무사 자리를 포기하고 뒷문으로 나가면 그만이었다.

파파팡—

다시 파공음이 터져 나왔다.

정조휘의 검세가 거세어질수록 유진룡의 전신에서 흘러나오는 기세 역시 노도처럼 막강해져 갔다.

'아직까지도 수비만 한단 말이지?'

잠시 공세를 멈춘 정조휘의 눈에서 수십 자루의 비수가 쏟아져 나왔다.

선유검법(仙遊劍法)의 제오초까지 퍼부었는데 유진룡의 옷자락 하나 자르지 못했다. 그뿐만 아니라 유진룡은 계속해서 수비만 하고 있었다.

그것은 모든 상황은 차치하고라도 한 사람의 무인으로서 용납이 안 되는 일이었다.

정조휘는 선유검법의 후반 다섯 초식까지 펼칠 각오를 다졌다.

후반 다섯 초식은 목숨이 위태롭거나 가문의 위기가 도래

하지 않고는 펼치지 않는 초식이었다. 금기의 수준까지는 아니었지만 그것은 가문의 오랜 전통이었다.

"오빠!"

정조휘의 의도를 눈치 챈 정연지가 날카로운 고함과 함께 정조휘의 주위를 일깨웠다.

"나한테 지금이 내 인생 최대의 위기야!"

단호하게 고함을 지른 정조휘는 단전 깊은 곳에서 내력을 불끈 끌어올렸다.

단전에서 용솟음치며 솟아오른 기운이 팔을 통해 검으로 전해졌다.

파아앙—

파공음이 들리며 정조휘가 휘두른 검의 검인과 검첨에서 서릿발 같은 기운이 실타래를 풀듯이 흘러나왔다. 그리고 그 기운은 점점 유형의 기운으로 뭉쳐지며 또 다른 검이 되어 유진룡을 향해 날아들었다.

'더는 못 참는다!'

유진룡은 굳게 입을 다물었다.

이젠 정체가 발각되고 말고 하는 것은 문제가 아니었다.

천둥벌거숭이같이 설치고 있는 이놈을 때려눕히지 못하면 자신의 쓰러질 판이었다.

지금까지의 검세는 그래도 신랄함이 덜해 수비만으로도 대적 가능했다.

백호십이수에 수비식이 따로 정해져 있는 것은 아니었지만 물방울 한 방울이 떨어지기 전에 열두 개의 돌기둥 사이로 휘돌고, 열두 가격점을 정확히 가격하는 움직임은 공수가 따로 없었다.

공격의 동작을 조금만 변형시키면 곧바로 수비식이 되었다.

내력이 부족하고, 그래서 검초에 실린 힘이 부족한 정조휘의 공격을 그렇게 수비식으로만 대항해 왔지만 선유검법의 후반부를 펼치는 정조휘의 검세는 전반부와는 판이하게 달랐다.

잘라오는 검날에 신랄함이 몇 배 더했고 찔러오는 검첨에서는 섬뜩한 살기마저 엿보였다.

공격으로 흔들어놓지 않으면 그 검날에 살이 베어져 나가고 쑤셔드는 검첨에 심장이 꿰뚫릴 것이다.

파아앗―

내력을 불끈 끌어올린 유진룡은 비호처럼 앞으로 쇄도해 들었다.

기세를 끌어올리며 백호십이수의 열두 초식이 전개되자 섬전같이 쇄도해 들던 정조휘의 검세가 훤히 눈에 들어왔다.

아무리 빠른 존재라도 더 빠른 존재 앞에서는 한없이 느릴 뿐이다.

실타래가 엉킨 것처럼, 그물이 쳐진 것처럼 엄밀하던 검세의 틈이 열두 돌기둥 사이의 간격보다 훨씬 넓어 보였고, 물이 흐르는 듯 끊임없던 초식과 초식의 연결고리 사이로 무수한 가격점들이 절로 드러났다.

'우선은 검의 속도부터……'

파파파팡—

유진룡의 주먹과 손바닥, 팔꿈치에서 뻗어 나온 노도 같은 경력이 정조휘의 검을 연속으로 두드렸다.

정조휘의 검이 바위를 두드린 듯 튕겨 오르며 휘청거렸다.

'이젠 공격!'

유진룡은 사냥감을 덮치는 백호처럼 맹렬하게 쏘아지며 정조휘를 향해 열두 차례의 공격을 한꺼번에 퍼부었다.

육박하며 때리고, 쳐내고, 휘돌며 돌려 차고, 찍어 내리는 연속 공격이 때로는 산사태가 난 듯 거침없었고 때로는 해일처럼 가공했다.

"후욱!"

"훅!"

순식간에 연무장 가장자리까지 밀려온 정조휘가 숨이 넘어갈 듯 거친 호흡을 토했다.

이건 말도 안 된다는 생각이 들었다.

보검으로 적수공권의 상대를 가격하면서도 어떻게 돌을 두드린 듯한 충격을 받는단 말인가? 또한 빈틈없이 연결시킨 초식 사이로 거침없이 파고드는 이 주먹과 발은?

그리고 이 막강한 힘은?

"하아앗―"

목이 터져라 고함을 지른 정조휘는 후 다섯 초식 중 마지막 초식을 펼쳤다.

그의 검에서 막강한 검기가 사방으로 터져 나왔다.

휘어지는 채찍처럼 유연하다가 갑자기 심장을 파고드는 장창처럼 굴강해지고, 아지랑이처럼 모호하다가 그물처럼 엄중해지는 그의 검세에 연무장 주변의 구경꾼들은 연신 뒤로 밀려 연무장은 처음보다 몇 배는 더 넓어졌다.

'이젠 슬슬 짜증이 밀려오는군.'

그만했으면 멈출 만도 한데 비무임에도 불구하고 끝장을 보려는 듯 날뛰는 정조휘를 보며 유진룡은 눈꼬리를 치켜 올렸다.

우우웅―

유진룡의 신형 주변에서 무거운 진동음이 울렸다.

파아앗―

유진룡의 신형이 그 자리에서 안개처럼 흐릿하게 사라졌다.

정확히 말하자면 유진룡의 신형이 동시에 여러 곳에서 한 꺼번에 나타나 대부분의 구경꾼들 눈에는 안개처럼 흐릿하게 보인 것이다.

주먹을 뻗은 한 개의 잔영이 사라지기도 전에 무릎을 차올리는 신형이 나타났고, 그 잔영을 모조리 휩쓸며 폭풍처럼 퇴법(腿法)을 펼치는 유진룡의 모습은 눈을 어지럽게 했다.

따다당ㅡ

날카로운 쇳소리가 터져 나오며 흐릿해졌던 유진룡의 신형이 정조휘 앞에서 하나로 합쳐진 듯 보였다.

그리고는 한동안 정적이 흘렀다.

"우우!"

구경꾼들의 입에서 자신도 모르게 경호성이 흘러나왔다.

정조휘의 목에 유진룡의 주먹이 닿아 있었고 유진룡의 가슴에 정조휘의 검첨이 닿아 있었다.

누가 봐도 멋진 무승부였다.

구경꾼들은 아낌없이 박수를 보냈다.

그러나 짧은 순간 정조휘의 눈은 심하게 흔들리고 있었다.

'왜?'

가슴 조이며 두 사람의 대결을 지켜보다 무승부에 가슴을 쓸어내리던 정연지는 두 눈을 동그랗게 떴다.

누구보다 가까이 지낸 동생이기에 누구보다 오빠를 잘 안다. 어떤 면에서는 부모보다 더 오빠를 더 잘 알고 있었다.

그래서 오빠의 저런 눈빛이 무얼 뜻하는지도 잘 알았다.

오빠는 지금 지독한 패배감에 사로잡혀 있는 것이 분명했다.

'왜?'

정연지는 다시 의문을 떠올렸다.

분명히 무승부였고 지금도 그 자세 그대로 서 있다.

그런데 오빠의 저런 눈빛은?

그건 승부를 겨뤘던 사람만이 아는 무언가가 있다는 말이다. 그리고 그건 얼마 지나지 않아 알게 될 것이다.

다른 사람은 몰라도 자신은 알아낼 자신이 있었다.

오빠와 유진룡을 쳐다보는 정연지의 눈빛이 더욱 반짝거렸다.

"이런 실력으로 삼급 호원무사를 하겠다고……?"

잠시 후, 정조휘가 입술 끝을 말아 올리며 중얼거렸다.

유진룡은 묵묵히 정조휘를 바라보았다.

"목구멍이 포도청이다 보니."

유진룡은 슬쩍 정조휘의 시선을 피하며 답했다.

"대체 얼마나 배가 고팠기에……."

정조휘는 유진룡의 시선을 다시 붙잡아왔다. 그의 눈은 여전히 짙은 의심을 담고 있었다.

"밥만 먹고 살 수가 없는 법이 아니겠소?"

유진룡은 팔을 들어 허름한 자신의 옷을 펼쳐 보였다.

정조휘의 입 끝이 다시 말려 올라갔다.

"이것이면 옷값과 며칠 밥값은 될 것이오."

정조휘는 품속에서 꺼낸 전낭을 유진룡의 손에 쥐어주며 검첨으로 뒷문을 가리켰다.

“잘 가시오!”

짧게 내뱉은 정조휘는 눈짓으로 계속 축객령을 내렸다.

“쩝!”

입맛을 다신 유진룡은 전낭의 무게를 가늠하며 품속으로 넣었다. 한바탕 드잡이질을 한 수고비로는 넘치고도 남을 테지만 입맛은 쓰기만 했다.

아직은 미숙하여 남들 눈을 제대로 속이지 못해 결국 정체를 간파당하고 말았다. 아울러 앞으로는 무공보다 다른 것을 더 많이 배울 필요가 있다는 것도 절실히 느꼈다.

“왜 그래, 오빠? 호원무사가 강하면 그만큼 더 좋잖아. 봉급도 삼급으로 지불하니 이익이고.”

정연지가 얼른 나서서 정조휘를 만류했다.

“뽑힌 호원무사들 중에서 일 할은 첩자가 있을걸! 하지만 괜찮아. 그 정도는 처리할 수가 있으니까. 그러나 이런 친구는 절대로 불가능해.”

정조휘는 여전히 검으로 뒷문 쪽을 가리키며 단호하게 답했다.

정연지는 대꾸할 말이 없는지 입을 다물었다. 그런 그녀의 눈에는 숨길 수 없는 아쉬움이 드러났다.

“그 친구 신분은 내가 보장하지.”

청룡검을 챙겨든 유진룡이 속절없이 등을 돌리려는 찰나, 구경꾼들 속에서 카랑한 목소리가 들렸다.

유진룡과 정조휘는 동시에 고개를 돌렸다.

"어르신!"

정조휘가 얼른 검을 내리며 반가운 고함을 질렀다.

목소리만 들어도 누군지 아는 모양이었다. 그러나 유진룡의 눈에는 목소리의 주인이 아직 눈에 들어오지 않았다.

"늙은 형!"

꼬마 개방도 송종보가 구경꾼들을 헤치고 나왔다.

"너?"

뜻밖의 재회에 유진룡은 눈만 크게 떴다.

"네가 여기 어쩐 일이냐?"

"그러는 네놈이야말로 여기 어쩐 일이냐?"

칠결 개방도 백엽동이 게슴츠레 눈을 뜨며 유진룡을 쳐다보았다.

그의 허리 앞쪽에는 여전히 다섯 개의 매듭밖에 보이지 않았다.

"노인장도 오셨군요."

유진룡은 멀뚱히 백엽동을 쳐다보기만 했다.

백엽동도 깊게 가라앉은 눈으로 유진룡을 쳐다보았다.

산에서 만났을 때는 제대로 보지 못하고 낌새만 느꼈는데 이번에는 비교적 많은 것을 보았다.

선지자의 오랜 통찰로 인해 진입의 벽을 무너뜨리고 노화순청(爐火純靑)의 도리(道理)처럼 평범하게 보이는 무한십이수!

그 익힘에 한계가 없고, 그 성취에도 한계가 없는 무한의 무공이 세상에 모습을 드러냈다.

처음 봤을 때처럼 놈은 여전히 모든 것을 드러내지 않았다.

필요한 만큼, 상대의 검에 자신이 당하지 않을 만큼만 드러냈다.

그럼에도 불구하고 정가장의 희망이라던 녀석이 완벽한 패배를 당했다.

겉보기에는 그럴듯한 무승부의 탈을 쓰고 있었지만 백엽동의 눈에는 그 승패가 불을 보듯 훤히 보였다.

정조휘의 목젖에 닿아 있던 놈의 주먹은 정조휘의 검첨이 놈의 가슴에 이르기 전에 열 번은 더 가격할 수 있었다. 그 막강한 기운 앞에서 정조휘의 검은 더 전진하지 못한 채 굳었고 놈의 가슴이 다가와 무승부를 만들었다.

백엽동은 유진룡에 대한 평가를 한참 더 수정해야 할 것 같다는 사실을 절감했다. 그리고 정체에 대해서도 좀 더 심도 있는 고찰이 필요하다는 것을 느꼈다.

'어쨌든 재미있는 일이야.'

백엽동의 가슴 한쪽으로 무인 본연의 뜨거운 무언가가 지나갔다.

적아(敵我)를 따지기 이전에 시류에 편승하지 않고 저렇게 충실하게 무공을 익힌 인간이 있다는 것이 기뻤다.

너무 무거워서 모든 사람들에게 외면 받던 보검이 제대로 된 주인을 만나 찬란한 광채를 뿌리며 검갑에서 뽑아지는 것 같은 느낌은 늙은 무인의 가슴을 속절없이 뛰게 만들었다.

자신 역시 오랜 시절 그런 수련을 쌓았기에 서로를 이해해줄 수 있는 동지를 만난 것처럼 기꺼웠다.

상념에 잠겼던 백엽동은 얼른 눈살을 찌푸렸다.

"요즘 젊은 놈들은 도통 예의가 없어. 언제부터 멀뚱히 쳐다만 보는 것이 인사가 되어버렸는지……. 쯧쯧!"

백엽동은 혀를 찼다.

"죄송합니다, 어르신!"

정조휘가 얼른 고개를 숙였다. 그도 뜻밖의 순간에 나타나서 유진룡의 신분을 보장한 백엽동을 멀뚱히 쳐다만 보고 있었던 것이다.

"한 놈은 됐고. 네놈은?"

백엽동은 유진룡에게도 인사를 요구했다.

"별로 안 내키긴 하지만 까짓거……."

유진룡은 일부러 고개만 까닥했다.

"거지보다 더 무례한 놈!"

백엽동이 다시 혀를 차며 고개를 돌렸다.

"할아버지!"

정연지가 안길 듯이 달려들다가 코를 싸맸다.

"네 녀석은 무공은 발전이 없고 후각만 발전하는 모양이구나!"

　백엽동은 정연지를 쳐다보며 인자한 미소를 지었다.

　그렇게 두 사람은 몇 마디 인사를 더 나눴다.

　"그런데 이 소협과는 어떻게……?"

　잠시 후 정연지가 유진룡을 한 번 쳐다본 후 얼른 물었다. 그녀의 눈에 궁금증이 뭉게구름처럼 일고 있었다.

　"어쩌다 알게 된 놈이긴 한데… 나도 잘 모르겠다."

　"그런데도 신분을 보장한단 말입니까?"

　정조휘가 여전히 의심을 지우지 못한 눈을 하며 물었다.

　"네 녀석은 다 좋은데 사람을 잘 안 믿는 게 흠이야, 하긴 뭐 믿을 데라곤 한군데도 없는 놈이긴 하지만. 험험!"

　백엽동은 헛기침을 했다.

　처음에는 신원을 보증한다고 했다가 스스로 그 말을 뒤집는 꼴이 되었기 때문이었다.

　"어쨌든 이놈은 내가 보증할 테니 그리 알아라. 그리고 자네는 하던 일 계속하고, 네놈은 네 아비에게 내가 왔다고 전해라."

　백엽동은 심사관으로 탁자에 앉아 있다가 엉거주춤 일어선 고엄경과 정조휘에게 연속해서 고함을 쳤다.

　고엄경이 얼른 인사를 차렸고 정조휘는 유진룡을 한 번 쳐다보고는 안채로 달려갔다.

　"네놈은 날 따라오너라!"

백엽동은 유진룡을 향해 고함을 치고는 휘적휘적 앞서 걸었다.

유진룡은 머뭇거리며 서 있었다. 주인 아들로부터는 축객령을 받았는데 백엽동의 말만 듣고 따라 들어갈 수가 없었던 것이다.

"어서가요, 늙은 형!"

주춤거리는 유진룡의 팔을 송종보가 잡아당겼다.

"그래요. 백 할아버지 말씀이면 아버지도 어쩌지 못하세요."

정연지도 거들며 볼을 발갛게 물들었다.

유진룡은 심사관 고엄경에게 가볍게 눈인사를 하고는 백엽동의 뒤를 따랐다.

"잊지 말게. 자네는 황기단 소속일세."

고엄경이 다시 한 번 소속을 확인해 주었다.

*　　　*　　　*

"젠장!"

부친께 백동엽의 방문을 고하고 자신의 처소로 돌아온 정조휘는 역정과 함께 주먹으로 세차게 벽을 두드렸다. 승패는 병가지상사인지라 연무장에서는 의연하게 행동했지만 너무나 완벽하게 당한 패배를 쉽게 받아들일 수 없었다.

다른 사람들은 모두 최고의 무승부로 알고 떠들겠지만 자신에게는 어림 반 푼어치도 없는 말이었다.

검첨이 가슴에 닫기 한참 전에 유진룡 놈의 주먹은 자신의 천돌혈에 닿아 있었다. 그리고 한술 더 떠서 더 전진하지 못하고 있는 자신의 검첨에 슬쩍 가슴을 갖다 붙이기까지 했다.

많은 구경꾼들 앞에서 주인의 체면을 살려주려는 행위였다.

그런다고 자신마저 무승부로 눈감아 버릴 수는 없는 일이 아닌가?

하늘이 알고, 땅이 알고, 너와 내가 아는데…….

정조휘는 천돌혈을 쓰다듬었다.

유진룡의 정권에서 뻗어 나온 송곳 같은 기운의 여운이 아직도 남아 있었다.

그 힘이 조금만 더 밀고 들었다면 목에는 속절없이 구멍이 났을 것이다. 아니, 구멍이 나기 전에 목울대가 먼저 터지고 녹아내렸을 것이다.

언뜻 소름이 끼쳐 왔다.

쾅!

정조휘는 벽을 한 번 더 두드려 짙은 패배감과 함께 전신으로 찔러드는 소름을 같이 날려 버리려 했다.

"빌어먹을!"

주먹이 얼얼하도록 벽을 두드렸지만 복잡한 기분들은 쉽

게 뇌리를 떠나지 않았다.

'대체 어디서 그런 놈이 나타났을까?

싸울 땐 너무 정신이 없어서 놈의 무공이 무엇인지 가늠도 하지 못했다.

그건 지금까지도 마찬가지였다.

폭발적으로 다가왔다가 순식간에 휘돌아 나가고, 그러는가 싶었는데 손, 발, 무릎, 발꿈치…….

소낙비처럼 전신으로 날아드는 놈의 공격은 정신을 차릴 수가 없었다.

선유검법 전반부 다섯 초식만으로도 아직 누구에게도 져 본 적이 없다. 그리고 후반부 다섯 초식은 연공실에서 익히기만 했지 누군가를 상대로 펼쳐 본 적은 한 번도 없었다.

그런데 그 초식을 펼치고도 패배를 하고 말았다.

세상에는 모래알만큼 많은 기인이사들이 있다는 말이 새삼 실감났다.

놈의 그런 폭발적인 움직임도 무서웠지만 더 무서운 것은 놈의 몸에서 뻗어 나오는 내력이었다.

키가 크고 체격이 당당했으니 본신의 힘도 만만치 않겠지만 그건 그냥 힘이 아니었다.

부딪치는 것은 무엇이건 깨뜨려 버릴 만한 막강한 내력이었다.

그 내력에 제일 먼저 밀렸다.

놈의 주먹이나 손바닥에 마주친 자신의 검은 바위에 부딪친 듯 튕겨 나왔다.

찌르르 손목을 타고 드는 그 내력에 자연 주춤거려졌고 검초가 흐트러졌다. 그렇게 흐트러진 검초 사이로 파고드는 놈의 손발은 그다음으로 무서웠다.

막강하게 내력에 실린 엄청난 속도!

그 속도는 설사 온 힘으로 쏜 화살이라 해도 뚫지 못할 순간의 틈을 놓치지 않고 바람처럼 쏘아져 들었다.

그 순간 자신이 얼마나 허술하게 내력과 초식을 다졌는지 뼈저리게 절감했다.

쾅!

정조휘는 다시 벽을 두드렸다.

벽이 무너질 듯 흔들렸다.

쾅—

이번에는 벽을 두드리지도 않았는데 좀 전과 똑같은 굉음이 울렸다.

정조휘는 멍하니 고개를 돌렸다.

방문이 박살날 듯 열리며 동생 정연지의 모습이 보였다.

'내 이럴 줄 알았다니까.'

정연지는 아무것도 모른 척 방 안으로 들어왔다.

"왜, 웬일이야?"

정조휘는 온 얼굴에 드러난 패배감을 순식간에 지우고 의연히 동생을 맞았다.

'쿡!'

순식간에 돌변한 오빠의 모습에 정연지는 실소를 삼켰다.

오빠 정조휘는 언제나 이런 식이었다.

어릴 때부터 남들 앞에서는 아파도 아픈 기색을 내지 않았고 져도 실망하지 않고 악착같이, 그리고 의연하게 잘 참았다.

그러다가 자신만의 공간에 틀어박히면 누구보다 더 절실하게 그 아픔을 발산시켰다.

그런 후에는 꼭 한 단계의 발전이 있었다.

발전이 있는 것은 쌍수를 들어 환영할 일이었다.

그러나 혼자서 이렇게 자학하는 것은 바람직하지 않다. 이럴 때마다 누군가 곁에 있으면 오빠는 다시 의연해진다. 그래서 백엽동을 별채로 모셔다 드리고 부리나케 달려온 것이다.

"백 어르신은 잘 모셔다 드렸느냐?"

정연지의 의도대로 정조휘는 의연하게 질문을 던졌다.

"그럼! 안 그랬다간 신주단지가 들썩거릴 텐데."

정연지는 미소를 지었다.

"하! 하! 하! 그 노인네는… 참, 여전도 하시지. 매듭을 일곱 개나 매고 다니면서도 그럴 때는 어린애보다 더 한다니까. 하! 하! 하!"

정조휘는 책을 읽듯이 말하고 처음 무대에 선 가무단의 배우처럼 웃었다.

'푸훗!'

속으로 한 번 더 웃은 정연지는 낮은 한숨을 내쉬었다.

오빠는 그 대결에서 진 것이 분명했다.

놀라우면서도 가슴이 아팠다.

하지만 어쩌랴.

가슴 아프고, 입 밖으로 심장이 튀어나올 정도로 놀랄 일이었지만 그건 무인의 운명이었다.

그리고 이렇게 한 시진만 지나면 자학의 시간은 지나가고 성취의 시간만 남는다.

정연지는 유진룡의 모습을 떠올려 보았다.

질풍노도!

그 단어만이 머릿속에 가득했다.

"왜 왔어?"

정조휘가 불쑥 물었다.

"차 한 잔 줘!"

정연지는 시간을 끌 구실을 찾았다.

"차가… 어디 있더라……."

그새 속으로 다시 자학하고 있었던지 정조휘는 깜박 졸기라도 했던 사람처럼 허둥댔다.

"저기 있잖아!"

정연지가 목소리를 높였다.

"아 참, 그렇지! 요즘 통 안 타 마셨더니……."

정조휘는 다기를 끌어당겼다.

통 안 타먹었다는 말과 달리 찻잔에는 아직도 습기를 머금은 찻잎이 남아 있었다.

아침에 타 먹고 한 번 더 우려먹으려고 놔둔 것이리라.

"그런데 백 할아버지는 웬일로 왔을까?"

정연지는 오빠가 딴생각에 빠져들지 못하도록 계속해서 말을 걸었다.

"글쎄……. 오고 가는데 워낙 변초를 많이 날리는 노인네라… 혹시 우리 집 호원무사로 들어앉으려는 것은 아니겠지?"

정조휘는 썰렁하기 짝이 없는 농담을 던졌다. 아직도 정신적인 충격에서 못 헤어나고 있다는 말이다.

"그럼 좋겠지만 그건 죽어도 아닐 테고… 요즘 낌새가 이상한 비홍문 때문인가?"

"비홍문?"

정조휘가 비로소 딴생각을 하지 않은 얼굴로 정연지를 쳐다보았다.

"세상에서 가장 소식이 빠른 곳이 개방이니 무슨 정보를 입수했을 수도 있지. 그런 선상에서 아버지도 호원무사를 늘리는 것이잖아?"

정연지는 약간은 근심스런 눈으로 정조휘를 쳐다보았다.

"탐욕스런 놈들!"

정조휘는 눈살을 찌푸리며 비홍문에 대해 악감정을 드러냈다.

흑사련의 힘을 등에 업고 이 년 전에 인근에 자리 잡은 비홍문은 그간 온갖 방법으로 세를 불렸다.

그 세를 불린다는 것이 떳떳한 방법이 아닌, 어둠에서 자라는 독버섯 같은 업체들을 손에 넣음으로서 행해졌다.

뒷거리를 장악하고, 기루를 늘려 매춘을 일삼고, 도박판을 장악, 확장하여 순진한 사람들의 재산을 빼앗고, 고리채를 놓아 가난한 사람들의 피를 빨았다.

그런 놈들이 최근 들어 자신 가문의 사업권에까지 손을 뻗치고 있었다.

그건 아마도 흑사련이라는 배후가 있었기에 가능한 것이다.

놈들은 흑사련의 힘을 믿고 저렇게 겁없이 날뛰고 있는 것이다.

"그깐 놈들 떼로 몰려와도 걱정 없어. 이젠 호원무사들까지 늘었는데 뭘!"

정연지는 주먹을 불끈 쥐며 콧방귀를 뀌었다.

그녀의 눈에는 명문가의 자부심이 가득했다.

"만약에 말이야……"

정조휘가 조심스런 음성으로 눈을 뗐다.

"응?"

정연지가 눈을 들어 정조휘를 쳐다보았다.

"아까 그런 친구가 열 명쯤 떼로 몰려온다면 어떨 것 같니?"

정조휘의 얼굴에 잠시 사라졌던 패배감이 다시 어렸다.

"그건?"

정연지는 얼른 답을 하지 못했다.

"어쨌든 그 사람은 우리 집 호원무사가 됐잖아? 백 할아버지도 신원을 보증했고⋯⋯."

정연지는 얼른 말머리를 돌렸다.

"백 장로님도 정체를 제대로 모르고 있는 것 같았어."

정조휘의 눈에 다시 의심의 기운이 흘렀다.

"일단은 백 장로님을 믿어봐. 같이 별채로 갔으니 숙소도 같이 쓸 모양이야. 그러니 뭔가 나오겠지."

정연지는 편하게 생각하며 차를 마셨다. 반면 정조휘는 소태 끓인 물을 들이켜듯 찻물을 들이켰다.

그 시간 개방의 칠결장로 백엽동은 정가장의 장주 정학중과 차를 마시고 있었다.

"퉤, 퉤! 이놈의 차 맛은 왜 이 모양인가?"

백엽동은 인상을 쓰며 찻잔에다 찻물을 도로 뱉었다.

"왜 그러십니까, 어르신? 특별히 최상품으로 달였는

데……."

정학중은 조심스런 표정으로 자신의 찻잔을 들고 맛을 음미했다.

단 한 모금이었지만 그윽한 다향이 영혼까지 정화시켜 주는 것 같았다.

정학중은 안도의 한숨을 내쉬었다.

같은 주담자에서 따랐으니 맛은 똑같을 것이다.

"차란 말일세… 모름지기 좋은 물을 떠서, 잘 쪄서 말린 곡식과 함께 적절한 시간 동안 독에 담아 발효시킨 것이 최상품일세. 그걸 떠내는 시간에 따라 맛과 종류가 달라지는데……."

"아하! 곡차를 말씀하시는군요."

정학중이 쓴웃음을 지었다.

개방 장로 백엽동은 술이 고픈 것이다. 그런데 술 대신 차를 대접하니 생트집을 잡고 있었다.

술이야 어련히 대접하겠지만 아직은 시간이 일렀다.

"잘 아시는구만. 난 그 차를 주게. 찻잔은 되도록 크게 해서."

"시간이……."

"자넨 숨쉬는 데도 때와 장소를 가리는가?"

"아, 알겠습니다."

정학중은 얼른 시비를 불러 술상을 봐오게 했다.

술이 한 잔 들어가자 백엽동의 얼굴이 좀 펴졌다.

"그런데 소주에는 어쩐 일로……?"

정학중은 조심스럽게 물었다.

워낙 구름 같은 사람이지만 이번에는 얼굴에 뭔지 모를 어두운 기색이 엿보였다.

"왜? 내가 못 올 곳에라도 왔는가? 개방 총단에 와서 도와달라고 애걸복걸할 때가 어제 같은데 이제 좀 살 만하니 귀찮다는 말인가?"

술이 바닥나자 백엽동이 다시 생트집을 잡았다.

"아이쿠! 그럴 리가 있겠습니까? 애야, 어서 여기 술 다섯 병, 아니, 열 병 더 내오거라!"

정학중은 시비를 향해 서둘러 고함을 질렀다.

술이 다시 들어오고 백엽동이 입을 열었다.

"그동안 우리 개방에서 혈우마령대(血雨魔靈隊)의 행적을 주시하고 있었는데 그놈들이 강소성 근처에서 사라졌다는 소식이 있네."

"혈우마령대라면?"

정학중의 얼굴이 급격히 굳어졌다.

"신강 땅의 사신들이지!"

백엽동의 말대로 혈우마령대는 한 오 년 전부터 신강 땅에 나타나 피보라를 일으킨 사도의 무리들이었다.

인원은 삼십 명이었는데 우수한 종자의 몽고 마를 타고 상단을 털거나 대 부호의 집을 털고는 소리없이 사라졌다. 놈들이 나타난 곳에는 피가 비 오듯 쏟아졌고 생명이 있는 것은 쥐새끼 한 마리 남기지 않았다. 그러나 그들이 어디서 와서 어디로 사라졌는지는 아무도 몰랐다. 그야말로 혈우를 몰고 다니는 마령들이었다.

그런 놈들이 강소성 근처에까지 나타났다는 것은 놀랄 일이기 이전에 도저히 이해가 안 가는 일이었다.

"그놈들이 왜 강소성에 나타났다는 말입니까?"

정학중은 의구심 가득한 눈으로 백엽동을 바라보았다.

"그건 아직 밝혀내지 못했네. 사실 그들이 강소성으로 잠입했을지 하는 것도 정확히 확인은 하지 못했다네."

백엽동은 다시 한 병의 술을 차 한 잔 마시듯이 입속으로 털어 넣었다.

그러나 백엽동의 표정은 한층 더 어두워졌다.

정학중은 그런 백엽동의 입만 쳐다보고 있었다.

"강소성은 물산이 풍부한 곳일세. 그리고 최근 흑사련은 모래가 물을 빨아들이듯이 자금을 빨아들이고 있다네."

"그럼 놈들이 강소성을 지배하기 위해……."

"놈들이 무슨 황실이라던가? 함부로 지배를 하게……."

"그럼……."

"이건 개방의 입장도 아니고 오로지 내 개인적인 생각이네만……."

백엽통이 말끝을 흐렸다.

"들려주십시오!"

정학중이 바짝 다가앉았다. 행동은 괴상해도 백엽동의 그 혜안은 오래전부터 정평이 나 있었다.

"안주가 떨어졌지 않은가, 이 사람아!"

백엽통이 다시 트집을 잡았다.

"어서, 어서 안주 좀 더 내오너라!"

정학중은 반쯤 방 밖으로 나가서 소리를 질렀다.

다시 안주가 들어왔지만 백엽동의 표정에는 만족감 대신 그늘이 들어차 있었다.

"내 노파심으로는 놈들이 노리는 곳은 강소성 중에서도 노른자위인 소주가 아닐까 싶네."

"소주?"

정학중의 눈 사이가 좁혀졌다. 소주라면 이곳에서 지척이다.

백엽동은 잠시 말을 멈추었다.

정학중은 입맛만 다시며 앉아 있었다.

"그러려면 놈들이 이용할 수 있는 것은 비홍문이지."

"비홍문이라고 그놈들을 받아주겠습니까? 천하의 살인귀들인데."

정학중은 목소리를 높였다.

"몇 가지 우려스러운 것은… 혈우마령대가 최근 흑사련 소속으로 흡수되어 그들의 지령을 받아 움직이지 않나 하는 걸세. 어쩌면 처음부터 흑사련 소속일 수도 있고……."

"그, 그런?"

정학중이 소스라치게 놀랐다.

비홍문이 최근 급성장하긴 했지만 아직은 도둑놈 소굴일 뿐이었다.

그래서 크게 위협은 느끼지 않았다. 하지만 매사 불여튼튼이라고 호원무사를 늘이며 만반의 대비를 하고 있었다.

그런데 만에 하나 혈우마령대가 비홍문으로 스며들었다면?

그렇다면 얘기가 다르다.

혈우마령대의 인원들이 스며들어 가문의 담을 넘는다면 지금의 호원무사를 배로 늘인다고 해도 힘들 것이다.

"그럼 어떻게, 어떻게 하면 되겠습니까, 어르신?"

비로소 정학중의 표정에 다급한 기운이 어렸다.

"아직은 그놈들이 비홍문에 스며들었다는 정보는 없네. 아까도 말했다시피 이건 오로지 만에 하나를 걱정하는 내 노파심일 뿐이야. 그래서 겸사겸사 들렀네. 그런데 자네는 잘해 나가고 있구먼."

백엽동이 느긋하게 답했다.

"무슨 말씀이신지?"

정학중이 눈을 가늘게 떴다.

“자네는 그런 것을 예상하고 호원무사를 늘이고 있지 않은가?”

“그야 그렇지만… 혈우마령대라면 얘기가 다르지 않습니까? 그놈들이 달려든다면 이번에 뽑은 호원무사들로는 어림없습니다. 그러니 무슨 방도를 좀 알려주십시오, 어르신.”

이제 정학중은 애걸복걸하는 태도로 바뀌었다.

“그러기에 자식 교육을 잘 시켜야 하는 것이야.”

백엽동이 버럭 고함을 질렀다.

갑자기 터져 나온 고함에 정학중은 깜짝 놀라며 뒤로 물러나 앉았다. 그리고는 자신이 뭘 또 잘못 대접하지 않았나 하고 얼른 술상 위를 살폈다.

이젠 어지간히 마시고 먹었는지 술상 위에는 술과 안주가 많이 남아 있었다.

“쯧쯧!”

백엽동이 혀를 찼다.

정학중은 백엽동의 입만 쳐다보았다.

“아비는 그런대로 앞을 내다보며 곡식을 심는데… 자식 놈은 쭉정이만 거둬들이고 알맹이는 내치려 하니 그게 문제야.”

백엽동의 말에 정학중은 갈피를 잡지 못하고 눈만 끔벅거렸다.

“우리 휘아 놈이 무슨 실수라도 했습니까?”

뭔가 짐작한 정학중이 조심스럽게 물었다.

"실수도 큰 실수를 했지. 하지만 됐어. 내가 모두 쓸어 담아놓았으니까."

백엽동은 다시 술병을 들어 벌컥벌컥 들이켰다.

정학중은 안도의 한숨을 내쉬었다.

무슨 말을 하는지 정확히 알아들을 수는 없었지만 백엽동이 다시 쓸어 담아놓았다면 된 것이다.

지금 마주하고 있는 이 노인의 하는 행동은 도저히 종잡을 수 없지만 한때는 개방 후개의 물망에까지 오른 개방의 기재였다. 그런 사람이 뭔가 쓸어 담아놓았다면 더 이상 마음을 쓰지 않아도 된다. 어쩌면 이 노인이 이곳에 왔다는 것만으로도 천군만마를 얻은 것이나 마찬가지다.

"방을… 아니, 별채를 왕창 비워 드리겠습니다. 오랜만에 오셨으니 그곳에서 한동안 푹 쉬도록 하십시오."

정학중은 서둘러 말하며 백엽동의 의중을 살폈다.

"아예 가둬놓았다가 필요할 때 화살받이로 내몰지 그러나?"

정학중의 의도를 간파한 백엽동이 콧방귀를 뀌었다.

"아이쿠! 무슨 그런 말씀을……. 그동안 오래 못 뵈었는데 회포를 풀 기회를 주셔야지요."

정학중은 머리가 땅에 닿을 정도로 굽실거리며 잔을 권했다.

“오래 머무를 수는 없네. 나도 할 일이 많으니까.”

한 잔을 더 마신 백엽동이 자르듯 말했다.

“아이쿠! 안 됩니다.”

정학중이 과장되게 비명을 질렀다.

“애초에는 아까 내가 한 말만 전해주고 바로 떠나려고 했네. 개방의 공식적인 의견도 아닌, 내 개인적인 노파심으로 괜한 평지풍파를 일으킬 생각은 없으니까 말일세. 하지만 관심 가는 물건이 하나 있어 며칠만 더 묵도록 하겠네. 그러니 그동안 좀 지켜보도록 함세.”

“정말 감사합니다, 어르신.”

정학중은 구사일생한 표정으로 반색을 했다.

“그런데 관심 가는 물건이라시면?”

정학중은 고개를 두리번거렸다.

혹시나 백엽동이 관심을 가지는 물건이 방 안에 있지 않나 해서였다.

“백날 찾아보게, 자네 방에서 나오나.”

백엽동이 인상을 쓰며 고함을 질렀다.

“그런데 자네 내자는 어디 갔기에 코빼기도 보이지 않는가?”

백엽동은 인상을 쓰며 정학중의 부인을 찾았다.

“잠시 친정에 갔는데 조만간 돌아올 겁니다.”

“친정에는 왜? 설마 내가 온다는 말을 듣고 미리 내뺀 것은 아니겠지?"

백엽동은 또 생트집을 잡았다.

"그럴 리가 있겠습니까. 빙장 어르신의 생신이라 아이들 둘만 데리고 잠시 다니러 갔습니다. 저는 아무래도 어르신께서 오실 것 같아서 못 가고 있었습니다."

정학중이 슬쩍 농을 던졌다.

"내가 올 줄 미리 알았다면 자네는 멀쩡하게 살아 있는 장인을 죽여서라도 갔을 텐데 뭘 그러나."

백엽동은 콧방귀를 뀌었다.

第三十一章

내원(內園) 호위무사

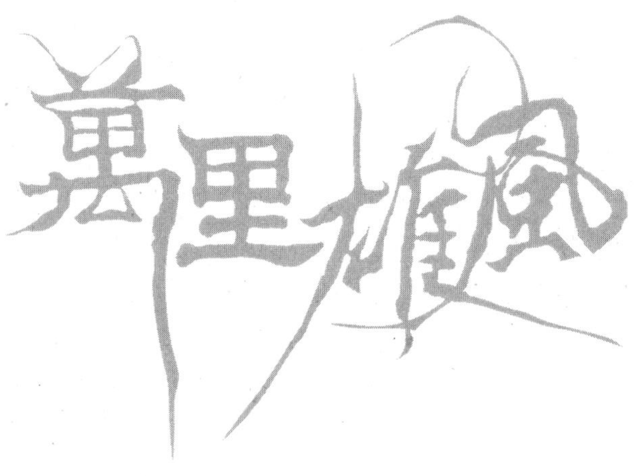

萬里雄風

"**여**기서 다시 만날 줄 몰랐어요, 늙은 형!"

별채의 한 실내에서 여장을 푼 송종보는 유진룡을 향해 들뜬 목소리를 높였다.

백엽동이 정가장 사람들에게 유진룡과 같은 거처에 묵게 해달라고 지시한 바람에 유진룡은 울며 겨자 먹기로 별채에 숙소를 정하고 송종보와 마주하게 된 것이다.

"그래, 나도 정말 뜻밖이구나."

유진룡은 송종보의 머리를 쓰다듬었다.

사부 천산마존의 물약이 효험을 드러냈는지 송종보의 얼

굴은 며칠 사이 싸움의 흔적이 씻은 듯이 사라져 있었다.

부어오르고 멍든 자국은 물론, 터진 입술 주변에도 아무런 상처의 흔적이 남아 있지 않았다.

"그런데 정말 이곳의 호원무사가 될 생각인가요?"

송종보는 총명한 눈망울로 유진룡을 빤히 바라보았다.

어린 그가 보기에도 유진룡은 이곳의 호원무사 감으로 보이지 않았다.

처음 만났을 때 산적들을 순식간에 때려눕히는 모습만 보았다면 그러려니 하겠지만 정가장의 장남 정조휘와 대결하는 모습을 직접 본 후엔 도저히 믿어지지가 않았다.

주인집 아들만큼 강한 사람이라면 빈객이나 봉공의 대접을 받아야지 호원무사의 대접을 받는 것은 많이 부당하다는 생각이 든 것이다.

"나도 먹고살아야지 어쩌겠느냐? 우선은 가진 재주로 돈을 좀 모으고 다음 일을 생각해 보련다."

유진룡은 그럴듯한 표정으로 바꾸며 답했다. 그러나 송종보는 여전히 믿지 않는 눈치였다.

"그런데 넌 여기 어쩐 일이냐?"

유진룡은 얼른 화제를 바꾸었다.

"전 그냥 사조님을 따라왔을 뿐이에요. 이곳 정가장은 대대로 개방과는 밀접한 관계가 있다고 알고 있어요. 정가장이 힘들 땐 개방이 도와주고 개방이 힘들 땐 정가장이 도와주고… 그렇게 오랜 관계를 유지해 왔나 봐요. 그래서 이곳을 지나던 사조님께서 잠시 들린 것 같아요."

송종보는 자신이 아는 대로만 조리있게 설명했다.

유진룡은 묵묵히 고개를 끄덕였다. 일부러 들렸다 한들 더 이상은 송종보 같은 꼬맹이가 알 수 있는 것이 아니었다.

노인은 자신과 같은 목적으로 왔을 수도 있고, 정말로 우연히 들른 것일 수도 있었다.

어쨌든 처음 만났을 때 궁금증만 남겨주고 떠난 노인을 다시 만난 것은 잘된 것 같았다. 자신의 무공에 대한 궁금증과 함께 다른 소식들도 물어볼 수 있을 것 같았다.

'그런데 뭐 하나 쉽게 가르쳐 줄 노인 같지가 않은 게 문제로다.'

유진룡은 쓴웃음을 지었다.

자신이 노인에게 뭔가 궁금증이 있어 조바심을 드러내면 노인은 얼씨구나 하고 껍질을 벗기려고 달려들 것 같았다. 그건 안 봐도 뻔했다.

'말려들면 계속 피곤할 테고… 스스로 나가떨어지도록 해야겠군!'

피식 미소를 흘린 유진룡은 송종보와 몇 마디 더 나누다가 침상에 벌렁 드러누웠다.

송종보도 긴 여정이 피곤한지 더 이상 말을 하지 않고 침상에 누웠다.

"어린놈들이 늙은이가 돌아오기도 전에 자리를 깔고 누웠단 말이냐?"

피로가 조금 풀리려는 순간 문이 벌컥 열리며 백엽동이 고함을 지르며 방으로 들어왔다.

깜박 잠이 들었던 송종보도 벌떡 일어나 황망한 표정으로 허둥거렸다.

팔베개를 하고 있던 유진룡은 슬쩍 상체만 일으킨 후 백엽동을 쳐다보았다.

백발이 성성한 노인 앞에서 예의가 아닌 줄은 알지만 노인의 심기를 한 번 긁어볼 심산이었다.

"어허! 이놈이?"

"피곤하실 텐데 노인장도 좀 쉬시지요?"

유진룡은 백엽동의 고함에도 아랑곳 않고 입으로 인사만 한 번 차린 후 다시 드러누웠다.

백엽동은 기가 막히는지 더 이상 고함을 지르지 않고 혀만 몇 번 찬 뒤 자신의 침상에 주저앉았다.

"아이고! 허리야, 다리야! 사지육신 성한 데가 한군데도 없구나! 늙어가니 몸이 하루하루가 다르구나."

침상에 앉자마자 백엽동은 죽는시늉을 했다.

송종보가 얼른 다가가 백엽동의 어깨와 다리를 주물었다.

유진룡은 백엽동을 향해 등을 보이고 돌아누우며 슬쩍 코를 골았다.

"네놈은 나 때문에 이 집에서 쫓겨나지도 않았고, 별채에
따로 거처까지 얻었으면서 고맙다는 말도 않느냐?"

송종보는 안마에도 불구하고 계속해서 끙끙 앓던 백엽동
이 유진룡의 등을 향해 버럭 고함을 질렀다.

자신의 방으로 들어서자마자 유진룡이 얼른 달려들어 처
음 만났을 때 남겨둔 궁금증인 백호십이수가 왜 무한십이수
로 불리는지부터 물을 줄 알았는데 유진룡은 까맣게 잊어버
렸는지 일언반구도 하지 않으니 오히려 조바심이 난 것이다.

"예? 뭐라고 하셨습니까?"

유진룡은 눈을 비비며 돌아누웠다.

"이런 망할 놈을 보았나?"

백엽동이 눈을 부라렸다. 그리고는 방금 했던 말을 반복했
다.

"아! 그건 정말 고맙습니다. 하마터면 어렵게 잡은 밥줄을
놓칠 뻔했으니까요."

유진룡은 여전히 입으로만 고마움을 표했다.

"그리고 이곳에 거처를 잡은 것은 오히려 불편합니다. 합
격을 시켜준 심사관 말이 제가 황기단 소속이라 했으니 내일
부터는 그곳에 머무를까 합니다. 아무래도 그것이 서로 편할
것 같아서……."

유진룡은 다시 등을 돌리고 누웠다.

속으로는 백엽동의 의도대로 백호십이수의 유래와, 무림

의 정세, 더 나아가서 철사홍과 주애청의 소식에 관해서도 묻고 싶었지만 오늘만 날이 아니었다. 그리고 안달나는 모습을 보이면 계속해서 끌려 다닐 것이 분명했다.

"커험!"

유진룡의 반응이 자신의 의도를 완전히 벗어나자 백엽동은 신경질적인 기침을 토하고는 침상에 벌렁 드러누웠다.

정가장의 넓은 장원에 어둠이 내렸다. 그러나 호원무사를 모두 모집한 정가장은 대낮만큼이나 부산했다.

갑자기 늘어난 무사들의 숙소나 식사를 준비하는 정가장 사람들, 그리고 아직은 이곳 생활에 적응이 안 된 새로운 무사들의 불규칙한 움직임들이 흡사 시장통 같은 분위기를 자아내고 있었다.

별채에 자리 잡아 그런 혼잡함에서 동떨어져 있었기에 저녁때까지 침상에 드러누워 휴식을 취하던 유진룡은 시비들이 가져온 저녁을 먹은 후 뒷간에 가는 척하며 슬쩍 별채를 빠져나왔다. 그리고는 곧장 새로 뽑힌 호원무사들이 있는 곳으로 걸음을 옮겼다.

그곳에는 아직도 식사가 한창이었다.

며칠이 지나면 체계적으로 움직이며 조별로 순서를 정해 있는 듯 없는 듯 식사를 하겠지만 아직까지는 시장 터 같은 모습이었다.

‘내가 이곳에서 뭘 해야 한단 말인가?’

유진룡은 호원무사들 숙소 건물로 다가가며 이곳에 가면 자신이 할 일이 있을 것이라는 육마종의 말을 되새겼다.

‘대체 그것이 무엇일까?’

한 가지 짐작이 가능한 것은 소향상회와 공생 관계에 있는 정가장에 위험이 닥쳐서 그걸 막아주는 일이 있을 수 있었다.

그러나 정가장은 너무 컸다.

이미 있던 호원무사들 숫자도 만만치 않은 데다가 사흘 동안 새로운 호원무사들을 뽑았다.

그렇게 많은 무사들을 거느린 곳으로 함부로 쳐들어올 세력은 없을 것 같았다.

‘그렇다면 또 다른 할 일은 무얼까?’

유진룡은 열심히 생각을 정리해 나갔다.

소향상회에서처럼 내부에 첩자가 있을 수도 있었고 정조휘의 우려대로 새로 모집한 사람들 중에 위험 요소가 있을 수 있었다.

그 망할 놈은 자신을 가장 위험한 인간으로 몰아붙였지만…….

정조휘를 떠올린 유진룡은 자신도 모르게 쓴 입맛을 다셨다.

“어?”

누군가 외마디 음성을 터뜨렸다.

상념에 잠긴 채 걸음을 옮기던 유진룡은 문득 시선을 돌렸다.

자기 오빠 정조휘와 함께 장부 몇 권을 들고 빠르게 걸어오던 정연지가 걸음을 멈춘 채 빤히 유진룡을 쳐다보았다.

그녀를 따라 정조휘도 같이 걸음을 멈추었다.

'젠장!'

똑같은 걸음을 멈춘 유진룡은 이 난감한 상황을 어떻게 대처해야 할지 얼른 생각이 떠오르지 않았다.

자신을 의심하는 저놈이 숙소에서 몰래 빠져나온 이유를 묻는다면 어떻게 갖다 붙여야 할지 난감했다.

"여긴 어쩐 일이신가요?"

그런 질문을 던져 온 사람은 정연지였다.

그녀는 유진룡과 정조휘 사이의 어색한 분위기를 한발 앞서 짐작하고 먼저 나선 것이다. 천방지축의 자기 오빠보다 훨씬 낫다는 생각이 들었다.

"내가 속한 황기단이 어딘지 찾아보려고……."

유진룡은 생각나는 대로 둘러댔다.

"숙소는 특별히 별채로 정해주지 않았소?"

정조휘가 여전히 일망의 의심을 지우지 않고 나섰다.

"냄새가 심해서… 귀도 아프고……."

유진룡은 슬쩍 인상을 쓰며 답했다.

냄새 같은 건 별로 신경 쓰이지 않았다.

자신 역시 뒷골목 출신이니 한때는 비슷한 냄새를 풍기고 다녔을 것이다. 그리고 동굴 속에서 수련을 하며 목욕도 않고 지냈으니 그때는 백엽동보다 더 했다고 볼 수 있었다.

노인의 고함 소리 또한 자신이 먼저 무시해 버려 오늘 저녁은 별로 시끄럽지 않았지만 지금 상황에선 그게 최선의 대답 같았다.

"푸후후!"

정연지가 십분 이해가 간다는 표정으로 웃음을 터뜨렸다.

정조휘도 그 점에 대해서는 가타부타 토를 달지 않았다.

"내일부터는 황기단 사람들과 같은 처소를 쓰게 해주시오."

유진룡은 내친김이라는 듯 말했다.

"그건 내 소관이 아니고……."

"그럼, 누구 소관이오?"

"그건 백 할아버지께서 아버지께 특별히 부탁하신 것이니 불편하셔도 그렇게 좀 해주십사고 부탁드릴게요. 안 그랬다간 우리 아버님이 하루 종일 시달릴 테고 온 집 안이 시끄러워 진답니다."

정연지가 여전히 웃음을 머금은 얼굴로 말했다.

유진룡은 인상을 찌푸렸다.

"부탁이에요."

정연지가 고개까지 숙였다.

유진룡은 입맛을 다셨다. 하지만 계속 별채에 있는 것도 그리 나쁘지는 않았다.

끝까지 이곳에서 호원무사로 있을 참이라면 혼자만 특별대우를 받는 것이 여러모로 문제가 많을 것이지만 시한부 가짜 호원무사인 자신은 그걸 신경 쓸 필요가 없었다. 또한 만일의 경우 무슨 일이 있으면 본채에 가까운 이곳이 나았다.

"어쩔 수 없군요."

유진룡은 마지못해 고개를 끄덕이는 모습을 보였다.

"그럼 장원 안을 한 바퀴 돌아보기라도 하겠습니다. 너무 넓어 혼자 동떨어져 생활하다가 길 잃기 십상일 것 같으니까요."

유진룡은 멈췄던 걸음을 다시 옮겼다.

"그럼 산책 잘 하세요."

뭔가 불만이 있는지 머뭇거리는 정조휘를 정연지가 세차게 잡아끌며 사라졌다.

"아까는 체면을 살려주어서 고마웠소. 그리고 형장은 절대로 호원무사 감이 아니니 조만간 좋은 친구가 될 듯도 하오. 난 나를 꺾은 사람을 좋아하니까 말이오."

정조휘의 전음이 유진룡의 귓전에 맴돌았다.

'꽉 막힌 샌님은 아니군.'

유진룡은 빙긋 미소를 지었다.

두 사람과 헤어진 유진룡은 호원무사들 숙소 건물 문을 열고 들어섰다.

많은 시선들이 유진룡의 얼굴에 꽂혔다.

낮에 정조휘와 대결하는 유진룡을 잘 보았기에 그들의 눈에는 본능적인 경계심과 억눌린 호승심이 흘러나왔다.

정조휘와 싸워 비겼건 말건 자신들과 같이 행동했으면 그런 기운이 덜할 것인데 합격 판정을 받자마자 별채로 거처가 마련되고 따로 행동하게 되었기 때문에 은근한 반감마저 드러내고 있었다.

그러거나 말거나 유진룡은 건물 안으로 계속 걸음을 옮겼다.

그러면서 빠르게 새로 들어온 호원무사들의 행색을 살폈다.

특별히 의심가는 자들은 눈에 뜨이지 않았다.

물론, 이들 중에 누군가 유진룡 자신에게 할 일을 부여할 사람이 있다면 그렇게 허술하지도 않을 것이고 그런 사람이 이들 중에 꼭 있다는 보장도 없었다.

어쨌든 한 번 둘러볼 필요는 있었다.

"여긴 어쩐 일인가?"

등 뒤에서 굵직한 목소리가 들렸다.

비무장에서의 심사관이자 황기단 단주인 고엄경이었다.

"제 소속이 황기단이라 하셨기에 찾아왔습니다."

유진룡은 가볍게 고개를 숙인 후 답했다.

"하하!"

고엄경이 호쾌한 웃음을 터뜨렸다.

"왜? 그 노인네가 못살게 굴던가?"

더 이상 웃음소리는 내지 않았지만 고엄경의 얼굴은 더 짙은 웃음을 머금었다.

"그렇… 습니다."

유진룡도 씨익 웃으며 답했다.

"하하하!"

고엄경은 다시 웃음을 터뜨렸다. 그리고 고개를 저었다.

"자넨 이젠 황기단 소속이 아니네."

"그럼?"

유진료은 눈살을 찌푸렸다.

"그 노인의 지시로 내원 호위무사가 되었네."

"내원 호위무사?"

"왜 그런 것 있지 않나, 근위병이나 친위대 같은 것 말일세."

"사가에 그런 것도 있습니까?"

"유일하게 우리 정가장에 있다네. 그것도 방금 새로 생겼다네."

'크으!'

유진룡은 쓴 신음을 삼켰다.

백엽동의 집요한 수작으로 자신은 결국 별채에서 지낼 수밖에 없는 처지가 되었다.

어쩌면 그 노인은 자신의 의도를 읽고 있는지도 몰랐다. 아니면, 정반대로 정조휘와 같은 의심을 품고 노인 자신 곁에서 옴짝달싹 못하도록 묶어놓으려 하는지도…….

"어쨌든 산책이나 좀 하겠습니다. 자주 못 볼 사람들 얼굴도 익힐 겸……."

"그건 꼭 필요하겠군. 다른 사람들은 모두 자네를 기억하겠지만 자네는 그들을 모두 기억 못할 테니 당분간은 이곳에 자주 와서 얼굴들을 익히게. 오늘은 내가 안내하지."

고엄경은 백엽동의 지시를 받았는지 어쨌는지 유진룡을 직접 안내하며 호원무사들의 숙소는 물론이고 장원의 구석구석까지 돌아보게 해주었다.

덕분에 유진룡은 다른 무사들의 질시에 찬 눈초리를 피하며 그들의 면면을 자세히 살필 수 있었고 장가장의 구석구석까지 파악할 수 있었다.

얼굴들은 대략 익혔지만 별다른 점은 찾지 못했다.

'오늘은 이 정도로 만족해야겠군.'

유진룡은 밤이 깊어서야 숙소로 돌아왔다.

끈질기게 무슨 수작을 부린 백엽동은 자고 있었고 송종보만이 유진룡을 반갑게 맞았다.

다음날도 똑같은 일이 반복되었다.

낮에는 별채에서 하는 일 없이 낮잠을 자며 빈둥거렸고 저

녁때쯤에는 어슬렁거리며 장원 주변을 산책했다,

달라진 것이 있다면 유진룡이 조바심을 드러내지 않고 백엽동에게 아무것도 묻지 않자 백엽동이 오히려 조바심 나는 눈치를 보인 것뿐이었다.

하지만 유진룡은 계속해서 백엽동에게는 관심을 끊고 송종보 하고만 어울렸다.

'그러나 이용할 건 최대한 이용해야겠지?'

산책을 하고 돌아온 유진룡은 송종보를 시켜 심심할 때 읽을 수 있는 책을 빌려오게 했다.

송종보가 본채로 가서 다섯 권의 책을 빌려왔다.

기담집이나 시시한 남녀상열지사 등의 내용이었다.

그 내용에는 관심이 없었다.

관심이 있는 것은 따로 있었다.

유진룡은 도천극의 옥패에 새겨진 그림을 그린 종이를 슬쩍 책 속에 넣고는 송종보가 보게 했다.

"이게 뭔가요, 사조님?"

기특하게도 송종보는 그 그림에 관심을 가지고 백엽동에게 보여주며 물었다.

유진룡은 백엽동의 얼굴을 한순간도 놓치지 않고 주시했다. 그런데 그 그림을 본 백엽동의 고개만 흔들 뿐, 별다른 반응을 보이지 않았다.

사부의 말대로 쉽게 정체를 알아낼 그림이 아닌 모양이

었다.

개방의 오결, 아니, 이젠 제대로 알게 된 신분인 칠결장로가 모르는 것이라면 대부분 모를 것이었다.

유진룡은 나중에 슬쩍 그 그림을 다시 회수했다.

이젠 자신의 무공이 왜 무한십이수라고 불리는지와 주애청, 철사홍의 소식만 백엽동으로부터 알아내게 되면 이곳에서 며칠 허송세월하는 것이 아깝지 않을 것 같았다.

자신의 무공이 왜 무한십이수라고도 불리고 청룡, 현무십이수라고도 불리는지 하는 것은 뜻밖으로 송종보를 통해 알게 되었다.

백엽동이 정가장의 장주 정학중을 만나러 가고 둘만 남게 되자 송종보는 뭔가 생각난 듯 얼른 다가와 사조에게서 들은 무한십이수의 유래에 대해 유진룡에게 소상하게 설명을 해주었다.

타고난 총명함에다 조리있는 말솜씨까지 갖춘 송종보의 설명에 유진룡은 연신 고개를 끄덕였다.

"그러니까 백호십이수를 제대로 익히려면 근 일 갑자에 가까운 내력부터 익힌 상태에서 초식 수련을 해야 한다는 말이지?"

유진룡은 송종보를 쳐다보며 재삼 확인했다. 아직 꼬맹이라 혹시 곡해라고 한 것이 아닌지 의심스러웠던 것이다.

"분명히 그렇게 들었어요. 워낙 도덕경을 읽는 것 같은 설

명이라 좀 어렵긴 했지만 무한십이수의 유래와 특징은 그런
것이었어요."
　송종보는 자신감이 서린 목소리로 말했다.
　유진룡은 잠시 말문을 닫고 생각에 잠겼다.
　아직 어린 꼬맹이지만 이 녀석은 무척이나 총명했다. 녀석
의 설명은 좀 부족한 점은 있을지 몰라도 내용을 완전히 다른
식으로 해석해서 잘못 전한 것 같지는 않았다.
　조리있는 설명과 제법 깊이가 있는 해석까지 곁들인 녀석
의 설명은 절로 수긍이 가게 했다.
　자신 역시 처음 백호십이수를 접할 때는 너무 쉬울 것 같아
쾌재를 외쳤다. 그러나 물방울이 떨어지기 전에 변초까지 하
나하나 익혀갈 때는 세상에 이렇게 어려운 무공도 없을 것 같
다는 생각이 들었다.
　초식의 동작과 무리(武理)에 어려운 점은 없었다. 돌고 돌
아 평범해진 상태에서 만들어진 무공이라는 송종보의 설명대
로 누구나 배울 수 있을 정도로 쉬웠다. 그러나 그것을 제대
로 펼치기 위한 수련은 발광을 하도록 어려웠다.
　바위를 짊어지고 세혈 곳곳에 꽂힌 은침을 의념으로 튕겨
낸 후, 그때마다 약초술을 마시며 내력과 힘을 다지지 않았다
면 절대로 불가능한 수련이었다.
　그리고 그 수련을 끝낸 지금은 웬만한 검초들은 거북이 움
직임처럼 느려 보였고, 아직까지는 어떤 현란한 초식도 자신

의 눈을 벗어나지 못했다.

'그게 무한십이수이고 백호십이수란 말이지?'

유진룡은 왠지 모를 뿌듯함이 전신을 감싸는 느낌이 들었다.

사부는 스스로의 능력으로 가르칠 수 있는 최적이자 최고인 무공을 자신에게 가르친 것 같았다.

자신의 내력이 벌써 일 갑자가 되었는지 그렇지 못한지는 알지 못하지만 사부가 시킨 그 무지막지한 수련이 이제는 완벽히 이해가 되었다.

"그런데 형은 벌써 일 갑자의 내력을 얻은 것인가요?"

송종보는 조심스런 표정으로 유진룡을 쳐다보았다.

유진룡이 익힌 무한십이수가 그냥 처음의 평범한 수준인지, 아니면, 극한을 뛰어넘어 다시 평범해진 수준인지 궁금한 것이다.

"내 나이 이제 겨우 스물을 넘었을까말까 한데 무슨 일 갑자냐? 그냥 체조 수준보다 조금 더 나은 수준으로 익힌 것뿐이다."

유진룡은 싱긋 웃으며 송종보의 머리를 쓰다듬었다.

이로써 개방 장로 백엽동에게서 알고 싶은 것 두 가지는 해결되었다.

도천극의 옥패는 백엽동도 몰랐고 무한십이수의 유래는 완벽에 가까이 알았다.

남은 것은 유해청과 철사홍의 소식이었다.

그들의 소식을 아는 것은 백엽동에겐 아주 쉬울 것이다.

온 세상에 거미줄처럼 퍼져 있는 개방의 정보망을 이용하면 하루가 지나기도 전에 알 수도 있을 것이다.

하지만 유진룡에겐 그것이 오히려 제일 조심스러웠다.

백엽동에게 그들 두 사람의 소식을 묻는 순간 백엽동은 그들과 천산마존의 관계를 떠올리고 금방 천산마존과 자신의 관계도 의심할 것이다. 무한십이수는 이 세상에 천산마존만이 제대로 가르칠 수 있는 무공이기에 더욱 그럴 것이다.

'그건 다른 방법으로 알아봐야 되겠군.'

속으로 중얼거린 유진룡은 벌떡 일어섰다.

"나 좀 나갔다 올 테니 네 사조님이 오시면 그렇게 전해라."

"어딜 가는데요? 바람 쐬러 가는 것이라면 같이 가요."

송종보가 떼를 쓰며 매달렸다. 녀석도 하는 일 없이 이틀이나 방구석에 처박혀 있으려니 좀이 쑤신 모양이었다.

"옛 정인을 만나러 가는데 따라가겠단 말이냐?"

유진룡이 그렇게 말하며 눈살을 찌푸리자 송종보는 의심스런 눈초리로 몇 번을 쳐다보다가는 도로 주저앉았다.

송종보를 떼어놓은 유진룡은 바람처럼 정문을 나섰다.

정문을 지키던 정가장의 호원무사들은 내원 호위무사라는 급조된 유진룡의 신분을 주지하고 있는지 아무런 제지를 하지 않았다.

가볍게 눈인사를 한 유진룡은 순식간에 정가장에서 멀어졌다.

"은자 오십 냥을 쳐주겠네."

활인(活人)약초상의 주인 모건추(毛乾推)는 애써 목소리를 심드렁하게 꾸미며 가격을 제시했다.

한눈에 보아도 백 년은 족히 묵은 산삼이었다. 이것을 오십 냥에 사들일 수만 있다면 몇 곱의 장사를 할 수가 있는 것이다.

피식!

모건추의 대답에 유진룡은 한줄기 웃음만 흘리고는 아무런 말도 없이 산삼을 도로 가슴에 넣고 등을 돌렸다.

솔직히 이 산삼의 가격이 얼마나 나갈지 유진룡 자신도 모른다. 그리고 은자 오십 냥이라면 큰돈일 수도 있었다.

하지만 약초상 주인의 눈빛이 마음에 들지 않았다. 이런 부류의 인간은 사기꾼기질이 농후하다. 그래서 흥정조차 하지 않고 등을 돌린 것이다. 그건 말도 안 되는 소리 하지 말라는 가장 효과적인 의사 표현이었다.

"백 냥, 백 냥 줌세!"

순식간에 곱으로 가격을 올린 모건추가 다급하게 소리쳤다.

유진룡은 여전히 대꾸를 않고 문 손잡이를 잡았다.

"백오십 냥! 그 이상은 안 되네."

모건추가 다시 절충안을 제시했다.

유진룡은 잠시 걸음을 멈추었다가 문을 열었다.

"이백 냥! 그 이상은 때려죽인다 해도 줄 수가 없네."

모건추는 오만상을 다 쓰며 입맛을 다시고 있었다. 이젠 처음 생각했던 것 같은 막대한 이익은 포기해야 하는 것이다.

"한 가지 조건만 더 충족시켜 주면 그 가격에 팔겠소."

유진룡도 절충안을 제시했다.

"그게 뭔가?"

모건추의 얼굴이 더 찌푸려졌다. 더 이상 지불하면 그야말로 남는 게 얼마 없는 것이다.

"혹시 이 근처에서 돈을 받고 정보를 구해주는 곳이 어딘지 아시오?"

유진룡의 질문을 들은 모건추의 얼굴이 활짝 펴졌다. 다른 조건이라는 것이 돈에 관계된 것이 아니고, 또 그 조건은 그럭저럭 충족시킬 자신이 있었기 때문이다.

"요 앞 관도를 따라 반 시진 정도 왼쪽으로 가면 은영루(銀影樓)라는 곳이 나오네. 그곳 주인에게 물어보면 될 걸세."

그렇게 모건추는 산삼을 은자 이백 냥에 사들였다.

"이마에 피도 안 마른 놈이 찔러도 피 한 방울 안 나오겠구먼!"

유진룡이 사라진 문 쪽을 향해 모건추는 악평을 퍼부었다.

은자 이백 냥짜리 전표를 가슴에 넣은 유진룡은 몇 끼를 굶어도 배가 안 고플 것 같은 기분에 콧노래를 흥얼거리며 은영루를 향해 걸음을 옮겼다.

처음 산삼을 봤을 때의 짐작대로 그것은 같은 무게의 금덩이보다 몇 배는 더 가치가 있었다.

아직 세 뿌리가 더 남았으니 철사홍과 주애청을 찾을 때까지 돈 걱정은 안 해도 될 것 같았다. 모두 사부의 철저한 배려 덕분이었다.

'관도라 경공을 펼치기는 좀 그렇군.'

유진룡은 걸음을 좀 빨리했다.

어느덧 정가장을 나온 지 제법 시간이 된 것이다.

다른 호원무사들처럼 자신이 소속에 묶여 있지 않다고 해도 무작정 늦을 수는 없었다. 얼마나 이곳에 머무를지 몰랐지만 있는 그날까지는 호원무사로서의 최소한의 의무는 해야 하는 것이다.

모건추가 예측한 반 시진보다 훨씬 짧은 시간에 은영루에 도착한 유진룡은 점소이를 통해 주인을 부른 후 주인에게 여기온 이유를 설명했다.

주인의 눈이 유진룡의 전신을 꼼꼼히 훑었다. 혹시, 관원 나부랭이가 아닌가 하며 살피는 것이다.

유진룡은 조금 전에 손에 넣은 이백 냥짜리 전표를 슬쩍 꺼내 보였다가 도로 집어넣었다.

은영루 주인의 눈빛이 조금 달라졌다.

"은자 한 냥!"

주인이 손가락 한 개를 들어보였다.

"아직 의뢰도 받지 않았잖소?"

유진룡은 뚱한 표정으로 말했다.

"은자 한 냥을 주면 진짜로 그런 일은 하는 곳에 데려다 주겠단 말일세."

이곳은 유진룡이 원한 곳이 아니라 그곳으로 가기 위한 연결 고리였다.

눈살을 찌푸린 유진룡은 은자 한 냥을 주인의 손에 올려놓았다.

주인이 또 반 시진 정도 떨어진 곳에 있는 한곳을 가르쳐주었다. 그곳은 영화전장(榮華錢莊)이라는 작은 전장이었는데 돈을 빌려주는 전장의 업무와 함께 전당포의 역할도 같이 하고 있었다.

"따라오게."

짤막한 한마디와 함께 전장의 주인은 이층의 한 실내로 유진룡을 이끌었다.

이층의 실내에 들어선 주인은 벽 쪽에 달린 줄을 잡아당겼다.

우우웅—

기관음과 함께 벽이 뒤로 물러나고 실내에는 또 하나의 빈 공간이 나타났다.

유진룡은 주인을 따라 그곳으로 들어갔다.

"누구의 소개로 왔는가?"

밀실의 탁자에 앉은 주인은 그것부터 물었다.

유진룡은 활인약초상의 이름을 대려다가 고개를 흔들었다.

"어떻게 하다 보니 이곳까지 줄이 닿게 되었소. 그런데 그것을 꼭 알아야 하는 것이오?"

"알아야겠네."

주인이 완고하게 답했다.

"그럼 다른 곳으로 가보겠소."

"그걸 말해주는 것이 그리 어렵나?"

주인이 다시 물었다.

"혹시, 그 사람들에게 피해가 가게 할 수는 없으니까."

유진룡의 대답에 주인의 표정이 약간 바뀌었다.

"좋아! 거래를 하지."

주인이 미소를 지었다. 그리고 덧붙였다.

"요즈음은 입이 싼 놈들이 많다네. 그런 놈들과는 진정한 거래를 할 수가 없지. 자넨 요즘 놈들과 좀 다른 것 같으니 우리의 진정한 능력이 어떤 것인지 보여주겠네. 그래, 뭘 알고 싶나?"

전장 주인은 탁자 위에 있는 장부를 펼쳤다.

"사람을 좀 찾고 싶소."

"그건 제일 어려운데. 이름이 나 있는 사람인가?"

"경우에 따라 제법 유명한 사람이라고 알고 있소."

"그럼 좀 낫겠군. 이름이 뭔가?"

전장 주인은 뭘 적는지 장부 위에 열심히 붓을 움직이며 물었다.

"철사홍이라고 하는데. 별호는……."

"추풍신검 철사홍 말인가?"

철사홍의 별호는 전장 주인의 입에서 먼저 튀어나왔다.

"아는 인물이오?"

유진룡은 목소리를 약간 높였다.

"이름 정도야 알고 있지. 무림 서열 오십위 안에 드는 인물이니까."

전장 주인은 이번에도 열심히 뭔가를 적었다.

이제 겨우 찾을 사람 이름 하나 말했는데 뭘 그리 열심히 적는지 궁금한 유진룡은 장부를 쳐다보았다.

장부에는 이상한 그림들만 가득해서 그것으로는 알아볼 수가 없었다.

"잠시만 기다리게. 견적을 뽑아야 하니……."

붓을 놓은 주인은 장부를 들고 몸을 일으켰다.

그냥 사람 하나 찾는 의뢰에 무슨 절차가 이렇게 복잡한지 이해가 가지 않은 유진룡은 주인의 움직임을 하나도 놓치지 않고 살폈다.

장부를 들고 벽 쪽으로 다가간 주인은 그곳에서 다시 줄 하나를 잡아당겼다.

벽에서 사람 머리 하나 들어갈 만한 구멍이 생기고 주인은 장부를 그곳으로 밀어 넣었다.

누군가 안에 있는 모양이었다.

잠시 후, 구멍 속에서 장부가 도로 나왔다.

"총 금액은 은자 백 냥이고 선수금으로 오십 냥을 내게."

전장 주인은 장부를 유심히 쳐다보며 말했다. 그곳에는 여전히 이상한 기호가 가득 쓰여 있었다.

"생판 모르는 사람도 아니고, 제법 이름이 나 있는 사람의 소재를 찾는데 뭐가 그리 비쌉니까?"

유진룡은 눈살을 찌푸리며 말했다.

전장 주인은 장부를 들척였다.

"소재만 찾는다면 쉽지. 하지만 이 사람은 소재가 불분명해. 한곳에 머무르지 않고 떠돌아다니고 있어서 그렇지. 그리고 이 사람 주변에서는 벌써 제법 많은 인명 피해가 있었네. 접근하기 무척 위험한 사람이란 말이지. 그런 사람은 소재가 아니라 행적을 파악하고 예측해야 하네. 그러려면 몇 개의 조직을 한꺼번에 움직여야 하네."

전장 주인은 장부에서 눈을 떼지 않고 말했다.

유진룡은 잠시 안광을 빛냈다.

지금까지의 이상하고 미덥지 않은 행동들과는 달리, 방금 철사홍에 대한 설명은 무척 신빙성이 있었다.

사부와 자신의 짐작대로 철사홍은 사부를 찾아 떠돌아다닐 것이고 도천극이 그를 감시하고 있다면 주변에는 위험이 따르고 있을 것이다. 그들 감시자를 철사홍이 몇 명 죽여 버렸을지도 모르니 인명 피해가 벌써 제법 있었다는 말도 신빙성이 있었다.

그러나 그보다 더 큰 수확은 아직 철사홍과 주애청이 도천극의 손에 잡히지 않았다는 사실이다. 이 사람들은 그런 것을 기본 정보로 이미 확보하고 있는 것 같았다.

유진룡은 처음에는 전혀 미덥지 않은 이 조직을 다시 이용할 것 같다는 예감이 들었다.

"의뢰를 할 테면 선수금을 내게!"

전장 주인이 딱딱한 어조로 말했다.

유진룡은 아까 받았던 은자 이백 냥짜리 전표를 내밀었다. 전표를 건네받은 주인은 그것을 벽 속의 작은 구멍에 다시 들이밀었다.

잠시 후, 그것은 장부처럼 도로 튀어나왔다.

"진짜라는군. 그럼 백오십 냥은 거슬러 주지."

"백 냥은 전표로, 오십 냥은 은자로 주시오."

전장 주인은 그 자리에서 은자 오십 냥과 백 냥짜리 전표

한 장을 꺼내주었다.

"언제 다시 오면 되겠습니까?"

은자나 전표를 챙긴 유진룡은 의뢰 성사 일을 물었다.

"닷새 후에 다시 오게."

'닷새?'

유진룡은 잠시 생각에 잠겼다.

자신이 이곳에 닷새나 더 있게 될지 그렇지 않을지 예측할 수가 없었다.

"혹시 다른 곳에서도 받을 수 있습니까?"

"예를 들면?"

"항주에… 간다면?"

"그곳 지부에도 한 부 보내놓겠네."

주인은 고개를 끄덕였다.

"그런데 일이 생겨 당분간 그곳에도 못 간다면 어떻게 됩니까?"

"일 년 동안 정보는 유치하고 있네. 하지만 그때는 행적이 전혀 다른 곳으로 변해 버려 쓸모가 없을 걸세."

"그때는 차라리 안 찾는 게 낫겠군요. 그러면 잔금이라도 굳을 테니까요."

"그건 우리 나름대로 받아내는 방법이 있다네."

전장 주인이 의미심장한 미소를 피워 올렸다.

그 미소를 본 유진룡은 부쩍 호기심이 일었다.

“어떻게 말이오? 나에 대해서 아는 것이 없을 텐데?”

“그때는 잘 알게 되네.”

전장 주인의 미소가 더욱 짙어졌다.

그 미소는 왠지 신뢰감이 들었다.

“그럼 닷새 후에 다시 오도록 하겠소.”

“잘 가게. 언젠가 자네는 우리 전장 역사상 최고 금액의 고객이 될 것 같다는 예감이 드는군.”

주인은 다시 한 번 짙은 미소를 지었다.

第三十二章

혈투(血鬪)

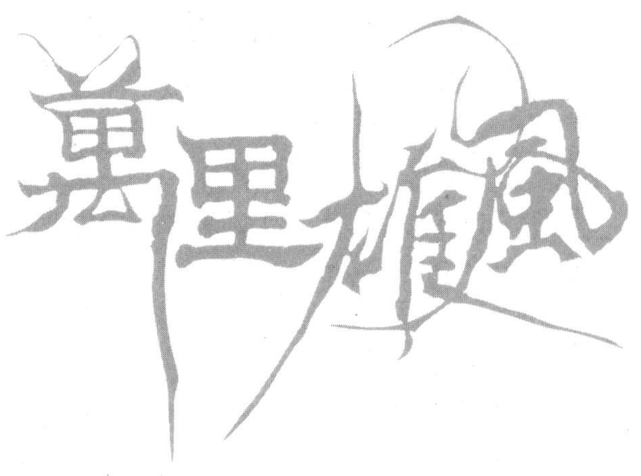

“**뚝**배기보다 장맛이라더니…….”

전장을 나온 유진룡은 고개를 갸웃거리며 전장 간판을 쳐다보았다.

낡고 허름해서 뭐 하나 제대로 할 수 있을까 싶었다. 그리고 처음에는 그런 생각이 들어맞는 것도 같았다.

그런데 은자 이백 냥짜리 전표를 쉽게 바꿔주었고, 철사홍과 주애청이 아직 도천극의 손에 잡히지 않았다는 것도 부수적으로 알려주었다.

“도천극의 옥패에 있는 그림도 알아볼 걸 그랬나.”

유진룡은 문득 이곳이라면 그것도 알 수 있지 않을까 하는 생각을 해보았다.

"그것은 나중 일이고 우선은 정가장으로 돌아가자."

은자 오십 냥의 현찰이 든 가슴을 두드린 유진룡은 여유있게 걸음을 옮겼다.

골목 하나를 돌아 나온 유진룡은 흠칫 걸음을 멈추고 벽 구석 쪽으로 몸을 숨겼다.

저 앞쪽으로 정가장의 호원무사 복장을 한 사내들의 모습이 보였다.

열 명 정도 되어보였는데 한눈에 보아도 이번에 새로 들어온 사람들이 아니라 기존에 있던 무사들이었다.

그들의 복장은 새로 들어온 사람들과 약간 달랐다.

새로 들어온 사람들은 모두 갈색의 용 문양이 가슴과 등에 새겨져 있는 반면, 몇 년 된 사람들은 푸른색이었다.

유진룡은 고개만 빼내어 그들의 모습을 살폈다.

그들과 정면으로 마주친다고 해서 크게 문제될 건 없었지만 백엽동의 이상한 배려로 인해 자신은 정가장 무사 복장도 하지 않았고 업무 시간에 이렇게 마음대로 돌아다니기까지 하는 것이다.

저들이 그런 자신을 보고 절대로 기분 좋을 리 없었다.

무사들 앞에서 걸어가는 누군가를 발견한 유진룡은 고개를 조금 더 빼보았다.

처음에는 무사들에 가려져서 보이지 않았는데 모습이 드

러난 사람은 정조휘의 동생 정연지였다.

정가장의 무사들은 정연지를 호위하며 이곳까지 온 모양이었다.

왜 그녀가 이곳까지 왔는지는 모르겠지만 꽤 많은 호위를 거느리고 왔다는 생각이 들었다.

'설마 날 잡으러 온 것은 아니겠지?'

속으로 객쩍은 농담을 하며 제 갈 길을 가려던 유진룡은 동굴 속의 이끼 냄새처럼 밀려오는 한줄기 음습한 기운에 다시 골목 구석으로 몸을 숨겼다.

아주 희미하지만 사냥감을 쫓는 맹수의 몸에서나 풍길 듯한 은밀한 긴장감의 기운은 골목 한쪽에서 계속 풍겨 나오고 있었다.

그런 기운은 아무나 풍길 수 있는 것이 아니었다.

정가장 호위무사들 정도는 풍기려 해도 풍길 수 없고, 느끼려 해도 느낄 수 없는 기운이었다.

유진룡은 구석 쪽으로 몸을 더 밀착시킨 채 그 기운에 계속해서 신경을 집중했다.

한참 동안 움직임이 없던 기운이 미세하게 요동했다.

잠시 후 한 명의 사내가 골목 끝에서 모습을 드러냈다.

그 옆으로 두 명의 사내도 더 나타났다.

나타나자마자 그들은 빠르게, 그러면서도 아주 은밀하게 반대쪽 골목을 가로질렀다.

구석에서 몸을 빼낸 유진룡은 그들이 사라진 방향을 주시했다.

그들은 정가장 호원무사들을 뒤따르고 있었다. 그것은 곧 정연지를 뒤따른다는 말이기도 했다.

'뭔가 있군!'

안광을 빛낸 유진룡은 발끝으로 슬쩍 땅을 찍었다.

유진룡의 신형이 미세한 바람 소리조차 떨쳐 버리며 담장 위로 날아올랐다.

'미치겠네, 정말!'

정연지는 뒤에서 줄줄이 따라오는 호원무사들이 부담스러워 연신 인상을 쓰며 종종걸음을 쳤다.

외가에 가셨다가 돌아오는 어머니를 마중 가는 길이었기에 여러 명의 호위무사들을 대동하는 것은 이상한 일이 아닐지 몰랐지만 방년에 이른 처녀 뒤에 늑대 같은 남자들이 열 명이나 줄줄 따라오는 모습은 거북하기 짝이 없었다.

타다닥!

정연지는 자신도 모르게 걸음을 더 빨리했다. 그러자 호위무사들의 걸음도 빨라졌다.

정연지는 다시 인상을 쓰며 걸음을 늦추었다.

까닥하다가는 무사들이 자신을 잡으러 오는 장면을 연출할 것 같았다.

실제로도 관도 이곳저곳에서 그런 의심의 눈초리들이 느껴졌다.

"좀 멀찍이서 따라와요!"

결국 고개를 돌린 정연지가 고함을 질렀다.

"안 됩니다! 장주님께서 각별히 조심하라고 하셨습니다."

흑기단의 일급 호위 허사군(許仕君)이 완고한 목소리로 답했다.

정연지는 다시 인상을 썼다.

이곳은 정가장보다 비홍문에 가까운 지역이었다. 그러니 최근 들어 신경이 예민해진 아버지는 그런 명령을 내린 것이리라.

"내 한 몸은 스스로도 지킬 수 있어요!"

정연지는 다시 목소리를 높였다.

"저희는 명령받은 대로 움직입니다. 그리고 오늘은 장주님의 특명을 받았습니다."

허사군은 아까와 똑같은 자세로 말을 받았다.

아미를 잔뜩 찌푸리며 한숨을 내쉰 정연지는 할 수 없다는 듯 다시 걸음을 옮겼다. 그 뒤를 허사군이 꼬리를 밟을 듯이 바짝 따랐다.

'미쳐!'

역정을 삼킨 정연지는 눈을 빛냈다.

이럴 바에야 경공을 펼치는 것이 나았다.

　대로변에서 다 큰 여자가 경중경중 허공을 건너뛰는 것이 그리 보기 좋은 모습은 아니겠지만 사내들이 차고 있는 검에 엉덩이를 찔릴 듯이 바짝 붙어 걸어가는 것보다는 나을 것 같았다.

　휘익―

　정연지는 돌발적으로 땅을 박찼다.

　“아가씨!”

　갑작스런 정연지의 움직임에 놀란 허사군도 경공을 펼쳤다.

　‘저기다!’

　한참 동안 경공을 펼치던 정연지는 속으로 환호성을 지르며 속도를 더욱 높였다.

　관도를 한참 벗어나 인적이 드문 산모퉁이 쪽에 정가장의 마차와 마차를 따르는 여러 필의 말이 가물거리며 보였다.

　아직 더 달려야겠지만 반가웠다.

　“어머니!”

　들리지 않을 게 뻔히 알면서도 정연지는 고함을 지르며 한층 더 세차게 땅을 박찼다.

　‘좋지 않다.’

　멀찍이서 세 명의 사내들을 은밀히 따르며 유진룡은 속으로 경호성을 토했다.

놈들의 경공이 예상외로 만만치 않았다.

그리고 도중에 두 명이 더 늘었다. 다른 곳에서 주위를 살피고 있던 놈들이 합류한 것이다.

놈들은 간격을 두고 가며 쉴새없이 주변을 감시했다.

아직 자신의 미행은 감지되지 않았지만 이런 식으로 좀 더 가면 미행조차 불가능할 것 같았다.

어느 순간 놈들이 경공을 펼쳤다.

유진룡도 빠르게 놈들을 따랐다.

'최종 목적지가 저곳인가?

저 멀리 정가장의 마차가 보이고 그곳으로 정연지가 곧장 달려가고 있었다.

놈들은 그 뒤를 따랐다.

그렇다면 이젠 놈들의 뒤를 따라갈 필요가 없이 곧바로 마차로 달려가면 되었다.

다행스런 점은 놈들이 중간에 정연지 일행을 공격하지 않았다. 아마도 인적이 드문 곳에서 한꺼번에 공격할 모양이었다.

그런 면에 있어서 마차가 있는 저곳은 최적의 장소였다.

유진룡은 방향을 틀어 숲 속을 향해 몸을 날렸다.

숲 속에서, 그리고 장애물이 있는 곳에서 유진룡의 경공은 훨씬 더 탁월한 능력을 발휘했다.

휙!

한참을 달려가던 유진룡은 신경을 곤두세웠다.

앞에서 매복의 낌새가 느껴진 것이다.

순간, 한 명의 인영이 튀어나왔다. 마차를 덮치기 위해 매복하고 있던 놈이 분명했다.

휘익—

유진룡은 돌기둥 사이를 휘돌아 나가듯이 아름드리 나무 사이로 몸을 틀었다.

달려나오던 사내도 방향을 틀었다.

그러나 유진룡의 신형은 어느새 처음의 방향으로 되돌아와 있었다.

팟!

짧은 단속음과 함께 목표를 놓치고 나무둥치 반대쪽으로 다시 몸을 틀려던 놈의 관자놀이에 유진룡의 주먹이 꽂혔다.

비명도 지르지 못한 사내의 코에서 두 줄기 굵은 핏물이 흘러내렸다.

사내가 쓰러지자 더 많은 놈들이 튀어나왔다.

"너희들은 저쪽으로! 그리고 너희들은 마차를 덮친다."

한 사내가 수신호와 함께 단호한 고함을 질렀다.

휘익—

휙!

사내들이 분분히 몸을 날렸다.

정연지 일행의 뒤를 밟으며 정가장 쪽의 사정을 살피던 놈들과는 한참 아래인 무위의 놈들이었다. 그들 중, 다섯 명은 유진룡에게로, 나머지 수십 명은 산모퉁이로 날아갔다.

급한 마음에 유진룡은 자신에게로 날아 내리는 놈들보다 더 빠르게 치고 올라갔다.

파앗—

제일 앞쪽에서 달려오던 놈이 달려 내려오는 속도 그대로 섬전처럼 검을 휘둘렀다.

파앗!

직선으로 치고 올라가던 유진룡의 신형이 수풀 속으로 주저앉으며 순간적으로 사라졌다.

"헉!"

눈앞에서 깜박 사라졌다가 바로 옆에서 솟아오른 유진룡을 본 사내가 비명을 터뜨렸다.

위익—

사내의 옆구리로 유진룡의 무릎이 날아들었다.

팍!

거의 동시에 사내의 어깨에도 유진룡의 팔꿈치가 내려 꽂혔다.

사내가 빨랫줄에서 떨어진 젖은 면포처럼 바닥에 꼬꾸라졌다.

"죽어!"

다시 한 사내의 넓은 도가 허공을 갈랐다.

폭이 넓고 도신이 두터운 파산도(破山刀)였다.

그 무거운 도에 실린 기세가 만만치 않아 사람의 허리 정도는 단번에 두 동강 낼 것 같았다.

유진룡은 신속히 몸을 틀었다.

휘이잉—

사내가 뿌린 도가 애꿎은 허공을 찢었다.

파파팡!

도의 궤적이 다 완성되기도 전에 도신에서 기이한 음향이 터졌다.

도를 거두어들인 사내의 눈이 크게 뜨여졌다.

두터운 도신에 세 개의 구멍이 선명하게 뚫려 있었고, 그곳으로부터 균열이 일어나며 도가 세 토막으로 분리되며 바닥에 떨어졌다.

사내의 도는 이제 주방의 식칼처럼 변해 버렸다.

퍼억—

이번에는 제법 큰 파육음이 터져 나왔다.

"우아악!"

큰 고함과 함께 식칼을 든 사내가 유진룡의 발바닥에 가슴을 채이며 튕기듯 날아갔다.

유진룡의 이번 공격은 한 점에 힘을 실은 발경(發經)의 공격이 아니라 발바닥 전체를 사용한 다분히 밀치는 공격이었다. 그래서 사내는 단번에 피를 토하며 쓰러지지 않았지만 세차게 날아가 동료의 진로를 가로막았다.

"웃!"

"어엇!"

포탄처럼 날아오는 동료를 보며 경사지를 달려 내리던 사
내 세 명이 급히 방향을 틀었다.

파앗—

땅을 박찬 유진룡의 신형이 절벽 중간의 동굴을 향해 도약
하는 백호처럼 허공으로 솟구쳤다.

휘익—

휙—

사내들이 급급히 검을 휘둘렀다. 그러나 유진룡의 신형은
어느새 사내들의 머리를 뛰어넘어 경사면 위에 서 있었다.

"불리한 지형지물 속에서 싸우는 것은 체질에 안 맞아
서……."

빙긋 웃은 유진룡은 겨우 등을 돌리는 사내 세 명을 한꺼번
에 덮쳐들었다.

아래쪽에서 위로 치고 올라 올 때도 믿을 수 없게 빨랐지만
위에서 뛰어내리니 그 기세만으로도 날아갈 것 같았다.

"피, 피해!"

사내 한 명이 고함을 질렀다.

검을 휘두르기엔 너무 늦었다. 아니, 유진룡이 너무 빨랐
다. 그러니 피할 수밖에 없었다.

퍼퍼퍽!

사내들의 가슴과 어깨, 복부에서 동시에 파육음이 터져 나왔다.

"크윽!"

"큭!"

외마디 비명과 함께 세 명의 사내들 입에서는 처음의 사내와 똑같은 굵은 선혈이 터져 나왔다.

죽지는 않을 것이지만 한참은 자리보전을 할 수밖에 없을 사내들이 비탈을 굴러 내려갔다.

"이것이 육마종이 말한 내 할 일인가?"

쓰러진 사내들을 한 번 쳐다본 유진룡은 산허리 반대편을 쳐다보았다. 어둠이 깔리는 산 아래에서는 고함 소리와 함께 도검이 부딪치는 소리가 날카롭게 들려오고 있었다.

"어서, 어서, 이리 들어오너라!"

정가장의 안주인 주지화(周智樺)는 마차 밖으로 고개를 내민 이녀 정연미(丁淵美)와 이남 정조영(丁朝影)을 향해 고함을 질렀다.

절벽 위에서 뛰어내린 괴한들의 손에 순식간에 두 명의 호위들이 피를 뿌리며 쓰러졌다.

마차를 수행하는 호위들은 모두 정가장의 일급 무사들이었다. 그런 그들이 단번에 쓰러진다는 것은 괴한들의 무위가 그만큼 강하다는 말이다.

'비홍문 놈들인가?'

주지화는 날카로운 눈매로 주렴 밖을 살폈다.

옷으로 봐서는 비홍문의 졸개들인지 아닌지 구별할 수 없었다. 그러나 그들 말고는 이런 짓을 벌일 놈들이 없었다. 그리고 이곳은 정가장보다 비홍문이 더 가까운 곳이다.

'대체 이놈들이 뭘 믿고……'

놀란 눈을 한 둘째 아들과 둘째 딸을 양팔로 끌어안으며 주지화는 분노를 억눌렀다.

놈들은 최근 급속히 세를 불려 나갔지만 이렇게 대범하게 정가장을 쳐 올 줄은 몰랐다.

'좀 더 신중했어야 했다.'

주지화는 입술을 깨물었다.

놈들의 세력 확장을 좀 더 눈여겨보고 호위무사들 또한 좀 더 많이 대동했어야 했는데 평소대로 행차를 한 것이 후회가 되었다.

"크윽―"

다시 한 명의 호위가 쓰러졌다.

주지화는 만약을 위해 공력을 끌어올렸다.

호위들이 모두 쓰러질 상황이면 자신도 나서야 했다.

"어머니!"

아들과 딸을 양팔로 껴안고 있던 주지화는 천만 뜻밖으로 들려오는 장녀 정연지의 고함 소리에 얼른 주렴을 걷었다.

"연지야!"

주지화는 마주쳐 고함을 질렀다.

정연지의 뒤에는 열 명의 호위들이 함께 몸을 날려오고 있었다.

그건 정말 눈이 번쩍 뜨일 일이었다.

그런데 그 뒤로 다섯 명의 사내들이 그들을 쫓고 있었다. 그들의 신법은 한눈에 보아도 절벽 위에서 나타난 놈들보다 훨씬 고수였다.

'안 돼!'

주지화는 속으로 비명을 터뜨렸다.

저들 다섯이 자신의 짐작만큼 고수라면 딸은 도움이 되는 것이 아니라 오히려 위험 속에 같이 내몰리는 것이다.

"너희들은 절대 밖으로 나오지 말아라!"

아들과 딸에게 고함을 지른 주지화는 서둘러 주렴을 걷었다.

조금 더 늦는다면 호위들이 모두 쓰러질 것 같았다. 그러면 혼자서 남은 놈들을 상대하게 되는 상황에 처한다.

"연지야, 어서!"

주지화는 고함을 질렀다.

다행히 뒤에서 쫓는 놈들에 잡히지 않고 딸은 열 명의 호위들과 함께 마차 앞까지 달려왔다.

주지화는 검을 휘둘렀다.

까앙—

호원무사와 검을 섞고 있던 사내가 신속히 검을 들어 올렸다.

'으음!'

마주친 검에서 전해오는 힘에 주지화는 신음을 삼켰다.

이 정도면 상상보다 고수였다.

'이놈들은 비홍문의 정예다.'

주지화는 순간적으로 그런 판단을 했다.

놈들의 세력 확장에 정가장에서도 대비를 하고 있었지만 놈들은 훨씬 더 많은 준비와 함께 정가장을 무너뜨릴 계획까지 세우고 있는 모양이었다.

"어머니!"

정연지가 얼른 주지화 옆에 섰다.

잠시 싸움이 멈춰졌다.

정연지의 뒤를 쫓아온 다섯 사내들을 보고 괴한들이 공세를 늦춘 때문이었다.

"정가장 쪽에서는 눈치 채지 못하고, 더 이상 지원도 없다. 그러나 마음 놓을 수는 없는 일, 신속히 처리하고 끌고 간다."

중년인 하나가 냉혹한 음성으로 지시를 내렸다.

그 말과 함께 다섯 명의 사내들은 주변으로 넓게 둘러서며 포위망을 형성했다.

주지화는 언뜻 절망감을 느꼈다.

뒤에 나타난 놈들은 아예 싸움에 관여하지도 않으려 하고 있었다. 그만큼 상황을 자신하고 있다는 말이었고, 처음의 예상대로 절벽 위에서 나타난 놈들보다 고수라는 말이었다.

"쳐라!"

고함과 함께 다시 난전이 펼쳐졌다.

"넌 어서 마차 안으로 들어가거라!"

주지화는 정연지를 향해 다급하게 말했다.

"나도 싸우겠어요. 이럴 때를 위해 무공을 익힌 것이니까요."

단호하게 말한 정연지는 검을 들어 올렸다.

"크흑!"

단말마의 비명과 함께 다시 한 명의 호원무사가 쓰러졌다.

붉은 피가 바닥에 낭자하게 흐르는 것으로 봐서 치명상을 입은 것 같았다.

"하앗!"

정연지가 이성을 상실한 듯 검을 휘둘렀다.

"연지야!"

주지화도 고함을 지르며 앞으로 쏘아졌다.

'납치할 계획이군.'

신형을 날려 절벽 끝에 선 유진룡은 빠르게 상황을 파악

했다.

놈들은 호원무사들에게는 가차없이 공격을 하면서도 주지화와 정연지에게는 살수를 펼치지 않는 것이 그런 속셈을 가진 것이 분명해 보였다.

불행 중 다행이었지만 희생자가 더 늘기 전에 뛰어들어야 했다.

'우선 주특기부터 한 방!'

유진룡은 절벽 끝에 있는 바위 하나를 들어 올렸다.

휘익—

바위가 공깃돌처럼 날아갔다.

이윽고!

퍼엉—

거다란 굉음과 함께 싸움터 한복판에서 흙먼지가 터져 올랐다.

"피, 피해!"

땅에 구덩이를 만든 바위가 계속 굴러오자 피아를 막론한 사내들이 분분히 몸을 날렸다.

휘익—

바위로 인해 넓어진 공간 속으로 유진룡은 몸을 날렸다.

모두들 망연한 눈으로 유진룡을 쳐다보았다.

"당신?"

정연지를 호위하고 왔던 허사군이 제일 먼저 유진룡을 알아보고 입을 커다랗게 벌렸다.

"당신?"

뒤이어 정연지도 똑같이 입을 벌렸다.

두 사람을 한 번씩 쳐다본 유진룡은 주변을 포위한 다섯 사내들에게로 시선을 돌렸다.

진짜 고수들은 저들이었다. 그래서 혹시 모를 사태에 대비해 정가장 쪽을 경계하고 있다가 정연지를 따라온 것이다. 만약 정가장이 사전에 눈치를 채고 무사들을 동원했다면 저들 다섯이 정가장 무사들을 막으려 했을 것이다.

여전히 그들은 주변을 포위한 채 서 있었다.

"마차 곁으로 물러서시오!"

유진룡은 정연지를 향해 말했다.

정연지가 머뭇거리며 눈치를 보았다. 오빠 정조휘와 동수, 아니, 이긴 것이 분명하니 실력은 믿을 수밖에 없겠지만 아직까지 정체도 모르는 사람이다. 그리고 놈들의 숫자가 너무 많았다.

"나도 싸우겠어요."

정연지가 고개를 흔들었다.

"그럼 되도록 저들은 피하시오."

고개를 끄덕인 유진룡은 외곽을 포위한 다섯 사내들을 가리켰다.

정연지는 대답을 하지 않고 그들을 노려보기만 했다.

유진룡은 천천히 앞으로 나섰다.

"누구더냐, 저 청년은?"

주지화가 정연지에게 질문을 던졌다.

정연지 일행과 비슷하게 나타났지만 정가장 호원무사 복장이 아니었다. 아울러 저만한 바윗덩이를 집어 던질 정도면 호원무사로 있을 사람이 아님이 분명했다.

"며칠 전에… 호원… 아니, 백 할아버지와 같이 왔어요."

정연지는 어머니를 안심시키기 위해 백엽동의 존재를 들먹였다.

"백 장로님께서 오셨단 말이냐?"

예상대로 주지화의 눈에 큰 안도감이 흘렀다.

"별채에 묶고 계세요. 이럴 줄 알았으면 무조건 같이 왔을 텐데……."

정연지는 입술을 깨물었다.

'개방도는 아닌 것 같은데……?'

주지화는 유진룡의 모습을 유심히 살피며 속으로 말했다.

허리에 새끼줄도 없었고, 옷도 개방 특유의 복장인 오의가 아니었다.

어쨌든 다행이었다.

개방의 칠결장로와 같이 다니는 청년이라면 그만큼 안심이 되었다.

주지화는 다시 바윗덩이로 시선을 돌렸다.

"너희들은 마차와 부인을 근접 호위한다."

잠시 동안의 대치로 안정을 되찾자 이곳 호원무사들 중 수장격인 하준평(河埈平)이 고함을 질렀다.

"누구 맘대로!"

괴한들 사이에서도 한마디 고함이 터져 나오며 다시 난전이 펼쳐졌다.

'우선 저놈들부터…….'

유진룡은 빠르게 앞으로 쏘아졌다.

뱀을 잡을 때는 머리부터 잘라야 한다.

그럼 몸통과 꼬리는 힘을 쓰지 못한다.

집단전도 마찬가지다.

수장격인 놈들이 쓰러지면 동요가 일어나고, 사기가 꺾여 본연의 힘을 제대로 발휘하지 못한다.

파앗―

"막아라!"

쏘아져 오는 유진룡을 향해 다섯 사내들 앞에 서 있던 사내가 쾌속하게 검을 휘둘렀다.

그에 한발 앞서 유진룡의 신형이 사내의 옆으로 휘돌아 스쳐 지나갔다.

사내는 급히 검의 방향을 바꾸었다.

그런데 검이 만근처럼 무거웠다. 그것도 모자라 속절없이 아래로 떨어져 내렸다.

"크윽!"

뒤늦게 비명을 터뜨린 사내가 무릎을 끓었다.

허리 어림에서 바늘이 찌른 것 같은 작은 통증이 순식간에 온 내부를 뒤흔들며 창자를 녹여 내리는 것 같았다.

"큭!"

다시 똑같은 비명이 흘렀다.

또 한 명의 사내가 바닥으로 무너지며 먹은 것을 모두 게워 냈다.

음식물의 끝에서 핏줄기가 쏟아졌다.

퍼퍼펑—

이번에는 유진룡의 신형이 수십 개로 늘어난 것 같았다. 그와 함께 사방에서 날아들던 여러 개의 검이 한꺼번에 허공으로 떠올랐다.

대호의 돌격 같은 기세에 마주친 검이 바위를 두드린 듯 팅겨 오른 것이다.

"하앗!"

처음으로 기합성을 지른 유진룡의 몸이 목표로 한 다섯 사내들 한복판에서 용권풍처럼 회전했다.

그건 빠름을 넘어서 환상적인 몸놀림이었다.

어디서 시작해서 어디로 끝나는지 모를 공격이 연속으로 이어졌고, 그 각각의 공격은 톱니바퀴가 돌아가듯 정교하면서도 바람처럼 자유로웠다.

단 한 동작처럼 이어진 타격술!

검술에 비교한다면 그것은 열 명도 넘는 사내들이 한꺼번에 펼치는 검진 같았다.

파파팟—

단속적인 격타음이 터져 나오며 막힘없이 휘돌던 유진룡의 신형이 우뚝 멈추었다.

다섯 명의 사내들이 멍하니 유진룡을 쳐다보았다.

"크으윽!"

뒤이어 처절한 비명이 터져 나오며 다섯 명의 사내들이 동시에 앞으로 꼬꾸라졌다.

그들의 입과 코에서는 어김없이 선혈이 터져 나오고 있었다.

외상에 앞서 깊은 내상을 입었다는 말이었다.

그건 훨씬 심각하고 훨씬 위협적이었다.

"이, 이런!"

자신들 중에서 가장 고수라고 할 수 있는 사람들 다섯 명이 한꺼번에 쓰러지자 절벽에서 뛰어내린 괴한들의 관심이 모두 유진룡에게 집중되었다.

유진룡은 천천히 시선을 돌리며 다음 상대를 찾았다.

유진룡의 시선에 마주친 사내들이 움찔 신형을 떨었다.

쓰러진 다섯 명들 외에는 모두들 비슷한 수준이었다.

그들은 정가장의 호원무사들이 그럭저럭 상대할 수 있을 것 같았다.

이제 문제는 외곽을 포위하고 있는 또 다른 다섯 명의 사내들이었다.

그들은 산에 매복해 있다가 나타난 사내들보다 한참은 더 고수들이었다.

그러나 그들은 여전히 미동도 않고 외곽만 포위한 채 서 있었다.

유진룡의 존재를 인정하지 않는 것도 같았고 남은 사람들을 믿는 것도 같았다.

'아직은 숫자가 더 많다 이건가? 아니면 다른 믿는 구석이 있거나……'

유진룡은 여전히 그들 다섯 사내들에 대한 신경을 늦추지 않으면서 다른 사내들의 동태를 살폈다.

그 순간 한 사내가 손을 들어 올렸다. 그리고는 간단한 수신호를 했다.

그 신호에 따라 절벽을 뛰어내린 괴한들이 가로 뛰고, 세로 뛰며 복잡하게 움직였다.

간단한 수신호에 비하면 너무 복잡한 움직임이었다.

'진세(陣勢)?'

유진룡은 그들이 검진을 형성한다는 것을 알아차렸다.

第三十三章

혈우마령대(血雨魔靈隊)

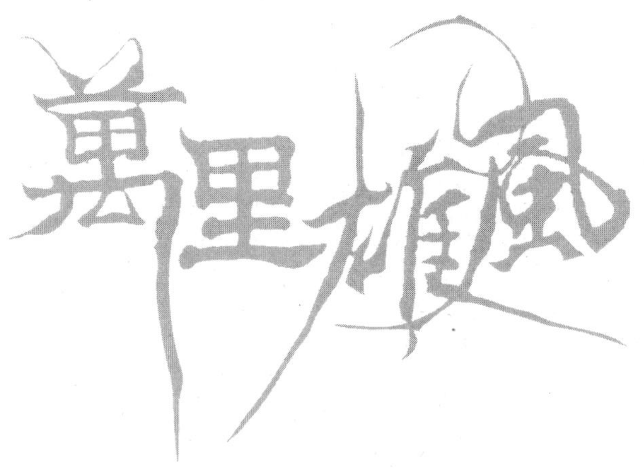

강호에 대해서는 문외한이나 마찬가지고, 실전 경험도 이제 겨우 며칠뿐이었지만 소림의 백팔나한진이나 회산의 이십사수매화검진, 무당의 구궁검진 등의 말은 익히 들어보았다.

사내들의 움직임은 분명 검진을 구성하고 있었다.

"저들에 대응할 만한 검진이 있습니까?"

유진룡은 아까 전체를 향해 명령을 내렸던 하준평에게 물었다.

"그런 게 있으면 호원무사나 하겠나?"

하준평이 고개를 흔들었다.

"검진은 완성되기 전에 깨부수면 그 효력을 발휘하지 못해요."

주지화가 빠르게 말했다.

"그렇습니까?"

유진룡은 고개를 끄덕이며 깨부술 곳을 찾았다.

"소협이 저곳을 두들겨 부숴준다면 난 저곳을 그럭저럭 부술 수 있을 것 같군요."

검을 들어 올린 주지화는 유진룡이 부숴야 할 곳을 가리키며 말했다.

그녀는 이 검진을 꿰뚫어 보고 취약한 연결 고리를 찾은 것이다.

"괜찮으시겠습니까?"

유진룡이 걱정스레 물었다.

"이래 봬도 정가장의 안주인이랍니다."

주지화가 빠르게 답했다.

어느새 괴한들의 검진이 완성되어 가고 있었다. 이제 조금만 더 지나면 엄중한 검진이 발동될 것이었다.

파앗―

유진룡은 발끝으로 땅을 박찼다.

"모두들 그 자리에 있어요. 나를 도우려 하는 것은 곧 나를 파멸로 이끄는 결과를 초래해요."

휘익―

고함을 지른 주지화도 몸을 날렸다.

파파팡—

유진룡이 부딪친 곳에서 먼저 폭음이 터져 나왔다.

"크윽!"

한줄기 비명성이 들리며 완성되어 가던 검진이 출렁 흔들림을 보였다.

"하앗!"

주지화도 기합성과 함께 검진의 다른 한쪽으로 쾌속하게 검초를 뿌렸다.

그녀의 검에서 푸르스름한 검기가 피어올랐다.

'대단한 여협이군!'

속으로 중얼거린 유진룡은 다시 벽호십이수를 펼쳤다.

한 명이 쓰러지자 바가지로 떠낸 시냇물이 도로 메워지듯 다른 한 명이 순식간에 그 자리를 메우고 있었다.

검진의 특징은 그것이었다.

발동되기 전에는 최대한 수비식을 펼치며 진세를 짜 나가지만 일단 발동하고 나면 사정없이 휘몰아친다.

그러기 전에 부숴야 하는 것이다.

파파파팡—

유진룡은 도로 메워진 물줄기를 향해 연속으로 백호십이수의 공격을 퍼부었다.

"큭!"

또 한 명의 사내가 쓰러졌다.

그곳으로 신속히 다른 사내가 자리를 메우려 했다.

유진룡은 몸을 빼내 다른 곳으로 이동하는 두 놈을 향해 한꺼번에 연속 공격을 퍼부었다.

본능적으로 그곳의 틈이 더 넓다는 것을 느낀 때문이었다.

"큭!"

"크윽!"

이번에는 두 줄기의 비명이 한꺼번에 터져 나왔다.

"큭!"

주지화의 검기에 공격당한 사내 하나도 비명을 지르며 피를 뿌렸다.

"파진!"

수신호를 내렸던 사내 종무도(宗撫到)는 수염을 부르르 떨며 고함을 질렀다.

이제 겨우 수련을 끝낸 검진이라 진세를 완전히 구축하는 데 시간이 너무 걸렸다. 그래서 오히려 희생자만 냈다.

"망할 계집!"

종무도는 주지화를 잡아먹을 듯이 노려보았다.

주지화가 검진을 꿰뚫어 보지 못했다면, 아직 수련은 부족했지만 진세를 구출할 수가 있었을 것이다. 그렇게 검진이 발동되면 개개인의 능력보다 몇 배는 강한 힘을 발휘할 수 있었다.

하지만 이젠 모든 것이 무위를 돌아갔다. 이젠 수고스럽게도 자신들이 나서야 했다.

"정말 수고했어요."

검진의 또 다른 연결 고리를 끊어버리고 순식간에 제자리로 돌아온 주지화가 유진룡에게 찬사를 보냈다.

"좋은 경험을 했습니다. 부인께서 검진을 꿰뚫어 본 덕에 깨부순 것 같습니다."

유진룡이 미소를 지었다.

"소협의 능력이라면 어느 곳이라도 부술 수 있었겠지요."

주지화도 고개를 흔들었다.

이젠 놈들에게 있어 검진은 무의미하다.

일단은 안도의 한숨을 내쉴 수 있었지만 가슴 한 켠에 서늘한 한기가 스치고 지나갔다.

깨부수긴 했지만 비홍문에서 검진까지 익히고 있을 줄은 꿈에도 생각지 못했다.

놈들은 생각보다 훨씬 위험한 존재로 성장한 것이다.

이곳에서 무사히 빠져나간다면 놈들에 대한 대응을 백팔십도로 달리해야 할 것이라는 생각이 들었다.

'그런데 과연 이곳에서 무사히 벗어날 수가 있을까?

주지화는 아직도 외곽에서 움직이지 않고 있는 다섯 사내를 쳐다보았다.

그들 개개인은 자신의 아래가 아니었다.

한 명을 자신이 상대한다면 다른 네 명은?

절망감 한줄기가 가슴을 훑는 것을 느낀 주지화는 긴 호흡을 들이마시며 유진룡을 쳐다보았다.

자신이 가르쳐 준 연결 고리를 깨부수고 순식간에 연결 고리의 이동점까지 찾아내어 깨부수는 능력으로 봐서는 가능할지도 몰랐다.

그렇게 위로하며 싸워 나가야 조금이라도 승산이 더 높을 것 같았다.

"한꺼번에 쳐라!"

종무도가 다시 지시를 내렸다.

휘익—

획!

사내들이 분분히 날아들었다. 그들 뒤로 종무도를 위시한 사내 네 명도 빠르게 조여오고 있었다.

유진룡은 단전 깊숙한 곳에서 내력을 끌어올렸다.

뒤에서 다가오는 놈들이 가세하면 모두 위험하다.

이젠 살수를 펼치더라도 순식간에 놈들을 처치할 생각이었다.

지금까지는 중한 내상을 입혔지만 죽지는 않을 정도였다. 하지만 이제 어쩔 수 없었다.

열두 개의 돌기둥에 구멍을 내듯이 치고 나갈 생각이었다. 그럼 산 사람보다 죽는 사람이 많을 것이다.

"마차 곁에 있으십시오."

짤막하게 외친 유진룡은 사냥감을 덮치는 대호의 기세로 앞으로 치고 나갔다.

휘익—

휘익—

사내들의 검이 분분히 떨어져 내렸다.

따다다당—

귀를 찢는 쇳소리가 연속으로 들렸다.

떨어져 내리던 검이 튀어 오르며 그 사이로 유진룡의 신형이 바람처럼 스며들었다.

후두둑!

튀어 올랐던 검들이 바닥으로 떨어져 내렸다.

검이 동강나서 그렇게 된 것이 아니었다.

검을 든 사내들의 근육과 혈맥이 동강나서 더 이상 검을 들고 있을 수 없었기 때문이었다.

휘이잉—

유진룡의 신형이 다시 노도처럼 쏘아졌다.

후두두둑!

근 열 개의 검이 우박처럼 다시 바닥에 떨어졌다.

뒤이어 검을 놓친 검수들이 짚단처럼 무너졌다.

유진룡의 눈빛이 차갑게 빛났다.

소주는 동생들이 살아가고 꿈을 이룰 터전이었다.

그곳을 위협하는 무리들이라면 모조리 휩쓸어 수장시킬 수도 있었다.

대악인!

이름 앞에 그런 수식어가 수십 개씩 달라붙는다고 해도 상관없다.

그 심판은 차후에 달게 받을 것이다.

지켜주어야 할 사람들을 모두 지켜준 후에!

"하아앗!"

기합성을 터뜨린 유진룡의 신형이 허공으로 솟아올랐다.

그리고는 순식간에 아래로 떨어져 내렸다.

백호십이수의 다섯 번째 형인 대호멸랑(大虎滅狼)이었다.

한 마리 대호가 승냥이 떼를 덮쳐 가듯 유진룡의 신형은 온 허공을 가득 메우며 사내들을 덮쳐 갔다.

"하아앗!"

사내들이 기합성을 지르며 일제히 도검을 휘둘렀다.

쌔애액!

시퍼런 예기를 담은 도검이 한꺼번에 유진룡을 향해 날아들었다.

유진룡의 팔과 다리가 강노(剛弩)에서 발사된 수십 발의 화살처럼 공간을 가득 메웠다.

퍼퍼퍼퍽!

떨어져 내리는 유진룡의 손과 발에 걸린 모든 사내들의 몸에서 폭죽처럼 선혈이 터져 나왔다. 그리고는 모두 바닥에 쓰러졌다.

순식간에 벌어진 믿기 힘든 상황이었다.

그러나 바닥에 쓰러진 비홍문 문도들의 신음이 그 상황을 재확인시켜 주고 있었다.

이제 남아 있는 사람들은 외곽을 포위했던 다섯 사내들뿐이었다.

유진룡은 천천히 그들 앞으로 다가섰다,

순식간에 일어난 돌발적인 상황에 다섯 사내들이 주춤거리며 뒤로 물러났다.

처음에는 호원무사들보다 조금 나은 놈이구나 싶었다.

평범한 초식에 평범함을 조금 넘어선 움직임이었다.

그러다 그 기세가 조금씩 강해지며 고수일 수도 있겠다는 생각이 들었다.

하지만 부하들은 여전히 정가장의 호원무사들보다 많았다.

그들이 나서서 혼전을 이루는 순간 덮쳐들어 인질을 잡고 놈도 쓰러뜨릴 생각이었다.

그러나 그게 얼마나 허무맹랑한 생각인지 절실히 느꼈다. 어찌해 볼 사이도 없이 부하들은 순식간에 다 쓰러졌고, 원군 하나 없는 산속에 자신들 다섯만 남겨지게 되었다.

"이 악독한 놈! 우릴 잘도 속였구나!"

종무도가 이를 갈며 소리를 질렀다.

"뭘 속였단 말이오?"

유진룡은 여전히 걸음을 멈추지 않은 채 물었다.

"처음부터 무공을 속이고 우리 아이들을……."

"속인 것 없소. 애초에 당신들은 내 상대가 아니었소. 나 스스로도 그걸 정확히 실감하지 못하긴 했지만… 내 무공은 당신들 같은 승냥이들이나 상대하라고 탄생한 것이 아님은 확실하오."

스스로의 몸에 축적되어 있는 힘과 무공을 아직 다 뽑어보지 못했기에 그 한계는 모를 수밖에 없었다.

그러나 이들이 자신의 상대가 아님은 여실히 느낄 수 있었다.

유진룡은 다섯 사내들의 도주로를 차단하며 조여들었다.

사내들이 불식간에 다시 뒷걸음질을 쳤다.

슬쩍 한 발을 내디딘 것 같았지만 그 속에는 흡사 거대한 호랑이 한 마리가 두 눈에 불을 켜고 다가오는 듯한 기세가 뿜어져 나왔다.

"포위해라!"

하준평이 고함을 질렀다.

그와 함께 사내들에 포위되었던 정기장의 무사들이 몸을 날리며 오히려 그들을 포위하는 형세를 만들었다.

"비홍문 출신이오?"

유진룡은 종무도를 향해서 질문을 던졌다.

"후후!"

종무도가 웃음을 흘렸다. 그리고 입을 열었다.

"그걸 가르쳐 주면 우릴 보내줄 건가?"

"그렇게 하겠소!"

유진룡이 일말의 망설임 없이 답했다.

종무도의 눈이 심하게 흔들렸다.

부하들을 처치한 수법을 보면 악독하기 짝이 없었다. 그런데 보내준다고?

"왜?"

종무도가 다시 물었다.

"필요하면 나중에 다시 처치하면 되니까."

"와— 하하하!"

종무도가 광소를 터뜨렸다.

웃음소리 속에 담긴 기파가 만만치 않아 공력이 약한 호원무사들은 인상을 찌푸렸다.

"우리는 아직까지 누군가에게 목숨을 구걸한 적이 없었다."

종무도는 장검을 뽑았다.

동시에 다른 네 명의 사내들도 검을 뽑았다.

'이들은 비홍문도가 아니다.'

이런 자는 결코 비홍문 같은 작은 흑도문파의 졸개들일 수가 없었다.

그들 일행의 정체가 궁금한 유진룡은 고개를 돌려 주지화를 쳐다보았다.

주지화와 정연지가 귀신을 본 듯 유진룡을 쳐다보고 있었다.

잠시 후 정연지가 다급하게 입을 열었다.

"그들은 신강 땅의 사신들인 혈우마령대임이 분명해요. 백 할아버지 말씀이… 그들이 최근 강소성으로 스며들었는데 어디로 갔는지는 모른다고 했어요. 만에 하나 비홍문에 스며들었을지도 몰라 백 할아버지께서 우리 집에 오셨다고 했어요."

정연지가 빠르게 설명했다.

호원무사들을 한두 명만 대동하겠다며 고집을 피우던 정연지를 향해 정학중은 그렇게 겁을 주며 열 명을 딸려 보냈다.

"혈우마령대이오?"

유진룡은 날카로운 시선으로 종무도를 쏘아보았다.

"개소리!"

와락 욕설을 토한 종무도가 장검을 들어 올렸다. 그것이 오히려 더 확신을 갖게 해주었다.

"정가장을 친 다음 소향상회를 칠 생각이었소?"

"그런 것까지는 모르지. 시킨 대로 할 뿐이니."

종무도는 고개를 저었다. 그런 후 세차게 검을 휘둘렀다.

우우웅―

긴 검신에서 대기를 울리는 진동음이 흘러나왔다.

파앗―

유진룡의 신형이 흐릿하게 움직였다.

따다당―

여러 개의 쇳소리가 터졌다.

종무도의 뒤를 따라 다른 네 사내들도 검을 휘둘렀고 그것
이 유진룡의 기세에 마주친 것이다.

쌔액―

쌔애액―

듣기만 해도 소름끼치는 칼바람 소리가 사방에 난무했다.

그 사이로 유진룡의 신형은 때로는 바람처럼 때로는 번개
처럼 움직였다.

까가강―

다시 귀를 찢을 듯한 쇳소리가 들렸다.

"크윽!"

답답한 신음 한줄기가 쇳소리 속에서 터져 나왔다.

털썩!

사내 하나가 바닥에 쓰러졌다.

"이놈!"

다른 사내 한 명이 원독에 찬 고함을 지르며 유진룡의 목을

향해 검을 휘둘렀다.

파앙—

검을 차올린 유진룡의 발이 폭풍처럼 그대로 뻗어 나오며 사내의 가슴을 가격했다.

사내가 이를 악물며 몸을 틀었다. 그리고 튕겨 오른 검을 다시 그어 내렸다.

실로 전광석화 같은 동작이었다.

튕겨오는 검이 마치 원래의 궤적이었던 것처럼 그렇게 그어져 내리고 있었다.

그러나 유진룡의 발은 한발 앞서 사내의 가슴을 가격하고 그어 내리는 사내의 검마저 동시에 걷어차냈다.

까앙—

유진룡의 발에 차인 검이 또 다른 사내의 검을 쳐내며 파열음을 터뜨렸다.

그 파열음 사이로 유진룡의 주먹이 바람처럼 파고들었다.

"이놈!"

종무도의 검이 동료의 목젖을 향해 쏘아지는 유진룡의 팔을 자를 듯이 떨어져 내렸다.

파앗—

중간에서 꺾인 유진룡의 팔이 거짓말처럼 사라지며 송곳처럼 뾰족하게 변한 팔꿈치가 종무도의 관자놀이를 가격해 들었다. 그리고 교룡의 머리처럼 솟아오른 무릎이 좌측에서 달려드는 사내들의 복부를 찍어들었다.

퍼퍽!

동시에 두 개의 파육음이 터졌다.

"크윽!"

"큭!"

짤막한 비명성 역시 두 개가 터지며 종무도와 다른 한 사내
가 휘청거리며 뒤로 물러나다가 자신도 의식하지 못한 사이
털썩 쓰러졌다.

주르르—

그들의 코와 입에서 선혈이 흘러내렸다. 그와 함께 생명의
온기도 빠르게 빠져나갔다.

하앗!

남은 두 명의 사내가 벼락처럼 검을 휘둘렀다.

휘이잉—

신형을 주저앉힌 유진룡의 다리가 사내들의 하체를 동시
에 쓸어갔다.

굳건히 땅에 박힌 바위마저 박살 낼 듯한 기운을 담고 있는
다리에 사내들은 휘둘렀던 검을 회수하며 검초를 바꾸었다.

파아앗—

주저앉았던 유진룡의 신형이 폭발적으로 숫구치며 순식간
에 주먹과 발이 쏘아져 나왔다.

퍽—

땡강―

한 사내의 어깨뼈가 유리 조각처럼 부서졌고 다른 사내의 검은 두 동강난 채 튕겨 나갔다.

휘익―

동강난 검신 사이로 유진룡의 팔꿈치가 팽이처럼 선회하며 날아들었다.

퍼억―

마지막 남은 사내의 갈비뼈가 왕창 무너지며 그 자리에 주저앉았다.

설명은 길었지만 순식간에 펼쳐진 동작이었고 순식간에 벌어진 결과였다.

"쿨럭!"

한 사내가 심한 기침을 하며 바닥에 주저앉았다.

그의 입에서 분수 같은 선혈이 흘러나왔다.

쿵!

겨우 신형을 지탱하던 한 사내도 바닥으로 주저앉았다.

그들도 종무도와 별반 다르지 않았다.

유진룡은 천천히 호흡을 가다듬었다.

"네놈은… 누구냐?"

종무도는 계속해서 토해내는 선혈과 함께 질문을 던졌다.

그의 눈이 초점을 잃어가고 있었다.

"그걸 안들 무슨 소용이 있겠소?"

유진룡은 착잡한 눈으로 종무도를 내려다보았다.

"누구에게 죽는지는 알아야 하지 않겠나?"

종무도는 의미하게 미소를 지었다.

"내 이름은 유진룡이라 하오"

유진룡은 나지막하게 이름을 알려주었다.

"좋은 이름이군……."

종무도의 목소리가 생기를 잃어갔다.

"미안하오!"

유진룡은 진심으로 말했다.

"그럴 필요없네. 머지않아 자네도 우리 동료들 손에 나보다 더 심한 꼴로 쓰러질 수도 있을 테니……. 후후후!"

섬뜩한 웃음과 함께 종무도는 머리를 옆으로 꺾었다. 뒤이어 다른 네 명의 사내들도 숨을 거두었다.

유진룡은 석상처럼 그 자리에 서 있기만 했다.

"소협!"

언제까지나 유진룡이 그렇게 서서 움직이지 않자 주지화가 다가왔다.

유진룡은 천천히 등을 돌렸다.

그의 등이 만근 무게의 바위를 짊어진 것 같았다.

주지화를 따라 다가오던 정연지와 하준평이 자신도 모르게 걸음을 멈추었다.

"소협으로 인해 우리 정가장이 멸문의 위기를 넘겼군요."

주지화가 떨리는 음성으로 말했다.

자신들을 납치한 다음 놈들이 어떻게 나올지 보지 않아도 뻔했다.

놈들은 자신들을 미끼로 정가장을 옴짝달싹 못하게 해놓고 멸문시키려 했을 것이다.

그들이 혈우마령대 놈들이라면 그러고도 남았다.

멸문뿐만 아니라 정가장 안에 있는 생명체는 하나도 남겨 놓지 않았을 것이다.

주지화는 다섯 사내들을 보며 다시 한 번 치를 떨었다.

정연지도 몸을 떨었다.

백엽동의 예상대로 놈들은 소주가 아닌 이곳의 비홍문에 스며들어 있었던 것이다. 그리고 하마터면 자신까지 어머니와 대동한 두 동생과 함께 놈들의 손에 해를 입었을 것이다.

오빠의 패배감 짙은 얼굴이 이젠 실감이 났다.

가장 가까운 곳에서 대결을 해본 오빠는 이 사내의 실력을 가장 뼈저리게 느꼈기에 그런 표정을 했던 것이다.

"어서 집으로 돌아가야 합니다."

하준평이 주변을 살피며 말했다.

어느새 어둠이 짙어져 횃불을 켜야 할 정도가 되었다. 그런 상황에서 놈들이 또 나타나면 피아가 잘 구별되지 않아 예상 못한 피해를 입을 수 있다.

“그래요. 어서 돌아가도록 준비를 하세요.”

주지화가 서둘렀고 무사들은 동료 부상자들과 사망자들을 마차에 실었다.

또한 비홍문의 사망자들은 옆으로 치우고 부상당한 놈들은 결박을 해서 같이 실었다. 그들을 통해 일의 전말을 캐낼 생각이었다.

유진룡은 여전히 먼 곳을 바라보며 서 있었다. 생각에 잠긴 것도 같았고 회한을 누를 수 없는 것도 같았다.

“소협도 어서 돌아갈 준비를 하세요. 정가장으로 돌아가서 다음 있을 일을 생각해 보도록 해요.”

주지화가 타이르듯 유진룡에게 말했다.

비록 추측이 불가능할 정도로 고강한 무공을 익히고 있었지만 아직 젊은 청년이니 비정한 강호의 피바람에 익숙지 못해 살생의 충격이 클 것이다. 그러나 그 충격이 크면 클수록 헤어나기 어렵다. 최대한 빨리 그런 것을 털어버리게 해야 한다.

“어서요! 소협!”

주지화는 다시 재촉했다.

“생각을 좀 해봐야 하겠으니 잠시만 시간을 주십시오.”

유진룡은 주지화에게 정중하게 요청했다.

뭔가 더 말을 하려던 주지화는 무겁게 고개를 끄덕였다.

분주하게 움직이는 정가장 무사들을 뒤로한 채 유진룡은

모퉁이 옆 바위에 걸터앉았다.

그리고는 깊은 상념에 잠겨드는 모습을 보였다.

주지화와 정연지, 하준평이 걱정스런 표정으로 유진룡을 쳐다보다가 서둘러 귀가 준비를 했다.

잠시 후 생각에 잠겨 있던 유진룡은 하준평에게로 다가왔다.

널브러진 부상자들과 시체들을 치우며 길을 틔우던 하준평은 흠칫 신형을 멈추었다.

"비홍문에 대해서 좀 알려주시오."

유진룡은 하준평에게만 돌릴 정도의 작은 소리로 질문을 던졌다.

"비홍문?"

하준평은 의구심 가득한 눈으로 유진룡을 쳐다보았다.

아직 살인의 충격에서 헤어 나오지 못한 줄 알고 있던 유진룡이 갑자기 그런 질문을 하는 것이 도무지 갈피를 잡을 수 없었던 것이다.

"그렇소. 이놈들의 소굴 말이오."

"왜?"

"이유는 묻지 말고 들려만 주시오."

유진룡이 주위를 둘러보며 여전히 작은 소리로 말했다.

조금 더 유진룡의 얼굴을 쳐다보던 하준평은 고개를 끄덕인 후 비홍문의 위치와 문도의 수, 문주의 무공 등에 대해 간

략하게 설명해 주었다.

"그럼 혈우마령대는 또 어떤 자들이오?"

유진룡이 다시 물었다.

하준평은 더 이상은 의문을 갖는 것을 포기하고 아는 대로
설명해 주었다.

그러는 사이 떠날 차비가 갖추어졌다.

"어서 마차에 오르세요, 소협!"

유진룡을 부른 주지화는 안도의 한숨을 내쉬었다.

우려와는 달리, 잠깐 바위 위에 앉아 상념에 잠겼던 유진룡
이 금방 떨치고 일어나 하준평과 무슨 대화를 나누며 몸을 움
직이는 모습이 큰 걱정을 덜어준 것이다.

"전 걸어서 가겠습니다."

유진룡은 고개를 숙이며 사양했다.

"그럴 수는 없어요. 또 어디서 놈들이 나타날지 모르니 소
협은 최대한 가까이서 우릴 보호해 주세요."

주지화는 그럴듯한 이유를 갖다 붙여 유진룡을 마차에 타
게 했다.

마지못해 유진룡이 마차에 오르자 마차는 점차 속도로 내
어 정가장으로 달려가기 시작했다.

정가장까지 마차로 달려가는 동안 주지화는 깊은 눈빛으
로 유진룡을 쳐다보며 몇 가지 질문을 던졌지만 유진룡은 간
단하게 묻는 것에만 대답하고는 다시 생각에 잠기는 모습을

보였다.
　주지화는 더 이상 질문을 하지 않고 고개만 끄덕였다.
　‘차차 알게 되겠지.’
　주지화의 눈빛이 더욱 깊어졌다.

第三十四章

역습(逆襲)

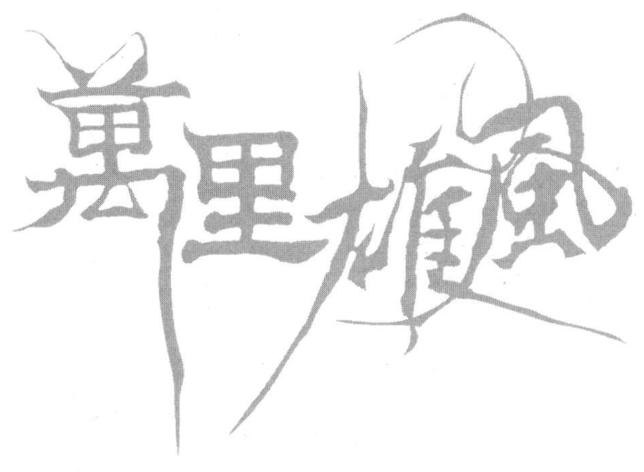

날듯이 달려 정가장이 가까워질 즈음 장주 정학중을 비롯한 수십 명의 호원무사들이 마차를 향해 달려왔다.

그들은 한발 앞서 달려온 호원무사로부터 하마터면 가문의 대참사로 이어질 뻔한 혈투의 소식을 듣고 부랴부랴 달려 나오고 있는 것이다.

"부인!"

"어머니!"

제일 앞에서 달려오는 정학중과 정조휘의 목소리가 어둠을 가로지르고 있었다.

“아버지!”

정연지와 그의 두 동생들이 마주 고함을 질렀다.

“그럼 전 이만!”

더 이상의 위협이 없음을 인식한 유진룡은 가벼운 목례와 함께 자리에서 일어섰다.

“다시 한 번 감사드려요, 소협! 오늘은 경황 중이니 그 은혜를 차차 갚기로 하겠어요.”

주지화가 고개를 끄덕이며 고마움을 거듭 표했다.

“고마워요!”

“고맙습니다, 소협!”

정연지와 두 동생들도 고개를 숙였다.

그들에게도 눈인사를 한 유진룡은 훌쩍 마차에서 뛰어내렸다. 그리고는 어둠 속으로 사라졌다.

“괜찮으시오? 정말 괜찮은 것이오, 부인?”

마차로 달려온 정학중은 고함과 함께 주지화와 세 자녀들을 번갈아 쳐다보다가 둘째 아들 정조영을 와락 품에 안았다.

“정말 다행이오. 그리고 모두 내 불찰이오!”

정학중은 연신 아들과 딸의 얼굴을 쓰다듬으며 천지신명께 감사했다.

“비홍문… 내 이놈들을!”

정학중은 이를 갈다가 얼른 시선을 돌렸다.

“그보다는 오늘의 위기를 막은 그 공자는?”

"여기까지 우리를 보호하고 와서는 먼저 돌아갔어요. 숙소에 가보면 만날 수 있을 겁니다."

주지화의 답변에 정학중은 고개를 끄덕이고 둘째 아들과 둘째 딸을 다시 한 번 끌어안았다.

"그토록 애지중지하는 놈들을 이런 시국에 왜 먼 곳으로 보내? 하루 종일 안고 있을 것이지."

늙은 개방도 백엽동이 언제 다가 왔는지 소리를 지르며 고개를 흔들었다.

"백 장로님!"

주지화와 정연미가 반색을 했다.

"불행 중 다행이로다!"

백엽동은 혀를 찼다. 그리고는 사방으로 고개를 두리번거렸다.

"그나저나 큰 아들놈이 극구 실격시키려는 것을 내가 손이 발이 되도록 빌어서 겨우 합격시켜 놓은 내당 호위무사 놈은 어딜 갔단 말이냐?"

백엽동은 오늘의 공이 모두 자기 것인 양 너스레를 떨며 목뼈에서 뚜두둑 소리가 날 정도로 고개를 사방으로 돌렸다.

"내당 호위무사……? 그리고 실격시키려고 했다고?"

주지화가 영문을 모른 채 정연지와 정조휘의 얼굴을 쳐다보았다.

"백 장로님이 데리고 온 청년이라 하지 않았더냐?"

주지화는 정연지를 보며 물었다.

"처음에는 호원무사 시험을 보러왔었어요. 도저히 호원무사 감이 아니고 뭔가 비밀이 있다고 오빠가 내치려는 것을 마침 우리 집에 당도하신 백 할아버지께서 신원을 보증한다고 해서 채용됐어요."

정연지가 짤막하게 설명했다

주지화는 잠시 입을 다물고 있었다.

"어쨌든… 호원무사 감이 아닌 것은 확실하구나."

주지화가 고개를 끄덕이며 정조휘의 체면을 살려주었다.

"어서 갑시다. 집에 가서 다시 얘기합시다."

"집으로 돌아간단 말씀이십니까, 아버님?"

갑자기 정조휘가 대들 듯 고개를 들었다.

"왜? 여기서 무슨 할 일이라도 있느냐? 어서 돌아가서 안정을 취해야 하지 않겠느냐?"

정학중이 목소리를 높였다.

정조휘가 뭔가 말대답을 하려다가 시선을 내렸다.

"어서 돌아간다."

정학중이 지시를 내리자 마차를 뒤늦게 몇 겹으로 호위한 호원무사들이 정가장으로 향했다.

마차가 도착했을 때 정가장은 불이 대낮처럼 밝혀진 채 모든 무사들이 무기를 들고 정가장 주변을 엄하게 호위하고 있었다.

“소 잃고 외양간 고친다더니… 소는 안 잃었지만 딱 그 격이로구나!”

백엽동이 눈살을 찌푸리며 트집을 잡았다.

“어서 그놈에게 술이나 거나하게 대접하거라. 아울러 내 술상도 잊지 말아라!”

백엽동은 고함을 지르며 별채로 들어갔다.

정학중이 고소를 지으며 안채로 들어갔고 정조휘만이 뭔가 잔뜩 불만스런 모습으로 정학중의 뒷모습만 쳐다보았다.

백엽동이 별채에 도착하자 송종보만이 걱정스런 표정으로 서성이다가 백엽동을 보고 쪼르르 달려왔다.

“그놈은 어디 있느냐?”

백엽동이 고개를 뺐다.

“늙은 형 말인가요?”

“누구 앞에서 늙은 타령을 하느냐, 이놈아!”

백엽동이 고함을 지르자 송종보는 자신의 실수를 깨닫고 얼른 입을 다물었다. 유진룡이 늙었다면 백엽동은 벌써 여러 번 죽었어야 했다.

“그런데… 그 형은 낮에 나가서 아직 안 돌아왔는데요.”

송종보가 고개를 갸웃거리며 답했다.

“안 돌아와? 한발 앞서 숙소로 갔다고 했는데……”

백엽동은 시선을 돌려 거처를 쳐다보았다.

"정말이에요. 낮에 나간 후 한 번도 못 봤어요."

"그래? 그럼 이놈이 어디로 갔단 말이냐? 낮에 나갈 때는
어디로 간다고 하더냐?"

백엽동이 다시 목소리를 높였다.

"따라간다고 하니까 옛 정인을 만나러 간다고 하며 안 데
리고 갔어요."

"옛 정인? 누가? 이 집 안주인이?"

"네에?"

백엽동의 종잡을 수 없는 넋두리에 송종보가 눈을 동그랗
게 떴다.

"아, 아니다. 번잡한 공치사가 싫어서 어디로 셴 모양이
다."

백엽동은 머리를 흔들고는 방으로 들어갔다.

마차가 돌아온 후 정가장 내부는 더 많은 횃불이 켜져 대낮
보다 더 밝아 보였다.

모든 호원무사들은 혹여 비홍문 놈들의 또 다른 습격이 있
을까 신경을 곤두세우며 자기 자리를 떠나지 않고 경계를 섰
다.

그러나 유진룡의 모습은 여전히 정가장 어디에도 보이지
않았다.

조금 쉬다가 나온 백엽동이 이곳저곳을 들쑤시고 다녔지

만 유진룡은 여전히 정가장에 모습을 나타내지 않았다.

"이 몹쓸 놈! 호원무사 주제에 말도 없이 근무지를 이탈하고, 제멋대로 행동한단 말인가?"

백엽동이 심통인지 걱정인지 모를 고함을 질러댔다.

그 소리에 장주 정학중도 고개를 빼내어 정문 앞을 살폈고, 이젠 안정을 찾은 주지화도 정연지와 함께 사방을 둘러보았다.

모골이 송연했던 순간이 지나고 제대로 된 인사를 차리려고 했는데 그 당사자가 보이지 않으니 안타까운 마음이 든 것이다.

"누구 그 청년을 본 사람이 없느냐?"

정학중이 큰 소리로 고함을 질렀다. 그러나 단 한마디의 대답도 들려오지 않았다.

"저어!"

한참 후에 호원무사 한 사람이 나섰다.

그는 주지화를 친정까지 호위하며 갔다가 돌아온 무사였다.

"뭔가?"

백엽동이 먼저 나섰다

"제 말이 아직 안 돌아왔습니다."

무사의 말에 백엽동의 얼굴에 생긴 주름이 두 배로 늘어났다.

"이 망할 놈아! 네놈 말 안 돌아온 것과 지금 이 상황이 무슨 상관이냐?"

백엽동은 타구봉을 들어 순식간에 무사의 엉덩이를 두 대나 후려쳤다.

"아이쿠! 그게 아니라……."

속절없이 엉덩이에 타구봉 세례를 받은 무사가 비명과 함께 손사래를 쳤다.

"아니면 무어냐?"

백엽동이 다시 때릴 준비를 했다.

"그 청년이 마차에서 내리자마자 저에게로 다가와 잠시 다녀올 곳이 있으니 말을 빌려 달라고 했습니다. 그런데 아직……."

그 말을 들은 정학중이 급히 앞으로 나섰다.

"어디로 간다고 하더냐?"

"그건 말하지 않고 잠시 다녀온다고만 했습니다. 함부로 말을 빌려주면 안 된다는 것을 알지만 생명의 은인이나 마찬가지인지라……."

무사가 기어들어 가는 목소리로 말했다.

"그러고 보니……."

황기단 수석호위 하준평도 다급하게 나섰다.

"네놈은 또 무슨 일이냐?"

"그 청년이 혈우마령단 놈들을 모두 해치우고 나서 잠시 생각에 잠겼습니다. 우린 그 청년의 살생의 후유증에 시달리고 있는 줄 알았는데 잠시 후 느닷없이 제게 다가와 비홍문에 대해서 꼬치꼬치 물었습니다. 처음에는 좀 이상한 생각이 들었지만 또 다른 습격에 대비하는 줄 알고 아는 대로 일러주었는데 아무래도 마음에 걸립니다."

하준평은 백엽동의 눈치를 살폈다.

"그중에서 특히 무엇을 자세히 물었느냐?"

백엽동은 정광이 번뜩이는 눈으로 하준평을 쳐다보았다.

망막이 타는 듯한 느낌을 받은 하준평이 얼른 시선을 돌렸다.

"비홍문의 위치와 문도의 인원수, 그리고 혈우마령대에 대해서도 자세히 물었습니다."

하준평은 다시 백엽동의 눈치를 보며 타구봉에서 눈을 떼지 못했다.

백엽동은 아까보다 더 깊은 눈빛을 하며 잠시 시선을 허공에 고정시켰다.

"설마?"

주지화가 백엽동을 향해 다가왔다.

"대체 이놈은?"

백엽동의 시선이 칼날처럼 앞으로 쏘아졌다.

"장로님! 설마 그 공자가……?"

주지화가 다급하게 물었다.

"자네 짐작이 맞을지도 모르네."

백엽동이 탄식처럼 말했다.

"어, 어쩌자고……? 아니, 아닐 것입니다, 장로님. 혼자서 어떻게 그곳을……?"

주지화가 강하게 고개를 흔들었다.

"무슨 말씀이십니까, 어르신? 설마 그 청년이 혼자서 비홍문으로 쳐들어갔다는……? 그럴 리가 있겠습니까? 아무리 도적놈들 집단이라고 해도 인원이 수백이고, 이젠 혈우마령대까지 그곳에 있다고 보아야 하는데."

정학중의 목소리가 비상을 알리는 경종처럼 사방으로 흩어졌다.

"그놈은 애초부터 비홍문에 대해 그런 의도를 가지고 있었던 놈이 분명해. 그래서 이곳으로 잠입해서 놈들의 마수부터 막은 것이야. 적의 적은 친구니까 말일세. 그런 연후 비홍문으로 곧장 달려간 것이고……."

백엽동은 지금까지의 기행과는 전혀 다른 모습으로 결론을 내렸다.

"적의 적은… 친구……."

정조휘가 백엽동의 말을 조용히 되뇌었다.

그리고 잠시 동안 침묵이 흘렀다.

정학중도, 빙 둘러서서 백엽동과 정학중의 말에 귀를 기울이던 무사들도 아무 말을 하지 못했다.

"이제 어떻게 해야 합니까?"

정학중이 무거운 음성으로 백엽동을 쳐다보았다.

"자네 집안일을 왜 나에게 묻는가? 자네가 이곳 장주 아닌가?"

백엽동은 다시 예전의 모습으로 돌아가서 목소리를 높였다.

다시 무거운 침묵이 흘렀다.

그 침묵은 정조휘에 의해 깨어졌다.

"애초에 내 맘에 안 들어 합격이 취소될 놈이었습니다. 그리고 아직 수습도 안 뗀 놈이니 지금이라도 합격을 취소시켜 버리면 되는 겁니다. 아니, 그것도 모자라지요. 말까지 한 마리 훔쳐 달아났으니 도둑으로 관가에 고발까지 하면 더 좋겠군요. 그런 후에 정가장 담장을 지금보다 세 배는 높이 쌓고 우리끼리 백년 영화를 누리는 것입니다. 아무도 못 들어오고, 아무고 못 나가게 하면서… 친구도 잊고, 은인도 잊고, 나중에는 가족도……."

"휘아야!"

주지화가 목소리를 높였다.

"네놈이… 아비를 능멸하려 하느냐?"

정학중도 눈을 부릅떴다.

"망설이고 주저할 이유가 없지 않습니까? 단 한순간이라도 빨리 달려가야지요. 어쩌면 놈들이 어머니를 습격하려 했다는 말을 들었을 때 바로 쳐들어가야 했습니다. 설사 그때는 경황이 없고, 전열을 다질 때였다면 이젠 달려가야지요. 그놈들만 우리를 쳐들어오란 법 있습니까? 우리가 먼저 쳐들어가 삭초제근을 할 수도 있는 것 아닙니까?"

정조휘의 눈에서 불길이 뿜어져 나왔다.

다른 사람들이 모두 안주인의 무사 귀환을 안도하며 안도의 한숨을 내쉴 때 부친을 몇 번씩이나 쳐다보며 혼자서 불만스러워 하던 정조휘의 모습은 이런 감정을 억누르기 위함이었던 것이다.

"내 생각이 짧았구나."

정학중이 마침내 눈을 질끈 감았다.

"호원무사들이라고 해서 오로지 집을 지키기만 하는 존재는 아닙니다. 때로는 사냥도 해봐야지요. 그래야 실력이 녹슬지 않지요."

황기단주 고엄경이 으드득 주먹을 말아 쥐었다.

잠시 후 고함 소리와 함께 정가장 호원무사들이 일제히 병기를 쳐들었다.

*　　　*　　　*

따가닥!

따가닥!

불안정한 말발굽 소리가 울렸다.

"이랴!"

말 안장 위에 납작 엎드린 유진룡은 계속해서 고삐를 흔들었다.

약 반 시진에 걸쳐 천천히 말을 몰며 말 타는 법을 익혔지만 여전히 어색하고 부자연스러웠다.

결국 백호의 등에 올라타듯 납작 엎드려서 속도를 높이고 있었다.

되도록 빨리 달려야 했다.

놈들의 귀에 습격이 실패했다는 소식이 들어가기 전에, 들어갔다 하더라도 제대로 경계를 하기 전에 도착하면 그만큼 일이 쉬워진다.

말도 안 되는 무모한 짓이 아닐까 하는 생각이 몇 번이나 들었다.

그러나 자신을 믿어보고 싶었다. 더 나아가 시험도 해보고 싶었다.

그간 알아본 바에 의하면 탈백마수 도천극은 오패의 반열에 오른 인물이라 했다.

그 말석에 자리 잡았다 하더라도 강호 서열 십오위란 말이다.

물론, 얘기꾼들이 자신들 마음대로 매긴 서열이었고, 심산유곡에 은거한 기인들과 이제는 세사에 관심을 끊은 구파일

방의 전대 고인들이 모두 무림으로 출도한다면 그런 순위는 무의미하게 되겠지만 현재 강호에서 활발하게 활동하는 무인들 중에서는 그렇다는 말이다.

그 정도라면 작은 문파 하나는 반나절 만에 깨부술 수 있다고 들었다.

자신은 도천극을 막고 깨부수기 위해서 탄생됐다.

그렇다면 비홍문 하나쯤은 혼자서 깨부술 실력을 갖추었다고 자신해도 되었다.

하지만 천방지축으로 설치면서 문파 하나를 풍비박산시켜 온 세상의 이목을 받을 생각은 없었다.

혈우마령대!

그놈들만 없앨 생각이었다. 덤으로 비홍문주의 팔다리 하나씩을 부러뜨려 놓는 것도 괜찮고…….

그놈들만 사라지면 비홍문은 정가장의 상대가 되지 못할 것이다.

호원무사에게 들은 바로는 혈우마령대의 인원은 총 서른 명이다.

다섯 명을 해치웠으니 이제 스물다섯이 남았다. 모두 오지 않았으면 그보다 더 적을 수도 있고…….

최대한 조용하게 놈들을 해치우고 이곳을 뜨면 자신의 할 일은 다한 셈이다. 그러면 당분간 소주는 안전할 것이고, 소향상회도 동생들도 안전할 것이다.

“이랴!”

유진룡은 계속 고삐를 흔들며 자신의 손에 쓰러진 혈우마령대 다섯 명의 실력을 가늠해 보았다.

고수들이긴 했지만 허점이 많았다.

공수에 충실한 정종무공이 아닌, 때로는 수비를 도외시하며 패도적인 살초만 뿌려댔기에 그 틈은 더 컸다.

자신도 그렇게 백호십이수를 익혔으면 훨씬 쉬웠을 것이다.

하지만 그런 식의 수련은 허용되지 않았다.

물샐틈없이 익혔고 물방울 한 방울이 떨어지는 시간도 용납되지 않게 익혔다.

운만 좀 따른다면 놈들쯤은 없앨 수 있을 것 같았다.

‘그 운이라는 게 얼마나 따라줄지…….’

유진룡은 속으로 혀를 찼다.

이제껏 행운과는 거리가 멀게 살았다.

태어날 때부터 그랬고 지금까지도 마찬가지다.

사부 찬산마존을 만난 것은 행운일까?

자칫했으면 육마종에게 잡혀 죽을 뻔한 상태에서 사부를 만난 것, 그것 자체는 행운 같았다.

그러나 그 이후의 지옥 같은 수련은?

그리고 앞으로 펼쳐질 피비린내 나는 강호행은?

절로 머리가 흔들어졌다.

부잣집에서 태어나 어린 시절부터 좋은 보약을 섭취하며 무공을 익히고, 어느새 고수가 되어 온 세상 여인들의 흠모를 받으며 유유자적 강호를 유람하는 정도라면 행운아라 할 수 있을 것이다.

따가닥!

다시 불규칙한 말발굽이 울렸다.

말굽에 돌부리라도 차인 모양이었다.

"윽!"

유진룡은 비명을 터뜨렸다.

잠시 딴생각에 잠긴 사이 솟구쳐 오른 안장이 사타구니를 가격한 것이다.

"망할!"

역정을 터뜨린 유진룡은 안장 위에 바짝 엎드렸던 몸을 곧 추세웠다.

이렇게 달려가는 것도 쉽지가 않았다.

백호의 등은 말랑말랑해서 이렇게 바짝 엎드려 털을 붙잡고 가면 아무리 출렁거려도 큰 충격은 주지 않았다.

"차라리 백호를 불러서 타고 갈 걸 그랬나?"

유진룡은 아쉬운 표정으로 넋두리했다.

피식!

자신도 모르게 고소가 흘러나왔다.

아무리 바쁘다고 해도 절대로 태워줄 놈이 아니었다. 정말 위험이 닥치면 먼저 달려올 테지만 그런 상황이 아닌 이상 손이 발이 되도록 빌어도 먼 산만 쳐다보며 움직이지 않을 놈이었다.

유진룡은 길게 호각을 불었다.

혈우마령대만 없애면 항주로 떠날 것이기에 흑웅과 백호를 따라오게 했다.

어두워서 흑웅은 보이지 않았고, 백호는 따라오고 있는지 아닌지 알 수가 없었다.

음흉스런 놈이니 멀찌감치 떨어져 고양이처럼 소리없이 따를 수도 있었다.

너무 유연한 몸을 가졌기에 웬만큼 가까워지기 전에는 기척도 느낄 수 없었다.

녀석의 등은 그물 침대처럼 부드러웠다.

등이 부드럽기도 했지만 털신처럼 푹신한 발에서부터 너무나 유연한 관절, 그리고 신축성 있는 근육들…….

그 모든 것들이 아우러져 웬만한 충격들은 고스란히 흡수하고 몇 길 절벽에서 뛰어내린다 해도 미세한 충격밖에 주지 않았다.

그런 근육들과 유연한 관절은 그간 유진룡에게 있어 감탄과 부러움의 대상이었다.

한없는 유연함에서 쏟아져 나오는 폭발적인 움직임! 유연했기에 그런 움직임이 쏟아졌고 너무나 부드러웠기에 더없는 강함을 만들어낼 수 있었다.

처음에는 무작정 강한 내력을 끌어올려 백호의 빠름과 폭발적인 순발력을 따라잡으려고 했다. 그러나 그건 절대로 불가능한 시도였다.

내력만 강하게 끌어올린다고 더 빨라지고 더 강력해지는 것은 아니었다.

빨라지기 위해서는 내부를 텅 비우며 깃털처럼 가벼워져야 했고, 강력해지기 위해서는 언제 어떤 순간에도 힘을 순간적으로 뿌릴 수 있는 유연함을 유지해야 했다.

그런 후에라야 더 빠르고 더 강해질 수 있었다.

"배운 것도 제대로 활용 못하다니……. 멍청한 놈!"

유진룡은 자신의 머리를 쥐어박았다. 그리고 몸을 가볍게 했다.

달려가던 말발굽 소리도 조금 가벼워진 것 같았다.

이번에는 최대한 몸을 부드럽게 하여 말의 움직임과 몸을 일치시키며 딱딱한 말발굽에서 전해지는 충격을 몸에 흡수시켰다.

말의 움직임이 조금 더 빨라졌다.

휘익—

유진룡은 말고삐를 흔들었다.

따가닥!

따가닥!

말이 속도를 높였다.

비로소 흔들리지 않고 말을 탈 수 있었다.

"조금 더 빨리 가자."

유진룡은 한 번 더 말고삐를 휘둘렀다.

"저곳인가?"

아직도 어둠이 걷히지 않은 시간에 비홍문이 보이는 야산에 도착한 유진룡은 안광을 빛내며 비홍문 주변을 살폈다.

비홍문은 성시에서 조금 벗어난 야산 자락에 자리하고 있었다.

예전에 이곳은 어떤 부호의 별장이었는데 몇 번 주인이 바뀌다가 비홍문의 손에까지 들어갔다.

비홍문은 그곳을 본채 건물로 삼고, 인근의 땅을 더 사들인 후 건물을 증축하고 외벽을 쌓아 지금의 모습으로 변모시킨 것이다.

이 년 만에 세력이 급격히 불어난 방파답게 대부분의 건물들과 건물의 외곽을 둘러싼 담장들이 새것으로 꾸며져 있었다.

말에서 내린 유진룡은 고삐를 묶어놓고 은밀하게 비홍문 근처로 접근했다.

담장 곳곳에 횃불이 밝혀진 채 여러 명의 보초가 서 있는 것이 흑도문파답게 경계가 철저했다. 더 이상 접근했다가는 들킬 것 같았다.

유진룡은 아름드리 나무에 몸을 숨긴 채 보초들의 동태를 살폈다.

보초들 역시 훈련이 잘되었는지 조금도 빈틈을 보이지 않고 경계 근무를 서고 있었다.

휘익—

유진룡은 땅을 박차고 나무 위로 뛰어올랐다.

고맙게도 나무의 높이가 외벽보다 더 높아서 나무 꼭대기 부근까지 올라서자 비홍문 내부의 모습이 보였다.

비홍문 안에서는 별다른 낌새가 느껴지지 않았다.

아직 어둠이 걷히지 않아서 그런지 건물 밖으로 나오는 사람들도 보이지 않았고 불이 켜진 곳도 몇 군데 없었다.

그런 상태이니 어느 곳이 어느 곳인지 분간조차 가지 않았다.

정가장의 안주인을 납치하려 사람을 보냈다면 반쯤은 비상 상태일 텐데 너무 조용한 것이 이상했다.

혈우마령대 다섯 명의 실력을 과신한 것인지, 아니면 그 일이 수뇌부 몇 명밖에 몰라서 그런지 전체적으로는 예상외로 조용했다.

"이젠 어떻게 한다?"

유진룡은 가지에 몸을 기댄 채 생각에 잠겼다.

기습을 하려면 밤이 나았지만 어디에 혈우마령대 놈들이

머무르고 있는지 알 수 없으니 난감하기만 했다.

'우선 한 놈을 잡아 정보를 캐볼까?

그런 생각을 한 유진룡은 혹시 밖으로 나오는 놈이 있는지 정문 주변을 살폈다.

정문은 굳게 닫힌 채 누군가 나올 기미를 보이지 않았다.

그러던 유진룡의 눈이 빛을 뿜었다.

누군가 질풍처럼 말을 달려 비홍문 정문으로 달려가고 있었다.

습격이 실패한 것을 알리러 갈 수도 있었고 다른 급한 일일 수도 있었다.

어쨌든 뭔가 변화의 조짐이 보였다.

그러면 잠입할 기회가 생긴다.

유진룡은 유심히 말을 달려오는 사내를 살폈다.

정문 앞에 도착한 사내는 급하게 고함을 질렀다.

잠시 후 정문이 열렸다.

사내는 계속해서 말을 달리며 본채까지 달려들었고 본채 건물 몇 곳에서 불이 커졌다.

이윽고!

댕댕댕!

비상을 알리는 종소리가 온 야산 자락을 울렸다.

예상한 것보다 큰 소동이었다.

유진룡은 안력을 높인 채 유심히 사태를 주시했다.

다급한 종소리가 계속 울리자 모든 건물에 불이 들어왔다. 잠시 후 바깥채에도 횃불이 밝혀져 비홍문 내부가 대낮처럼 밝아졌다.

한편으로는 잘됐다는 생각이 들면서도 한편으로는 곤혹스러웠다.

적당히 혼란스러우면 스며들기가 쉬울 텐데 저렇게 완전히 발칵 뒤집히는 것은 조용할 때보다 나은 것이 없었다.

모든 사람들이 잔뜩 경계하며 무기를 들고 서 있으면 스며들기가 어려웠다.

"젠장! 뭐가 어떻게 돌아가는 거야? 정가장이 역으로 습격이라도 해오는 건가?"

자신이 중얼거린 대로 정가장이 역습해 온다는 것을 꿈에도 생각 못한 유진룡은 고개를 길게 빼었다.

"정말 누가 쳐들어오는 모양인데?"

유진룡은 고개를 갸웃거렸다.

종소리는 계속해서 울렸고 허겁지겁 튀어나온 놈들은 모두 무기를 들고 외벽 곳곳과 정문 근처, 그리고 본채 주변을 둘러섰다.

그것은 어딘가로 습격을 하러가는 움직임들이 아니었다.

외부의 습격에 대비하여 방어진을 치는 모습이었다.

"정말 알다가도 모르겠군."

연신 고개를 갸웃거린 유진룡은 등 뒤쪽으로도 시선을 주었지만 그곳에는 아무런 낌새도 느껴지지 않았다.

정가장의 모든 무사들이 달려오고 있었지만 아직은 도달하지 않은 것이다. 척후를 맡은 놈이 먼저 달려와 그 소식을 본채에 전한 것이다.

"저놈들은?"

다시 비홍문 쪽으로 고개를 돌린 유진룡은 급히 시선을 모았다.

정문이 거칠게 열리며 열 명 가량의 사내들이 말을 타고 달려나오고 있었다.

놈들의 움직임이 눈에 들어왔다.

"혈우마령대……."

유진룡은 나직하게 중얼거렸다.

복장이나 무기는 달랐지만, 움직이는 모습들이 오후에 싸운 다섯 명의 혈우마령대와 동일했다.

그들은 말을 타고 달려온 사내로부터 습격이 실패한 사실과 함께 정가장의 사람들이 역습을 하러 온다는 사실을 전해 듣고 예봉을 꺾기 위해 달려가는 것이다.

유진룡으로서는 왜 그들이 느닷없이 달려나오는지 알 수가 없었지만 어떻게 찾아낼까 고민하던 놈들이 스스로 비홍문 밖으로 달려나오니 더 바랄 것이 없었다.

휘익—

유진룡은 한 마리 비호처럼 나무 꼭대기에서 뛰어내렸다.

“이랴!”

타고 왔던 말 위에 오른 유진룡은 세차게 고삐를 휘둘렀다.

유진룡이 왔던 길이 아닌, 지름길로 달려가는 그들을 측면에서 뛰어들어 잡으려면 전속질주를 해야 했다.

히히히히!

말이 긴 울음을 토하며 질주하기 시작했다.

'다섯이 모두 당한 것 같다고?'

혈우마령대 서열 십오위인 구환검(九環劍) 담약운(談若雲)은 도저히 믿어지지 않는 사실에 아직도 잠이 덜 깬 기분이었다.

이제까지 그 많은 싸움에서도 살아남은 동료 다섯 명이 겨우 한 가문의 호원무사 따위에게 목숨을 잃다니?

그들 다섯 명이면 정가장 한복판에 갖다 놓아도 그렇게 허망하게 당하지는 않을 것이다.

정가장을 왕창 무너뜨리지는 못할지라도 크나큰 타격을 입히고 살아 돌아올 것이다.

그런데 모조리 당했다니?

누구에게, 그리고 어떻게 그들이 모두 당했는지는 아직 자세히 알 수가 없었다. 아니, 아직은 그들이 모두 당했다는 사실마저 불확실했다.

습격하러 갔던 비홍문의 졸개들도 모두 돌아오지 못했으

니 세세한 것은 들을 수 없었다.

정가장 근처에 풀어놓았던 정탐꾼으로부터 들은 사실은 정가장의 안주인이 탄 마차는 무사히 정가장으로 돌아왔고 그들이 역습을 하러 달려오고 있다는 것이다.

그것을 미루어 짐작해 보면 동료들은 모두 죽었다고 봐야 한다.

으드득!

담약운은 부서져라 이를 갈았다.

동료들 서른 명이 모두 나섰다면 정가장쯤은 두 시진 안에 쓸어버릴 수 있다.

하지만 자신들의 계획은 그게 아니었다.

정체를 드러내지 않고 비홍문에 교두보를 마련하고 인근과 소주의 세력을 서서히 잠식할 생각이었다.

아니, 그렇게 하라는 지시를 받았다.

소주와 항주는 인구가 밀집되고 물산이 풍부한 곳이라 다른 곳처럼 다짜고짜 무력으로 정복하기엔 무리가 따른다. 그래서 장기적인 계획을 세우고 소리없이 인근 세력들을 약화시키며 때를 기다리다가 일시에 흑사련의 세력권으로 만들 계획이었다.

그리고 그 계획의 일환으로 정가장의 안주인과 두 자식들을 쥐도 새도 모르게 납치할 생각이었다.

그 계획은 자신들이 그동안 속성으로 훈련시킨 비홍문의

문도들과 동료 다섯이면 충분했다.

정가장 놈들은 혈우마령대가 비홍문에 스며든 줄도 모를 것이고, 행방불명된 부인과 자식들 때문에 정신이 나간 정가장주 정학중도 납치한 사람들을 인질로 이용하여 소리없이 불귀의 객으로 만들 생각이었다.

그 일에 비홍문이 관여되었다는 것이 알려지지 않게 하기 위해 비홍문은 평소와 같은 모습으로 잠들어 있었다.

그런데 실패라니?

그것도 모자라 다섯 동료들이 당하고 역습까지…….

모든 계획이 단번에 틀어졌고 자신들의 정체마저 드러나게 되었다.

뿌드득!

담약운은 다시 한 번 이를 갈았다.

정가장에 어떤 고수가 도사리고 있었는지 모르겠지만 이젠 모두 쓸어버릴 것이다.

우선 열 명으로 놈들의 예봉을 꺾고 다른 곳에 나간 동료들이 돌아오면 모두 모여 정가장을 멸문시킬 것이다.

"이랴!"

담약운은 세차게 채찍을 휘둘렀다.

"그러다가 말이 돌부리에 걸려 쓰러집니다."

부하 요장령(要場令)이 뒤에서 고함을 질렀다.

아직은 날아 어두우니 그럴 우려도 있었다.

그리고 싸움을 앞두고 흥분은 금물이었다.

담약운은 고삐를 조금 당겨 말의 속도를 늦추었다.

"함정에 빠진 것은 아닐까요?"

또 다른 부하 막고신(莫高信)도 믿기지 않는 음성으로 고함을 질렀다.

그 역시 첩자로 심어놓은 비홍문 졸개의 소식이 믿어지지 않았고, 역습까지 당한다는 사실은 더 믿어지지 않는 것 같았다.

"조금 더 달려가 보면 알겠지."

담약운은 살기가 짙게 배인 목소리로 말했다.

"젠장!"

죽어라 말을 달려온 유진룡은 역정을 터뜨렸다.

놈들이 자신이 있는 방향으로 달려왔으면 마주쳤을 텐데, 하다못해 비스듬한 방향으로라도 달렸으면 측면으로 뛰어들 수도 있었는데 지름길로 말머리를 돌린 때문에 뒤에서 따라가는 꼴이 되어버렸다.

그러다 보니 점점 거리가 벌어졌다.

그 가장 큰 이유는 놈들의 말이 세상에서 가장 우수한 품종의 몽고 마라는 것이다.

아니, 그보다 더 큰 이유는 유진룡의 기마술이 그들에 비해 턱없이 형편없다는 것이다.

비록 백호의 동작을 떠올리며 남들보다 몇 배는 빠르게 말을 탈 수 있게 되었지만 평생을 말 위에서 살아온 혈우마령대와는 비교 자체가 어불성설이었다.

"이랴!"

계속해서 고삐를 흔들었지만 거리만 더 벌어졌다.

'안 되겠다!'

유진룡은 단전에서 불끈 내력을 끌어올렸다.

"이보시오!"

유진룡은 냅다 고함을 질렀다.

고함 소리가 혈우마령대의 뒤통수를 사정없이 가격했다.

'뭔가?'

담약운은 의아한 기분이 들었다.

이런 상항에 뒤에서 고함이라니?

"이것 보시오!"

다시 고함 소리가 들렸다.

담약운은 눈살을 찌푸렸다.

비홍문에 남아 있던 혈우마령대는 자신들 열 명뿐이었고 동료들은 날이 샌 후에야 돌아올 것이었다. 또한 자신들처럼 신속한 움직임이 불가능한 비홍문도들은 전열을 다진 다음, 이각 후에나 달려올 것이다. 그러니 따라올 사람은 없었다.

"도저히 못 따라가겠소. 그러니 좀 늦춰주시오."

고함 소리는 이제 속도를 늦추라고까지 요구했다.

"대체 어떤 놈이……?"

요장령도 짜증 섞인 목소리를 터뜨렸다.

"속도를 늦춘다."

담약운이 고함과 함께 말고삐를 당겼다.

무시하고 가기에는 목소리에 담긴 공력이 만만치 않았다. 최소한 어떤 놈인지 얼굴이나 보고 가야겠다는 생각이 들었다.

'멍청한 놈들!'

입꼬리에 차가운 미소를 피워 올린 유진룡은 오히려 속도를 더 높였다.

따가닥!

따가닥!

놈들이 속도를 늦추니 거리가 순식간에 가까워졌다.

'조금만 더!'

유진룡은 깃털처럼 몸을 가볍게 했다.

『만리웅풍』 4권에 계속…

초등학생이 반드시 읽어야 할 좋은 책 49권

각 학년별로 초등학생이 반드시 읽어야할 좋은 책을 선정하여 통합논술의 기본이 되는 '올바른 독서법'을 일깨워 줍니다.

교과서와 함께하는 초등학교 통합논술

초등1학년 | 값 12,000원 / 초등2학년 | 값 9,500원 / 초등3학년 | 값 11,000원 / 초등4학년 | 값 9,500원 / 초등5학년 | 값 9,500원 / 초등6학년 | 값 11,000원

♣ 혼자 할 수 있어요.

엄마가 책 읽는 방법을 가르쳐 주어도 좋아요.
독서지도하는 선생님이 가르쳐 주어도 좋답니다.
"초등 교과서와 함께하는 **통합논술 시리즈**"는
아이 스스로 독서할 수 있도록 꾸며진 책이에요.
엄마와 선생님은 요령만 가르쳐 주시면 된답니다.

♣ 교과서의 중요한 내용이 총정리되어 있어요.

각 학년별로 중요한 교과 내용이 함께 수록되어 있어요.
초등학생은 교과서 내용을 충실하게 공부해야 합니다.
아울러 그와 병행한 독서가 대단히 중요하지요.
"초등 교과서와 함께하는 **통합논술 시리즈**"는
두 가지 방법 모두 알려준답니다.

♣ 이 책은 훌륭하신 선생님들이 함께 쓰신 책이랍니다.

동화작가 선생님들이 쓰셨어요. 소설가 선생님도 쓰셨답니다.
국어 논술독서지도 선생님들도 함께 쓰셨지요.
"초등 교과서와 함께하는 **통합논술 시리즈**"는
엄마의 마음으로 모든 선생님들이 함께 꾸민 책이랍니다.

입소문을 통해 아는 분은 다 알고 계십니다!
올 한해 공인중개사 최고의 화제작!

1~2권 합본 | 이용훈 지음
3~4권 합본 | 이용훈 지음
5~6권 합본 | 이용훈 지음
용어해설 | 이용훈 지음

수험생 기본 필독서
만화 공인중개사

제목 : 만화공인중개사 쓰신 분에게 감사드립니다.

학원을 두 달 다녔어요. 근데 과연 그 숫자 외우기 그런 게 몇 문제나 나올까 생각을 했어요.
아니라는 생각이 드네요. 학원강의를 뒤로하고 서점을 갔어요. 내 머리에 가장 이해될 수 있는
책이 없나 하구요. 거기서 만화를 발견했어요. 무조건 세 번 봤어요. 3개월 걸렸어요. 문제집을 보라고
했는데 그건 시행을 못했어요. 근데 합격을 했네요.
어떻게 감사의 말을 해야 될지…….
도서관에서 만화책 들고 다니니까 사람들이 비웃더라구요. 만화책으로 공인중개사를 공부한다고
미친 사람처럼 보더라구요. 근데 그거 다 감수하고 했던 내가 자랑스럽습니다.
어떻게 감사의 말을 해야 할지… 정말 감사합니다.
부디 행복하세요. 제 나이 41살에 좋은 스승을 만난 것 같습니다.
엎드려 감사드립니다.

―본사 홈페이지에 독자분이 올린 메일 中 에서 발췌―